U0904180

SHERLOCK HOLMES
福尔摩斯探案集

归来记

〔英国〕亚瑟·柯南·道尔 著
隗静秋 译

译林出版社

目　录

空　屋

1894年的春天，令人钦佩的罗纳德·阿代尔在最不寻常和最莫名其妙的情况下被人谋杀了。这一案件不仅引起了全伦敦人的关注，而且也使得上流社会大为震惊。对于警方在调查此案后所公布的详细案情，大家都已经清楚了。但是当时有许多细节被删去了，因为起诉的理由极其充足，没有必要把所有的真相都公开。直到现在，差不多十年过去了，我才能把这桩奇案中那些遗失的环节补充出来。案子本身很耐人寻味，但是与那令人意想不到的结局相比，这点趣味在我看来简直是微不足道的。因为在我出生入死的一生中，这个案子的结局是让我感到最为震惊和诧异的。即使这么长时间过去了，我每每想起它仍然感到毛骨悚然，仍能再次体验到高兴、惊愕和怀疑之情。这种心情像突如其来的潮水一般，完全淹没了我的神志。那些关心我并偶尔谈起一个非凡人物的言行片断饶有兴趣的读者，让我对你们说一句话：不要因为我没有向你们倾诉所有的事实而责怪我。如果不是他曾亲口下令禁止我这样做，我会把这当作我的首要义务。而这条禁令上个月 3 号才刚被取消。

我和夏洛克·福尔摩斯的密切交往使我对刑事案件产生了浓厚的兴趣，这是可想而知的。在他失踪之后，我从来没有停止过仔细阅读各种公开发表的疑案。为了满足个人兴趣，我还不止一次地用他的方法来尝试解开这些疑团，可是都不大成功。然而，没有任何一件案子像罗纳德·阿代尔的惨死那样吸引我。当我读到审讯时提出的证据以及据此判决没有查明的某个人或某些人的蓄意谋杀罪时，我比过去更清楚地意识到福尔摩斯的去世给社会带来的损失。我敢肯定，这桩奇案中有几点一定会特别吸引他。而这位欧洲首屈一指的刑事侦探，以他非凡的观察力和敏捷的头脑，很可能弥补警方力量的不足，甚至有可能促使警方提前行动。

我整天巡回出诊，脑子里却一直在思考着这件案子，但总也得不出一个合理的解释。我宁愿冒着讲述一个陈旧故事的风险，把审讯结束时已经公布过的案情再讲述一遍。

这位令人钦佩的罗纳德·阿代尔是当时澳大利亚某殖民地总督梅努斯伯爵的第二个儿子。阿代尔的母亲从澳大利亚回来做白内障手术，与儿子阿代尔以及女儿希尔达一同住在公园路 427 号。这位年轻人经常在上层社会出入，据大家所知，他并没有仇人，也没有什么恶习。他曾经与卡斯特尔斯的伊迪丝·伍德利小姐订过婚，不过就在几个月前，经过双方的认可，他们解除了婚约，这以后也看不出他有多深的眷恋之情。他总是在一个狭小、保守的圈子里打发自己的时间。选择这样的生活，与他生性冷漠、习惯无变化的刻板生活有着很大的关系。可就在 1894 年 3 月 30 号晚上 10 点到 11 点 20 分之间，死神以最奇特的方式突然降临到了这位悠闲懒散的青年贵族的头上。

罗纳德·阿代尔喜欢打牌，而且一打起来就收不住手，但是他下的赌注从不大到有损他贵族身份的地步。他是鲍德温、卡文迪希和巴格特尔三个纸牌俱乐部的会员。就在他遇害的那天晚饭后，他还在卡文迪希俱乐部玩了一盘惠斯特桥牌。当天下午他也在那儿玩牌。同他一起打牌的有莫瑞先生、约翰·哈代爵士和莫兰上校，他们可以作证的确玩的是惠斯特桥牌，每人的牌好坏都相差不大。阿代尔可能输了 5 英镑，但是不会多于这个数。他有一笔丰厚的财产，因此这样的小输赢对他不会有什么影响。他差不多每天不是在这个俱乐部就是在那个俱乐部玩牌，不过他打得非常谨慎，而且通常是在赢了之后才离开的。证词中还提到在几个星期之前，他与莫兰上校做搭档，一口气赢了戈弗雷·米尔纳和巴尔莫洛勋爵 420 英镑。调查报告中提到的有关他的近况就是这些。

在遇害的那天晚上，他从俱乐部回到家时是晚上 10 点整。他母亲和妹妹到亲戚家串门去了。女仆供述说，听见他走进二楼的前厅，那里通常是他的起居室。她已经在屋里生好了火，因为冒烟，她就打开了窗子。一直到 11 点 20 分梅努斯夫人和女儿回来，之前房间里悄然无声。夫人想进她儿子的屋里去道声晚安，却发现房门从里面锁上了。任凭母女二人在房外喊叫、敲打，里面都没有动静。于是找人来把门撞开，只见这位不幸的青年躺在桌子边，脑袋被一颗左轮子弹击碎，样子十分恐怖。但是屋里没发现任何武器。桌子上摆放着两张 10 镑的钞票和总共 17 镑 10 先令的金银币，这些钱被分成了数目不一的几小堆。另外还有一张纸条，上面写着一些数字，还记了俱乐部里几位朋友的名字。据此可以推测，在遇害之前他正在计算打牌的输赢。

对现场的仔细搜查只能使案情变得越发扑朔迷离。第一，找不到理由来解释这位年轻人为什么要从屋里把门插上。这当然不排除是凶手干的，然后凶手从窗子逃走了；然而窗子离地面至少有 30 英尺，窗下花坛里盛开着番红花。花丛和地面上都没有被踩过的迹象，在房子和街道之间的一块狭长的草地上也没有任何足迹。所以很明显是年轻人自己插上了门。但是他又是怎么被害的呢？任何一个人爬上窗子都会留下一点痕迹的。假如有人能用手枪对准窗子放一枪，而且造成这样的致命伤，那么此人必定是一位神枪手。另外，公园路这条大道上川流不息，离这所房子不到 100 码的地方就有一个马车站。这儿已经有人被打死了，还有这样一颗像铅头子弹一样射出后就会开花的左轮子弹和它造成的立刻致死的创伤，但在当时竟然谁也没有听到枪声。这些就是公园路疑案的情况。这个案子又由于寻找不出任何动机而变得更加错综复杂，因为正如我前面所提到的那样，没有人听说年轻的阿代尔有任何仇人，而且屋里的金钱和贵重物品也没被动过。

我一整天都在琢磨着这些事实，努力想找出一个能够解释得通的结论，从而发现一条最畅通的途径，也就是我那位亡友所说的一切调查的起点。我得承认我没有进展。傍晚，我信步穿过公园，大约在 6 点钟的时候，来到了公园路与牛津街连接的那一头。人行道上聚集着一群游手好闲的人，他们都抬头望着一扇窗子，也就给我指出了我特意要来瞧瞧的那所房子。一位戴着墨镜的瘦高个儿正在讲述他自己的某种推测，我非常怀疑这个人是个便衣侦探，其余的人都围着听。我尽量凑到了他身边，但是他的话听起来非常荒谬，便有些厌恶地从人群中退了出来。我后退时撞到了身后一个有残疾的老人，把他抱着的几本书碰掉到了地上。记得当我帮他捡起那些书的时候，看到其中有一本书的书名是《树木崇拜的起源》。我当时估计这位老人一定是个穷藏书家，以收集一些鲜为人知的书籍作为职业或者爱好。我一个劲儿地为这意想不到的事件道歉，但是被我不巧碰掉的那几本书在它们的主人眼中显然是弥足珍贵的东西。老人朝我愤怒地吼了一声，然后转身就走掉了。我望着他佝偻的背影和灰白的络腮胡子渐渐消失在人群当中。

对公园路 427 号的实地考察，对于帮我弄清楚我所关心的问题似乎不起作用。这所房子和街道之间只隔着一道不足 5 英尺的矮墙，墙的上半截是栅栏，因此任何人想进入花园里都是轻而易举的事情。然而那扇窗子却没有人能够得着，因为墙外没有水管或者其他的东西帮助身体灵巧的人爬上去。我比以前更加感到迷惑不解，只好折回肯辛顿。

我在书房里待了还不到5分钟，女仆就进来说有人要见我。让我大吃一惊的是，来者不是别人，正是那位古怪的旧书收藏家。他灰白的须发中露出一张轮廓清晰而干瘦的脸，右臂下挟着他那些心爱的图书，至少不下10本。

“你没想到是我吧，先生？”他说话的声音古怪而嘶哑。

我承认我确实没有想到是他。

“真是过意不去，先生。我刚才一瘸一拐地在你后面跟着，碰巧看到你走进了这幢房子。于是我想应该进来看看这位心地善良的绅士，告诉他刚才我的态度虽然有点粗暴，不过并没有丝毫的恶意。我还要感谢他替我把书捡起来。”

“你把这点小事看得太重了。”我说，“我能否问一下，你是如何认出我的？”

“先生，说句冒昧的话，我算是你的邻居，在教堂街的拐角处有一家我的小书店。先生，你或许也收藏书吧？这儿有《英国鸟类》《克图拉斯》《圣战》——非常便宜，每一本书都十分便宜。要是再买五本书你就正好可以把书架第二层的空格填满。现在看起来不大整齐，是不是，先生？”

我转过头去看了看身后的书橱。等我再回过头来，我看到夏洛克·福尔摩斯正隔着书桌站在那儿朝我微笑。我站起身来吃惊地盯着他看了一会儿，然后我好像晕了过去。这是我平生头一回，也是最后一回晕过去。我感到眼前确实有一片灰白的雾在旋转。等到白雾消失的时候，我才发现自己的领口已经被解开了，嘴唇上还留有白兰地的辛辣余味。福尔摩斯手中拿着一个扁酒瓶，正弯腰望着我。

“亲爱的华生，”那个熟悉的声音说道，“我万分抱歉，实在没有想到你会这样受不住。”

我紧紧抓住他的双臂。“福尔摩斯！”我喊叫道，“真的是你吗？你真的还活着？你竟然从那可怕的深渊里爬了出来？”

“等一等。”他说，“你真觉得现在有精神谈这些事了吗？我多此一举的戏剧性出现给你带来了多大的刺激。”

“我已经没事了。不过说心里话，福尔摩斯，我实在不敢相信自己的眼睛。天啊！想不到是你——竟然是你——站在我的书房里！”我又抓起他的一只衣袖，摸着袖子里那只精瘦且有力的胳膊，“嗯，不管怎么说，你不是鬼。”我说道，“我亲爱的朋友，见到你我太高兴了。坐下来告诉我，你是如何从那恐怖的峡谷中活着出来的？”

他在我对面坐下来，照老样子若无其事地点燃了一根烟。他身上还裹着书商的那件破旧的长长的外套，剩下的就是桌上的一堆白发和那些旧书。福尔摩斯看起来比以前更加消瘦、机警，然而他那鹰似的脸上带着一丝苍白。我可以看出来他最近的生活不太规律。

“华生，我感到非常高兴，终于能伸直腰了。”他说，“让一个高个子一连几个小时矮下去一英尺实在是一件很痛苦的事情。至于如何解释这一切，好了，我亲爱的朋友，要是你愿意和我合作的话——我们目前还有一个晚上艰险的工作，或许最好是等这项工作干完了以后，我再向你讲述全部的事实。”

“我很想知道，如果现在能听到就更好了。”

“那你今天晚上跟我一起去吗？”

“随时随地都可以。”

“真像过去一样。我们出发前还有点时间，可以吃点晚饭。好吧，就说说那个峡谷吧。我从峡谷中逃出来并没有什么困难，原因非常简单，因为我压根没有掉进去。”

“你压根没有掉进去？”

“没有，华生，我根本没有掉进去。我给你的便条当然是真的。当我发现那位现在已经魂归西天的莫里亚蒂教授可怕的身影出现在通向安全地带的窄道上时，毫不怀疑我的末日已经到了。在他那双灰色的眼睛里，我觉察到了一个冷酷的意图。于是，我跟他交谈了几句，得到他彬彬有礼的许可，写了封短信，也就是你后来收到的那封信。我把信、烟盒和手杖全都留在了那里，然后沿着那条窄道一直往前走，莫里亚蒂仍紧跟在我后面。走到路的尽头时，我便无路可走了。他并没有掏出武器，而是突然朝我冲过来抱住了我。他明白他的一切都完了，所以急着向我报复。我俩在瀑布的边上扭成一团。我懂一点日本摔跤，过去曾不止一次派上过用场。我从他的双臂中挣脱了出来，他发出一声可怕的尖叫，疯狂地踢了几下，两只手在空中乱抓。尽管他用尽了全身的力气，还是无法保持平衡，最终掉进了深渊。我探头看见他掉下去很长一段距离，然后撞在一块岩石上，又弹出去，掉进了水里。”

福尔摩斯边抽烟边讲着这些，而我则听得瞠目结舌。

“可那些脚印呢？”我叫了起来，“我亲眼看见那条路上有两个人往前走的脚印，而没有一个回来的脚印。”

“事情是这样的。就在教授掉下去的那一瞬间，我突然想到命运给我安排了一次再好不过的机会。我知道发誓要置我于死地的人不仅仅是莫里亚蒂一个人，至少还有三个人，他们要报复我的念头只会因为他们首领的死而变得更为强烈。这些都是极端危险分子，其中肯定会有一个找到我的。而另外一方面，假如全世界都确信我已经死了，那么这些家伙就会随意行动，很快就会抛头露面，而我早晚就能消灭他们，到那时我就能宣布我仍然存活于世。当时大脑转动起来非常迅速，我相信莫里亚蒂教授还没有摔到莱辛巴赫瀑布的底部之前，我就已经想出了这一切。

“我站起身，仔细观察身后的悬崖。几个月后我津津有味地读着你那篇生动的描述，你断言那是绝壁。其实你说得并不完全对，悬崖上仍有露在外面的几个窄小的落脚点，并且有一块很像岩架的地方。悬崖非常高，要想爬上去显然是难以实现的；同样，要想沿着那条湿漉漉的窄道出去而不留下脚印也是办不到的。当然，我也可以像在过去某些类似场合做过的那样，把鞋子倒穿，不过在同一方向出现三对脚印，无疑会使人想到这是障眼法。所以，总的看来，最好冒险爬上去。这可不是件令人喜欢的事，华生。瀑布在我的脚下隆隆作响。我不是个富于幻想的人，但我发誓似乎听到了莫里亚蒂教授的声音从深渊中传出来，他朝着我喊叫呢。稍有差池我就会送命，有几次，我手没有抓住草丛或是脚从湿漉漉的岩石缺口中滑了下去，这时我想我完了。但我依然拼命地往上爬，终于爬上一块有几英尺宽的岩架，上面长着柔软的绿苔，我在那儿可以非常舒服地躺下而不被人发现。亲爱的华生，当你和你的随从正在极其同情而又毫无效率地调查我的死亡现场的时候，我就躺在岩架上。

“最后，当你们一个个得出了不可避免的完全错误的结论之后，便回旅馆去了，只剩下我一个人留在那里。本以为我的冒险到此结束了，然而一个非常出乎意料的变故使我意识到还有令人惊异的事情在等着我。一块巨石由上面落下来，轰隆一声从我身边擦过去，砸中下面那条小道，又弹起来掉进深渊。我当时还以为这是一场意外，然而没过多长时间，我抬头望见昏暗的天空中露出一个人头，随即又落下来一块石头，就砸在我躺着的地方，离我的头部不到一英尺。当然，这意味着什么就很清楚了。莫里亚蒂并非独自行动，在他对我下手的时候，还有一个帮手在守望，而我一眼就看出了这个帮手是个非常危险的家伙。他躲在我看不到的地方，亲眼看到了他朋友的死亡和我的脱险。他一直等着，然后绕道上了崖顶，企图实现他朋友未能得逞的阴谋。

“我思考这些并没有花多少时间，华生。我又看到那张冷酷的脸从悬崖顶上往下张望，我明白这预示着另一块石头将要落下来了。我往悬崖下的小道爬去。我不觉得往下爬的时候我是满不在乎的，这可比往上爬要困难上百倍。但是当时我已经没有工夫考虑其中的危险了，因为就在我双手攀住岩架边缘、身体悬挂在空中的时候，又有一块石头呼的一声从我身边滚下去。我爬到一半的地方脚下滑了一下，多亏上帝保佑，我正好掉在了那条小道上，摔得头破血流。我爬起来立马就跑，摸黑在山里走了十英里。一个星期后，我来到了佛罗伦萨。这样一来，我完全确信世界上没有任何人知道我的下落。

“那时候我只有一个可信赖的人——我的哥哥迈克罗夫特。我对你深表歉意，亲爱的华生，可当时最要紧的是让大家以为我死了。你要不是确信我死了，必定写不出一篇那么令人信服，而且是关于我不幸结局的故事。在这三年里，我有好几次提笔想给你写信，可总是害怕你对我的深切关心会使你不够谨慎而泄露秘密。也正由于这个原因，当你今天傍晚碰掉我的书时，我只能避开。因为当时我的处境非常危险，你只要稍稍露出一点惊讶和激动，就可能引起别人注意我的身份而酿成可悲的、无法弥补的后果。

“至于我的哥哥迈克罗夫特，我必须把我的秘密告诉他，才能得到我所需要的钱。伦敦事态的发展并没有如我想象得那样顺利，因为在对莫里亚蒂团伙的审理中，两个最危险的成员却成了漏网之鱼，他们是我不共戴天的仇人。于是，我去西藏旅行了两年，到了拉萨，还常和大喇嘛待在一起消磨时间，以此为乐。你应该读过一个叫西格森的挪威人写得非常出色的考察报告，但是我可以确信你绝想不到你所看到的正是你朋友的消息。然后，我经过波斯，游览了圣地麦加，在喀土穆对哈里发进行了一次简短而有趣的拜访，并把拜访的结果告诉了外交部。回到法国后，我在法国南部蒙彼利埃的一个实验室里花了几个月的时间来进行煤焦油的衍生物提炼的试验。我满意地结束了这项试验，又听说我的仇人目前只剩下一个在伦敦，我就打算回来。这桩公园路奇案不仅因为案情扑朔迷离吸引了我，而且它似乎给我个人带来了最难得的机会，于是我加快了行程。我立刻赶回伦敦贝克街的自己家中，竟把赫德森太太吓得歇斯底里。我哥哥把我的房间和我的记录照原样保存着。就这样，我亲爱的华生，今天下午两点钟，我就坐在我原来屋里的那把旧椅子上，满心希望能看到我的老朋友华生也坐在对面他常坐的那把椅子上。”

这就是我在四月的那个晚上听到的离奇故事。如果不是亲眼所见，我还以为再也见不到那瘦高的身体和亲切的面庞了呢。

我不清楚他是怎样知道了我沮丧的消息，以动作代替语言表示了他的慰问。

“亲爱的华生，工作是解除悲伤最有效的解药，”他说，“今天晚上我给咱俩安排了一件工作。假如我们能成功地完成，那我们就不枉活这一场。”我求他讲得详细些，可是徒劳无用。“天亮前你会耳闻目睹许多事的，”他说，“我们有三年的往事要谈。我们谈到九点半，然后就要开始这场特别的空屋历险。”

真的，一切就像过去一样。到了九点半，我发现自己正挨着他坐在一辆双座马车上，我的口袋里装着一把手枪，心中由于去冒险而激动不已。福尔摩斯沉着镇定，一声不吭。街上的路灯光照在他冷峻的脸庞上，我看到他眉头紧锁，薄薄的嘴唇紧闭着，陷入了沉思。我不知道我们在伦敦这个罪犯充斥的黑暗丛林中搜寻什么样的野兽，但从这位狩猎高手的神态来看，我能够确信这是一次非常危险的行动。他那苦行僧般阴沉的脸上不时露出讥讽的笑容，预示着我们搜寻的对象凶多吉少。

我本来以为我们要去贝克街，但在卡文狄希广场拐角的地方，福尔摩斯让马车停了下来。我注意到，他下车时向左右两边张望了一下，接着每到一条街的拐角处他都极为细心地提防后面是否有人跟踪。我们走的这条路线无疑是独一无二的。福尔摩斯对伦敦的偏僻小道非常熟悉。这一次他迅速而又自信地穿过一连串我从来都不知道的小巷和马厩。最后我们来到了一条小马路上，马路的两旁都是一些阴暗的旧房子。这条小路把我们带到了曼彻斯特大街，然后到了布兰福德大街。他从这里迅速拐进了一条窄道，穿过一扇木门，进入了一个无人的院子。他用钥匙打开了一座房子的后门，等我们进屋后，他把门关上了。

屋里一团漆黑，很显然这是一座空屋。光秃秃的地板在我们的脚下发出“吱吱”的响声。我伸手摸到一堵墙，上面糊的纸已经一片片地往下垂着。福尔摩斯用冰凉、细长的手指抓住我的手腕，带我穿过一条长走廊，直到我模模糊糊地看见门上面昏暗的扇形窗才停了下来。在这儿，福尔摩斯突然向右一拐，我们便进了一间正方形的大空屋。屋的四角非常昏暗，只有当中一块地方被远处的街灯照亮着。附近没有街灯，窗子上又积了一层很厚的灰尘，所以我们只能看清彼此的轮廓。福尔摩斯把手搭在我的肩膀上，把嘴凑近我的耳朵。

“你知道咱们在哪里吗？”他低声问道。

“这不是贝克街吗？”我睁大眼睛透过昏暗的窗户往外看。

“正是。这里是我们老寓所对面的卡姆登公寓。”

“可我们来这干吗呢？”

“因为从这儿可以清清楚楚地看到对面的高楼。亲爱的华生，请你靠窗户近一点，不过千万别把自己暴露了。再看看咱们的老寓所——你那么多传奇般的故事不就是从那儿开始的吗？让我们看看我离开的这三年我是不是彻底失去了让你惊奇的能力。”

我轻轻地走过去，朝对面那扇熟悉的窗子望去。当视线落到窗户上时，我吃惊地叫了一声。窗帘已经放下来了，屋里灯火通明。明亮的窗帘上映出一个人坐在椅子上的笔直的身影。头部的姿势，宽阔的肩膀，以及那轮廓分明的脸庞，决不会弄错。那张脸转过去一半，造成的效果就像我们的祖父母们喜欢装裱起来的一张剪影。这完全是福尔摩斯本人。我惊奇得连忙把手探了过去，想弄清楚他是不是还站在我的身边。他不出声地笑得全身颤动。

“怎么样？”他问。

“天啊！”我大声说，“这太妙了。”

“我相信我变幻莫测的手法还没有因岁月流逝而枯竭，或者因经常使用而变得过时。”他说，我从他的声音中听出了这位艺术家对自己的创作所感到的兴奋和自豪，“这确实非常像我，是不是？”

“我发誓完全可以说那就是你。”

“这份功劳应归功于格勒诺布尔的奥斯卡·莫尼埃先生，他花了几天的时间做模型。那是一尊蜡像。其他的是我今天下午去贝克街时自己布置的。”

“可这是为什么呢？”

“亲爱的华生，因为我有十分充足的理由希望某些人认为我就在那里，而实际上我在别的地方。”

“你认为有人在监视你的房间吗？”

“我知道有人在监视。”

“是谁？”

“我的夙敌——就是那可怕的一帮人，他们的头目此刻正躺在莱辛巴赫瀑布下。你别忘了，他们知道我还活着，也只有他们才知道。他们相信我早晚有一天会回家的。他们一直在监视，而在今天早晨他们看见我回来了。”

“你怎么知道的？”

“因为我从窗口往外看时，认出了他们派来放哨的人。他叫帕克，以杀人抢劫为生，是个出色的犹太口琴演奏家，但他不足为虑。我一点儿也不在乎他，可我十分担心他背后那个更加难对付的人。他是莫里亚蒂的知心朋友，是伦敦最狡猾、最危险的罪犯，也就是从悬崖上往下扔石块的那个人。华生，今天晚上追我的就是这个人，然而他一点儿也不知道我们在追他。”

我朋友的计划逐渐显露出来了。从这个有利的隐蔽所，监视人正在被监视，追踪者正在被追踪。那边窗户上消瘦的影子是诱饵，而我们是猎人。我俩一同默默无语地站在黑暗中，紧盯着在我们面前匆匆来去的人影。福尔摩斯一言不发，一动不动，不过我看得出他正处在高度警觉的状态，他的双眼专注地盯着穿梭的人流。这是一个寒冷又喧嚣的夜晚，风从长长的街道呼啸而过。街上来来往往的人很多，大都紧裹着外套和围巾。有一两次我好像看见了刚刚见过的某个人影，我还特别注意到在离我们不远的一幢房子的门道中有两个人好像在避风。我让我的同伴注意这两个人，但是他只是不耐烦地哼了一声，又继续盯着街上。有好几次，他局促不安地挪动脚步，手指飞快地在墙上敲打着。显然，他开始有些担心他的计划不能完全如他所预想的那样成功。最后，接近午夜时分，街上行人渐渐稀少。他抑制不住内心的不安，在屋里来来回回地走动。我正准备对他说点什么，抬头看了看亮着的窗子，又像刚才那样大吃一惊。我一把抓住福尔摩斯的胳膊，朝对面指了指。

“那影子动了！”我叫了起来。

窗帘上的影子已经不是侧面而是背朝着我们。

三年的时间并没有消除他粗暴的脾气，也没有减少他对智力低于他的人所表现出来的急躁。

“它当然动了，”他说，“华生，难道我是一个十分可笑的笨蛋，支起个一眼就认得出的假人，希望靠它来骗过几个欧洲最狡猾的家伙吗？我们在这屋里待了两个小时，赫德森太太已经把蜡像的位置换了八次，每一刻钟换一次。她是从前面转动的，这样就不会有人看到她的身影。啊！”他尖叫一声，倒吸了一口气。在昏暗的光线中，我见他往前探着头，全身由于全神贯注而紧张起来。外面的大街上已经空无一人。那两个人可能还蜷缩在门道里，不过我已看不见他们了。万籁俱静，周围一片漆黑，唯一可见的是我们对面明亮的黄色窗帘中央映照着的一个黑色的影子。在一片寂静中，我耳边又响起了只有在忍住极度兴奋时才会发出的那种细微的咝咝声。不一会儿，他把我拉到最黑暗的屋角，一只手捂着我的嘴。他的手在颤抖。我从来没有见过我的朋友如此激动过。那漆黑的大街仍旧荒凉地、静静地展现在我们面前。

可是，我忽然发觉了他那超人的感官已经察觉了的东西。一阵轻轻的蹑手蹑脚的声音传进了我的耳朵，不是从贝克街方向，而是从我们藏身的这栋房子后面传来的。一扇门打开又关上了。不一会儿，走廊里响起了脚步声——这本来不想弄出来的脚步声在这空荡荡的屋子里刺耳地回响着。福尔摩斯靠墙蹲下来，我也和他一样蹲了下来，手里紧握着我的左轮手枪。

朦胧中我模模糊糊地看到了一个人的身影，颜色比敞开着的门外的暗黑稍微深一些。他站了一会儿，然后弯下身子，不怀好意地悄悄走进屋来。这凶险的家伙离我们不足三码的距离。我已经准备等他扑过来，这时才忽然想起他根本就不知道我们在这里。他从我们身边走过，悄悄地靠近了窗子，轻轻地、无声地把窗户推上去了半英尺。当他跪下来靠着窗口的时候，街上的灯光因为没有了积满灰尘的玻璃的遮挡，清清楚楚地照在他的脸上。他似乎兴奋过头了，两眼像星星一样闪闪发亮，面部不停地抽搐。这是个上了岁数的人，鼻子瘦小突出，额头又高又秃，留着浓密的灰白的络腮胡子。一顶可以折叠的大礼帽推在后脑勺上，解开的外套露出晚礼服的白前襟。他的脸又瘦又黑，布满了凶悍的深深的皱纹。他手里拿着一根估计是手杖的东西，然而当他把它放在地上时，却发出了金属的铿锵声。

然后他从大衣口袋里掏出一大块东西，忙活了一阵，最后咔嗒响了一下，应该是把一根弹簧或者栓子挂上了。他跪在地板上，弯腰把全身力量压在一个杠杆上，接着便是一阵长长的旋转和摩擦的声音，最后又是咔嗒一响。这时他直起腰来，我这才看清楚他手里拿的是一支枪，枪托的形状十分特别。他拉开枪膛，把什么东西放了进去，又啪的一声推上了枪膛。然后他弯下腰，把枪筒架在窗台上。我看见他的长胡子垂在枪托上，闪亮的眼睛对着瞄准器。当他把枪托紧贴右肩时，我听见他发出一声满意的叹息声，看到那个令人惊异的目标——黄色窗帘上的人影清楚地暴露在枪口的前方。他停顿了一会儿，然后扣动扳机。嘎的一声怪响，紧接着是一串清脆的玻璃破碎声。就在这一刹那，福尔摩斯如同猛虎一般向射手的背部扑过去，把他脸朝下摔倒在地上。他立刻爬了起来，用尽全身力气掐住福尔摩斯的喉咙。我用手枪柄对着他的脑袋敲了一下，他倒在地板上。我扑过去把他按住，我的朋友吹了一声刺耳的警笛。人行道上马上响起了一阵跑动的脚步声，两个身着制服的警察和一个便衣侦探从大门冲进屋来。

“是你吗，雷斯垂德？”

“是的，福尔摩斯先生。我自己把任务接过来了。很高兴见到你回到伦敦，先生。”

“我想你需要一点非官方的帮助。一年之间有三起谋杀案不破可不行啊，雷斯垂德。你处理莫利瑟的案子时与平时可不一样——也就是说，你处理得还不错。”

大家都已经站了起来。我们的囚犯在大口喘气，他的左右两边各站着一个身材高大的警察。这时已经有些闲人开始聚集在街上。福尔摩斯走到窗前关上了窗子，又放下了帘子。雷斯垂德点上了两支蜡烛，警察也打开了他们的提灯，我终于可以仔细地打量这个囚犯了。

对着我们的是一张精力充沛而又阴险毒辣的面孔。这个人长着哲学家的前额和酒色之徒的下颌，好像大善或大恶的禀赋是与生俱来的。但是只要一看到他那冷酷的蓝眼睛，那下垂、讥讽的眼帘，那凶猛、挑衅的鼻子和那咄咄逼人的浓眉，谁都会看出这是造物主最明显的危险信号。他对我们根本看也不看一眼，只是紧盯着福尔摩斯的脸，眼神中交织着仇恨与惊讶。

“你这魔鬼！”他不停地嘟哝着，“你这个狡猾的魔鬼！”

“啊，上校！”福尔摩斯一面整理着被弄乱的衣领一面说，“正像老戏中所说的，‘不是冤家不聚头’。自从上次我躺在莱辛巴赫瀑布的岩架上承蒙你关照以来，我就没有再见到过你了。”

上校就像精神恍惚的人一样，仍旧目不转睛地看着我的朋友。“你这狡猾的魔鬼！”

“我还没有向大家介绍你呢。”福尔摩斯说，“先生们，这位是塞巴斯蒂安·莫兰上校，曾在女王陛下的印度陆军中效力，是我们东方帝国所造就的最优秀的射手。上校，你在猎虎方面的成绩依然是举国无双吧？”

这个凶恶的老人一声不吭，依然瞪大眼睛看着我的伙伴。看着他那不驯的眼睛和他那倒竖的胡子，你会觉得他就像只老虎。

“我真感到奇怪，我那简单的计策竟然把一位老练的猎手给骗住了。”福尔摩斯说，“这对你来说是再熟悉不过的。你不是也在一棵树下拴只小山羊，自己带着来福枪藏在树上，等着这只作为诱饵的小山羊把老虎引来吗？这栋空房子就是我的树，你就是我的老虎。你或许还带着几支备用的枪，以防好几只老虎同时出现，或是你自己万一没有瞄准好。而这是不大可能的。他们都是我的备用枪，”他指了指周围的人说道，“这是个非常确切的比喻。”

莫兰上校一声怒吼向前冲来，但两个警察把他按了回去。他脸上的愤怒之情非常可怕。

“我承认你有一点在我的意料之外，”福尔摩斯说，“我没有预料到你也会利用这栋空房子和这扇便利的前窗。我本来以为你会在街上动手的，那里有我的朋友雷斯垂德和他的随从在等着你。除了这一点外，一切都正如我所料。”

莫兰上校转过脸看着那位侦探。

“你们可能有也可能没有逮捕我的正当理由，”他说，“不过至少没有理由让我受这个家伙的嘲弄。如果我现在处于法律的控制之中，那一切都按法律办吧。”

“哦，这话说得还算合乎情理。”雷斯垂德说，“福尔摩斯先生，在我们走之前，你还有别的要讲吗？”

福尔摩斯已经把那支威力强大的气枪从地上捡了起来，正仔细地察看它的结构。

“真是一件了不起的稀有武器，”他说，“无声而且威力巨大。我认识这个双目失明的冯·赫德，也就是为莫里亚蒂教授特制这把枪的德国机械师。我知道有这么一把枪已经好几年了，虽然以前没有机会摆弄它。雷斯垂德，我特别把这支枪，还有这些配套的子弹都交给你们保管。”

“你可以放心地交给我们保管，福尔摩斯先生，”雷斯垂德说，大家这时都在朝门口走去，“还有什么要讲的吗？”

“我只想问一下，你准备以什么罪名提出控告？”

“什么罪名？当然是企图谋杀夏洛克·福尔摩斯先生了。”

“这不行，雷斯垂德。我根本不打算在此案中出面。这次出色的逮捕是你的功劳，而且只能是你的功劳。是的，雷斯垂德，我祝贺你！你凭着自己惯有的智勇双全抓住了他。”

“抓住了他！福尔摩斯先生，抓住了谁？”

“就是全体警察一直没有找到的人——塞巴斯蒂安·莫兰上校。是他于上个月 30 号把一颗开花子弹装在气枪里，对准公园路 427 号二楼正面的窗口开了一枪，打死了尊敬的罗纳德·阿代尔。这才是他的罪名，雷斯垂德。好了，华生，如果你能够忍受透过破玻璃窗吹进的冷风，不妨到我书房去抽支雪茄，坐上半小时，这样你也可以稍稍休息一下。”

我们的老房间多亏迈克罗夫特·福尔摩斯的监督和赫德森太太直接照管，仍然和以前一样。一走进门，我就注意到屋内整洁的确少见，但是原有的标志依然如故。这个角落是做化学试验的地方，摆放着那张被酸液弄脏了桌面的松木桌；那边架子上摆着一排大本的剪贴本和参考书，那是许多伦敦人想烧掉才后快的东西。我环视四周，挂图、提琴盒、烟斗架，甚至连装烟丝的波斯拖鞋都一一出现在眼前。屋里已经有两个人：一个是我们进来时笑脸相迎的赫德森太太，另一个是在今晚的历险中起了那么大作用样子有点古怪的假人。我朋友的这个做得栩栩如生、上过颜色的蜡像，搁在一个小架子上，披着福尔摩斯的一件旧睡衣，从大街望过去非常逼真。

“一切预防措施你都全部遵守了吗，赫德森太太？”福尔摩斯说道。

“我完全照你的吩咐，是跪着干的，先生。”

“好极了！你完成得非常好！你看到子弹打在什么地方了吗？”

“看到了，先生。恐怕子弹已经打坏了你那座漂亮的半身像。它恰好穿过头部，然后碰在墙上砸扁了。这是我从地毯上捡到的，给！”

福尔摩斯把子弹递给我。“你看，这是一颗铅头左轮手枪子弹，华生。真是巧妙，谁会想到这样的东西是从气枪中打出来的呢，好了，赫德森太太，非常感谢你的帮助。现在，华生，请你在老位子上再坐下来，我有几个问题要跟你讨论一下。”

他已经脱掉了那件旧礼服，换上了从蜡像上取下来的灰褐色睡衣，于是又恢复了往日的模样。

“这位老猎手居然手还不抖，眼也不花。”他一面检查着蜡像破碎的前额一面笑着说，“对准脑袋后部的正中，正好穿过大脑。他在印度时就是最好的射手，我想伦敦也很少有人能胜过他。你听说过他的名字吗？”

“没有，没听说过。”

“是啊，是啊，这就叫出名！不过，如果我没有记错的话，你以前也没听过詹姆士·莫里亚蒂教授的名字。他是20世纪的大学者之一。请你把我那本传记索引从架子上拿下来给我。”

他把身子往椅背上一靠，大口喷着雪茄烟，懒洋洋地翻看着那本索引。

“我收集在M部的这些材料很不错。”他说，“莫里亚蒂这个人无论放在哪里都是出众的。这是投毒犯莫根，这是遗臭万年的梅里丢，还有马修斯——此人在查林十字街的候诊室里把我左边的犬齿打掉了。最后就是咱们今晚见到的这个朋友。”

他把本子递给我，上面写着：

> 塞巴斯蒂安·莫兰，上校，无业。曾服役于班加罗尔工兵一团。1840年生于伦敦，系原任英国驻波斯公使奥古斯塔斯·莫兰爵士之子。曾就读于伊顿公学、牛津大学。参加过乔瓦基战役、阿富汗

战役，在查拉西阿布（派遣）、舍普尔、喀布尔服过役。著作有《喜马拉雅山西部的大猎物》（1881），《丛林中的三个月》（1884）。住址：管道大街。俱乐部：英印俱乐部，坦克维尔俱乐部，巴格特尔纸牌俱乐部。

在这一页的空白处，有福尔摩斯清晰的批注："伦敦第二号危险人物。"

"这真令人吃惊，"我把本子递回给他时说道，"这个人的职业竟然是一个光荣的军人呢。"

"没错。"福尔摩斯答道，"从某种程度上来讲，他确实干得不错。他一向有钢铁般的意志，在印度还流传着他如何爬进水沟去追一头受伤的吃人猛虎的事。华生，有些树木在长到一定高度的时候，会突然变成难看的古怪形状。这一点也常常可以在人身上看到。我有个理论，个人在成长过程中再现了他历代祖先的发展全过程，而像这样突然变好或者变坏则表明他家族中强大的影响。这个人似乎成了他自己整个家族历史的缩影。"

"这观点倒很有意思。"

"好吧，我不坚持。不管出于什么原因，莫兰上校开始堕落了。他在印度虽然没有弄出什么路人皆知的丑闻来，不过印度已经没有他的容身之地了。他退伍了，来到伦敦，又弄得名声很坏。就是在这个时候，他被莫里亚蒂教授挑中了，一度还是他的参谋。莫里亚蒂大把大把地给他钱，只利用他做过一两件普通匪徒承担不了的非常棘手的案子。你可能还模糊记得1887年在洛德的那个斯图尔特太太被害的案子。不记得了？我可以肯定莫兰是主谋，不过又没有证据。这位上校隐蔽得非常巧妙，甚至在莫里亚蒂帮伙被破获的时候，我们也没有办法控告他。你记得我那天到你家去看你时，为了防气枪，我不是把百叶窗都关上了吗？你当时肯定觉得我有些疑神疑鬼，可我很清楚自己在做什么，因为我已经清楚有这么一把不同寻常的枪，而且也清楚在这把枪的后面会有一位世界上第一流的射手。和莫里亚蒂一起在瑞士跟踪我们的就有他。毋庸置疑，就是他给了我在莱辛巴赫悬崖上那极其可怕的五分钟。

“你可以想象得到，我在法国的时候注意看报纸，就是为了寻找机会制伏他。只要他在伦敦还逍遥法外，我活在世上也就没什么意义了。他的影子会日日夜夜缠着我，他早晚总会有机会对我下手的。我能怎么办呢？总不能一看见他就朝他开枪，那样我自己就要进法院。向长官求助也毫无用处，他们无法仅仅只根据在他们看来完全是捕风捉影的怀疑就进行干预。所以我无计可施。可是我留心报上的犯罪消息，知道我早晚能抓住他的。后来我看到了罗纳德·阿代尔遇害的消息，知道我的机会终于来了。从我了解的那些情况来看，这不明摆着是莫兰上校干的吗？他先同那年轻人打了牌，然后从俱乐部一直跟他到家，对准敞开的窗子开枪把他打死。这是毋庸置疑的，光凭这些子弹就足以把他送上绞刑架。我马上赶回了伦敦，却被那个放哨的发现了。我知道他会告诉上校注意我的出现。上校不可能不把我的突然出现和他的案子联系到一起，因此万分惊恐。我猜准了他会立刻想办法把我除掉，为此他会把那杀人的武器带来。我在窗户上给他留了一个明显的靶子，还预先通知警方可能需要他们的帮助。顺便提一句，华生，你准确无误地看出了他们待在那个门道里。然后我找到了一个在我看来是万无一失的监视点，根本没有预料到他会选择同一地点来袭击我。现在，亲爱的华生，还有什么别的要我解释的吗？”

“有，”我说，“你还没有说明莫兰上校谋杀罗纳德·阿代尔的动机是什么。”

“啊，亲爱的华生，这一点就只能靠推测了，而在这一方面，就连具有最优秀的逻辑思维的人也有可能会出错。每个人都可以根据现有的证据做出自己的假设，你我的假设可能都是对的。”

“那么，你已经有假设了？”

“我认为解释这些事实并不难。从证词中可以得知，莫兰上校和年轻的阿代尔合伙赢了很多钱。不用说，莫兰一定是作弊了——对此我早有耳闻。我相信在阿代尔遇害的那天，他发现了莫兰作弊。他很可能私下和莫兰谈过，还威胁说要揭发他，除非他自动退出俱乐部并保证不再玩牌。按说像阿代尔这样的年轻人不大可能立刻就去揭发一个既有些名望又比他大得多的莫兰，闹出一桩骇人听闻的丑事来。但他很可能像我估计的那样做了。离开这些俱乐部对于莫兰来讲就等于灭顶之灾。于是莫兰就杀了阿代尔，那时阿代尔正在计算自己该退还多少钱，因为他不愿从搭档的作弊中牟利。他锁上门，是为了防止他母亲和妹妹突然进来，并且非要知道他摆弄那些人名和硬币干什么。这样解释得通吗？”

“我相信你所说的都是事实。”

“这还有待审讯时得到证实或驳回。另外，不论出现什么情况，莫兰上校现在是不会给我们添麻烦了。冯·赫德这把了不起的气枪会给苏格兰场[①]博物馆增色，而福尔摩斯先生又可以自由自在地献身于调查伦敦错综复杂的生活所引起的大量有趣的小问题了。”

---

① 指英国伦敦警务处总部。——译者注

诺伍德的建筑师

“从刑事专家的角度来看，”福尔摩斯先生说，“自从莫里亚蒂教授死了之后，伦敦就变成了一座十分乏味的城市。”

“我相信正派市民没有谁会同意你的观点的。”我回答说。

“是啊，是啊，我不该自私。”他一面笑着说，一面把椅子从早餐桌旁推开，“这对社会当然有好处。除了可怜的专家无所事事以外，谁也没有受损失。在那个家伙还活动的时候，每天都可以从晨报上读到许许多多可能发生的事。而且，华生，虽然常常是极其细小的线索，非常模糊的一个迹象，却足以让我知道这个恶毒的匪首在什么地方，就好比蛛网边缘稍有颤动，就使你想到潜伏在网中央的那只可恶的蜘蛛一样。对于掌握线索的人来说，小偷小摸的行径、恣意行凶、随意的暴行，这些都能够连成一个整体。对于一个研究上层黑社会的学者来说，欧洲还没有一个首都能提供如同当时伦敦一样的便利条件。然而现在呢……”他耸了耸肩，很幽默地表示对他自己花了不少气力创造出的现状的不满。

当时福尔摩斯回到伦敦已经有几个月了。我在他的要求下，也已经把我的诊所转让了出去，搬回贝克街那个我们合住过的老寓所。一个叫弗纳的年轻医生买下了我在肯辛顿的小诊所，而且毫不犹豫就按我冒昧提出的最高价付了钱，真让人感到奇怪——几年后我才知道弗纳原来是福尔摩斯的一个远亲，这才明白钱实际上是我朋友出的。其实，在我们合作的那几个月里，日子并不像他所说的那样平淡无奇。因为我在查看自己的笔记时，发现那段日子里发生的前穆里罗总统文件案，以及荷兰"弗里斯兰"号轮船的惊人事件——后一个案子差点儿使我俩丧失了性命。不过他天性冷静自重，一向不喜欢任何形式的公开赞扬，他还用最严格的规定约束我不能提一句有关他本人、他的方法、他的成功的话。我已经解释过，这项禁令直到现在才被取消的。

福尔摩斯在发了一通古怪的牢骚之后，往椅子背上一靠，悠闲地打开晨报。这时，一阵猛烈的门铃声引起了我们的注意，紧接着是一阵"咚咚"的敲门声，像是有人在用拳头敲打大门。门开了，可以听到有人急忙忙冲进了过道，然后是上楼梯的急促的脚步声。没过一会儿，一个脸色苍白、衣服凌乱、两眼发直的年轻人发疯似的闯进屋来。他浑身都在发抖。把我们轮流打量了一番之后，在我们疑问目光的注视下，他意识到有必要为自己这样冒冒失失地闯进来表示一下歉意。

“对不起，福尔摩斯先生，”他大声说，“你别责备我，我几乎要发疯了。福尔摩斯先生，我就是那个倒霉的约翰·赫克托·麦克法兰。”

他这样介绍自己，仿佛只要一提他的姓名，就可以解释他的来访和来访的方式。但是从我同伴那张毫无反应的脸上可以看得出来，这个姓名对他和我都一样不能解释什么。

“先抽支烟吧，麦克法兰先生。”他说着把烟盒递了过去，“我相信我这位朋友华生医生可以根据你的症状开一张镇定剂处方。这几天天气实在太热了。如果你现在感到心神安定一点了，就请坐在那把椅子上，慢慢地告诉我们你是谁，找我们做什么。你报了你的名字，似乎我应该认识你，不过除了知道你是个单身汉、律师、共济会会员以及患有哮喘病之外，我的确对你一无所知。”

我因为熟悉我朋友的方法，所以很容易领会他的推理，是这位年轻人不修边幅、带着一扎法律文件、表链上的装饰以及急促的呼吸声使他得出这种推测。可是这位年轻的委托人却惊得瞠目结舌。

“是的，你说的正是我，福尔摩斯先生。此外，我现在还是全伦敦最不幸的人。看在上帝的分上，福尔摩斯先生，你可别不管我。假如他们在我还没有讲完之前就来逮捕我，请你让他们给我点时间，让我把全部事实都告诉你。只要知道有你在外面为我活动，我会高高兴兴地走进监狱。”

“逮捕你？”福尔摩斯说，“这真是太——太有意思了。那你会因为什么罪被捕呢？”

“谋杀诺伍德的约纳斯·奥尔达克先生。”

我朋友那富有表情的脸上似乎露出了一种或多或少掺杂着一丝快意的同情。

“我的天啊，”他说，“刚才吃早饭的时候，我还对我朋友华生医生说，一切具有社会轰动效应的案子都已经从报上消失了呢。”我们的客人伸出一只颤抖的手，拿起仍然放在福尔摩斯膝盖上的《每日电讯报》。

“先生，你只要看过报纸，就会立刻明白我今天上午为什么来找你了。我觉得现在肯定人人都在谈论我的名字和我的不幸。”他把报纸翻到刊登重要新闻的那一版。

“就在这儿，如果你允许的话，我给你念念。你听这个，福尔摩斯先生。标题是：‘诺伍德的神秘案件。著名建筑师失踪。怀疑为谋杀纵火案。犯罪线索。’这就是他们正在追查的线索，福尔摩斯先生。我知道这线索必然会引到我身上来。我在伦敦桥火车站就被跟踪了，而且我可以确信他们只是在等逮捕令来抓我了。这会让我母亲伤心的——肯定会让她伤心的！”

他万分惊恐地使劲扭着双手，在椅子上来回摇晃。我饶有兴趣地打量着这个被指控行凶的男人。他长着淡黄色的头发，面貌清秀，但显得十分疲惫，两只蓝色的眼睛带着惊恐的神色，脸刮得干干净净，神经质的嘴唇显得优柔寡断。他的年龄在二十岁上下，衣着和举止都像一位绅士。从他浅色夏季外衣的口袋里露出一卷签署过的文件，表明了他的职业。

“我们得好好利用这段时间。”福尔摩斯说，“华生，麻烦你把报纸拿起来，把刚才谈到的那段念一下，好吗？”

就在我们的委托人引述过的大标题下面，有这样一段带暗示的叙述，我念道：

“昨天深夜或今日凌晨，诺伍德发生了一起意外事件，疑为严重犯罪行为。约纳斯·奥尔达克先生为该郊区很有名望的居民，在此从事建筑业多年。奥尔达克独身，现年52岁，住在悉登哈姆路尽头的幽谷山庄。他以习性怪僻出名，平时沉默寡言，不爱交际，近几年实际上已经退出建筑业，不过其住宅后的贮木场仍然存在。昨晚大约12点，贮木场发出火警，消防队立刻赶到现场，终因木料干燥、火势凶猛而只能等到整堆木材烧尽。此时，起火原因似乎很偶然，不过另有迹象表明此乃严重的犯罪行为。火灾现场没有发现主人踪迹，令人颇为吃惊。经调查，才知道户主已经失踪。检查卧室，发现床无人睡过，而房间里的保险柜门被打开，满地散落着许多重要文件。最后发现室内有激烈打斗过的迹象，并在室内发现少量血迹以及一根橡木手杖，柄上也沾有血迹。现已查明，当天晚上奥尔达克先生曾在卧室接待来客，该手杖就是来客之物。此深夜来客为年轻律师约翰·赫克托·麦克法兰先生，即中东区格莱沙姆大楼426号格雷姆—麦克法兰事务所之合伙人。警方相信已掌握能说明犯罪动机之有力证据。总之，该事件无疑会有惊人的进展。就在本报付印之时，有谣传说麦克法兰先生因谋杀约纳斯·奥尔达克已被逮捕，至少可以确定逮捕令已经发出。

“诺伍德事件的调查又有不祥进展。在可怜的建筑师的卧室里（卧室位于一楼），除有打斗迹象外，现又发现其卧室的落地窗是敞开的，好像有笨重物体从室内拖往木材堆的痕迹。在火场灰烬中发现被烧焦的残骸的说法已被证实。据警方推测，这是一起非常恐怖的凶杀案。受害者在自己的卧室里被木棍击毙，文件被盗，尸体被拖至木材堆焚烧以毁灭证据。此案已交苏格兰场富有经验之警官雷斯垂德进行调查，他正以其素有的精力与机智追查线索。”

福尔摩斯合着眼，两手指尖顶着指尖，听了这篇惊人的报道。

“这个案子的确有几点值得注意。”他慢吞吞地说，“麦克法兰先生，让我先问你一句，既然似乎有足够的证据可以逮捕你，为什么你还能逍遥法外呢？”

“福尔摩斯先生，我和父母同住在布莱克希斯的托林顿寓所，但昨晚由于我与约纳斯·奥尔达克先生处理事务忙到很晚，就在诺伍德的一家旅馆住下了，然后从那里直接去的事务所。我毫不知情，一直等到坐上了火车，才看到了你刚才听到的新闻。我马上意识到自己处境十分危险，就赶来把这个案子委托给你。我相信，如果我在家里或者在办公室里，肯定早就被抓走了。有个人从伦敦桥火车站起就一直跟着我，我毫不怀疑——天啊！谁来了？”

门铃响了，紧接着楼梯上响起了沉重的脚步声。不一会儿，我们的老朋友雷斯垂德出现在门口。我看见他身后的门外站着两个穿制服的警察。

“是约翰·赫克托·麦克法兰先生吗？”雷斯垂德问。

我们这位可怜的委托人站起身来，一脸惊恐。

“由于你蓄意谋杀了诺伍德的约纳斯·奥尔达克先生，我现在逮捕你。”

麦克法兰做了一个绝望的手势转身看着我们，像当头挨了一棒一样，“扑通”一声坐到了椅子上。

“请等一下，雷斯垂德。”福尔摩斯说，“再等半个小时对你来说影响不大吧？这位先生正准备给我们讲述一件非常有趣的事件，这也许会帮助我们弄清真相。”

“我想弄清真相并不困难。”雷斯垂德严肃地说。

“不过，要是你允许的话，我还是很有兴趣听一听他的说法。”

“好吧，福尔摩斯先生，我很难拒绝你的任何要求，因为你在过去曾给我们帮过一两次的忙，我们苏格兰场还欠你一份人情呢。”雷斯垂德说，“同时，我必须同我的犯人待在一起，而且我有义务警告他:他说的每一句话都会成为对他不利的证据。”

“那再好不过了。”我们的委托人说，“我只请求你一定听我讲，并且确认我讲的绝对是事实。”

“我给你半小时。”雷斯垂德看了一下表说道。

“我必须先说明一下，”麦克法兰说，“我对约纳斯·奥尔达克先生一点儿也不了解。他的名字我非常熟悉，因为我父母很多年以前曾与他相识，不过后来疏远了。因此，昨天下午三点钟，他走进我在城里的办公室时，我非常意外。当他说明他来的目的时，我更感意外。他手里拿着几张从笔记本上撕下来的纸，上面写满了很潦草的字——就是这几张——然后他把这些纸放在我的桌上。

“‘这是我的遗嘱。’他说，‘麦克法兰先生，我要你把它按照法定的格式写出来。你写你的，我就在这儿坐着。’

“我开始抄写。当我发现他除留下少量的钱财之外，把其余的财产都留给了我时，你们可以想象得出我有多么惊讶。他是个像小雪貂一样的怪人，就连眉毛都是白色的。当我抬起头来看他时，发现他那锐利的灰眼睛正盯着我，脸上露出开心的表情。当我读到遗嘱中那些条文的时候，简直不能相信我的眼睛。可是他解释说，他是个单身汉，没有什么亲属。他年轻时就认识我父母，而且一直听说我是个值得信赖的小伙子，所以放心把他的钱交给我。当然，我只能结结巴巴地说一些感谢的话。遗嘱按照格式抄好了，签了字，并有我的书记当公证人。就是这张蓝纸上写的。我已经解释过，这些小纸条只是草稿。约纳斯·奥尔达克先生接着告诉我，还有很多文件需要我去过目并且弄清楚，都是些租约、房契、抵押契据、临时凭证之类的东西。他说只有在这些事情都安排好以后他才放心，并且要我晚上就带着这份遗嘱去诺伍德，在他家里把所有的事情都安排好。‘记住，我的孩子，在这件事还没有办妥之前，不要向你父母提起半个字。我们要给他们一个小小的惊喜。’他非常坚持这一点，而且还让我保证一定要做到。

“福尔摩斯先生，你可以想象得到，我当时不可能拒绝他的任何要求。他成了我的保护人，我最大的希望就是丝毫不差地实现他的愿望。于是，我给家里发了一份电报，说我手头有重要的工作，不确定我什么时间才回家。奥尔达克先生说过，他希望我能在九点钟跟他一起吃晚饭，因为九点以前他可能还没有到家。可是，他住的地方不大好找，我将近九点半才到他家。我发现他……”

“等一下！”福尔摩斯说，“是谁开的门？”

“一个中年妇女。我猜是他的管家吧。”

“把你的名字说出来的，我想就是她吧？”

“正是。”

“请接着讲下去。”

麦克法兰擦了一下湿漉漉的额头，继续讲下去：

“这个妇女把我领进一间起居室，里面已经摆好了简单的晚饭。后来，约纳斯·奥尔达克先生带我到他的卧室去，那里有一个保险柜。他打开保险柜，取出大量的文件。我们把这堆文件仔细看了一遍，一直到十一点和十二点之间才看完。他说我们不要打搅女管家，就让我从落地窗出去。那扇窗一直是开着的。”

“窗帘放下来没有？”福尔摩斯问道。

“我说不准，不过我想是放下了一半。没错，我记起来了，他开窗的时候还把窗帘拉了上去。我没找到我的手杖，他说：‘不要紧，我的孩子，我希望从现在起能经常见到你。我先替你把手杖收着，等你下次来取。’我就这么走了，当时保险柜还开着，那些分成几小包的字据还摆在桌上。因为天太晚了，我已经无法赶回布莱克希斯，便在阿纳利·阿姆斯旅馆过了一夜。其他的事情我什么也不知道，直到今天早晨才从报纸上看到这可怕的事。”

“福尔摩斯先生，你还有其他要问的吗？”雷斯垂德说。刚才听那年轻人讲这段不同寻常的经历时，他有一两次扬起了眉头。

“在去布莱克希斯之前，没有什么要问的了。”

“你是说去诺伍德之前？”雷斯垂德问。

“哦，是的，我指的正是那里。”福尔摩斯说，脸上挂着高深莫测的笑容。

雷斯垂德从多次经验中知道福尔摩斯的脑子如同一把锋利的小刀，能切开在他看来是坚不可摧的东西。他只是不愿承认这一点。我看见他好奇地看着我的同伴。

“夏洛克·福尔摩斯先生，一会儿我想跟你说句话。”他说，“好了，麦克法兰先生，我们的两位警察就在门口，外面还有一辆四轮马车在等着。”

这个可怜的年轻人站了起来，求救似的看了我们最后一眼，走出了屋子。两名警察带着他上了马车，不过雷斯垂德没走。福尔摩斯已经拿起了那几页遗嘱草稿在看，脸上显出极感兴趣的样子。

“这份遗嘱有点意思，对不对，雷斯垂德？”他说着便把遗嘱递了过去。

那位警官带着迷惑的神情看着这份遗嘱。

“我能看清前几行，第二页的中间几行，还有最后的一两行。这些像印的一样清楚，”他说，“其余的都写得不清楚。有三个地方我根本就认不出来。”

“你怎么解释这一点？”福尔摩斯说。

“你怎么解释呢？”

“这是在火车上写的。清楚的部分是火车到站时写的，不清楚的部分是在火车运行中写的，最不清楚的部分是在火车通过道岔时写的。有经验的专家能立刻判断出这是在一条郊区铁路线上写出来的，因为只有在大城市附近才能接二连三碰到道岔。要是他花了全旅程的时间来写这份遗嘱，那肯定是一趟快车，在诺伍德和伦敦桥之间只停过一次。”

雷斯垂德笑了起来。

“福尔摩斯先生，你分析问题比我强很多，”他说，“但是这跟本案有什么关系呢？”

“这足以证明那位年轻人所讲的，这份遗嘱是约纳斯·奥尔达克昨天在旅途中写好的。这很奇怪，不是吗？一个人竟会以这样随便的方式来写一份这么重要的文件，这说明他并不把这份遗嘱当回事。只有一个根本不打算让他立的遗嘱生效的人才会这样做。”

“可他也同时为自己写了一份死亡证书。”雷斯垂德说。

“哦，你这么认为吗？”

“你不这么认为吗？”

“很有可能，不过这件案子对我来说还不清楚。”

“还不清楚？如果这还不算清楚的话，什么才可以算清楚呢？有个年轻人突然知道，如果某位老人死了，他将继承一笔遗产。那他会怎么做呢？他会不告诉任何人，而在当天晚上找个借口去见他的委托人。他一直等到家里唯一的另外一个人睡着，然后在单独的一间卧室里杀了他的委托人，并把尸体放在木材堆里焚烧，最后离开那里去附近的旅馆。卧室里和手杖上的血迹都很少。可能他想连这一点点血迹也不要留下，并且希望只要尸体毁了，就可以掩盖委托人如何毙命的一切痕迹，因为那些痕迹迟早要把他暴露出来。这一切不是显而易见的吗？”

“我的好雷斯垂德，我觉得这过于明显了一点。”福尔摩斯说，“你没有把你的想象力加入你别的许多长处中去。你设身处地为这位年轻人想一想，你会选择遗嘱立好的当晚就去犯罪吗？你不觉得把立遗嘱和行凶这两起事情联系得这么紧是非常危险的吗？另外，你会选择有人知道你在那里、正是这家的用人开门让你进屋的这样一个时机吗？最后还有一点，你会费尽心机地藏匿尸体，却又留下自己的手杖作为暴露你是凶手的证据吗？雷斯垂德，你必须承认，这一切都是不可能的。"

"至于手杖嘛，福尔摩斯先生，你和我一样清楚，罪犯在惊慌失措时往往干出头脑冷静的人能避免的一些事情来。他很可能是害怕再回那间屋里去。你再给我一个其他的能符合事实的推测吧。"

"我能够轻而易举地给你举出六七种推测来。"福尔摩斯说，"比如，我现在就有一个可能的、甚至是非常可能的推测，我把它当礼物赠送给你。这位老人正在给年轻人看那些显然十分重要的文件时，一个路过的流浪汉透过窗子看到了他们，因为窗帘只放下了一半。这位律师走了，流浪汉闯了进来！他看到那儿有根手杖，便抓起来用它打死奥尔达克，然后烧了尸体逃走了。"

"流浪汉为什么要烧掉尸体呢？"

"就这一点来说，麦克法兰为什么要这样做呢？"

"为了掩盖一些证据。"

"可能流浪汉根本不想让人知道发生了谋杀案。"

"那为什么流浪汉什么都没有拿呢？"

"因为那些票据都是无法兑换的。"

雷斯垂德摇了摇头，不过在我看来他已经不像刚刚那样信心十足。

“好吧，夏洛克·福尔摩斯先生，你可以去找你的流浪汉。在你找他的时候，我们不放走这个年轻人。将来可以证明谁对谁错。福尔摩斯先生，请注意一点：就我们所知，那些票据没有少一张，而在这世界上只有我们这位犯人才最没有理由拿走它们，因为他是法定继承人，在任何情况下他都会得到这些票据。”

这番话好像打动了我的朋友。

“我无意否认这一点，目前的证据在某些方面确实对你的推测非常有利。”福尔摩斯说道，“我只想指出，还有其他的可能性。就像你所说的那样，将来会水落石出的。再见！大概我今天会顺便去诺伍德，看看你进展如何。”

这位侦探走了，我的朋友从椅子上起来，带着一个人面对自己十分感兴趣的任务时那种神情，为这天的工作做好准备。

“华生，”他一面匆忙穿上他的长外衣一面说，“我刚才已经说了，我的第一步行动是去布莱克希斯。”

“怎么不是去诺伍德呢？”

“我们在这个案子里看到有两件紧接着出现的怪事。警方的错误是把注意力集中在第二起事情上，因为这的确是犯罪行为。不过在我看来，处理这个案子时合理的方法显然应该是从先弄清楚第一件事情着手——这份奇怪的遗嘱，立得那么突然，而且给了一位意想不到的继承人。这件事弄清楚了，就可以简化后面的事情。不，我亲爱的伙计，我想你帮不上我的忙。不会有危险的，不然我决不会不带上你。等我晚上见你的时候，我相信能够告诉你我为这个寻求我保护的不幸的年轻人已经做了些什么。”

我朋友很晚才回来，从他憔悴、焦急的脸上，我一眼就看出他出门时所抱的希望落空了。他拉了一小时单调的提琴，竭力使自己烦躁的心情平静下来。最后他猛地放下提琴，开始详细地讲述他失败的经历。

“全都错了，华生，几乎错到了底。我在雷斯垂德面前装着不在乎，不过在我的内心深处，我相信这一次他对了，我们错了。我的直觉指着一个方向，然而一切事实却指着另一个方向。恐怕英国陪审团的智慧还没有达到宁愿相信我的假设而不要雷斯垂德的证据的地步。”

“你去布莱克希斯了吗？”

“去了，华生。我很快就发现死去的奥尔达克是个不可小觑的恶棍。麦克法兰的父亲出去找儿子了，母亲在家。她是一个蓝眼睛、矮个子、愚昧无知的女人，因恐惧和气愤而浑身颤抖。她当然认为她儿子绝对不会犯罪，可是她对奥尔达克的遇害既不感到惊讶，也不感到遗憾。相反，她谈起奥尔达克时流露的那种深恶痛绝的样子，等于她不知不觉中支持了警方的看法。因为，如果她儿子听到自己的母亲以那种口气谈论奥尔达克，自然而然地就会使他产生憎恨而使用暴力。‘奥尔达克以前

与其说是人，倒不如说是个恶毒狡猾的怪物，’她说道，‘他从年轻的时候起就是一个怪物。’

“‘你年轻时就认识他吗？’我问。

“‘是的，我很熟悉他。事实上，他是最早向我求婚的一个。谢天谢地，我还算有眼力，拒绝了他，嫁给了一个比他穷但是却比他善良的人。福尔摩斯先生，在我和他订了婚之后，后来我听到一件可怕的事情，他把一只猫放到了鸟舍里。他这种残酷无情的行为让我感到恐惧极了，我再也不愿意跟他有任何来往。’她在写字桌的抽屉里翻找了一会儿，拿出了一张女人的照片，脸部被刀划得支离破碎。‘这是我自己的照片，’她说，‘在我结婚的那天早晨，他就这样把这张照片连同他的诅咒一起寄给了我。’

“‘不过，’我说，‘至少他现在已经宽恕你了，因为他把全部财产都留给了你的儿子。’

“‘我儿子和我都不会要约纳斯·奥尔达克的任何东西，不管他是死是活！’她郑重其事地大声说，‘上帝在上，福尔摩斯先生，上帝既然已经惩罚了这个坏人，到时候上帝也会证明我儿子手上没有沾他的血。’

“我还试着追查了一两个线索，但是没有找到任何有助于我们的假设的东西，有几点恰恰同我们的假设相反。最后我放弃了，去了诺伍德。

“这个幽谷山庄是一所现代化的大别墅，全部用烧砖盖成，前面是庭院和种了一丛丛月桂树的草坪。右边离马路稍远一点的地方就是贮木场，也就是火灾发生的现场。这是我在笔记本上画的草图。左边有窗户的这间就是奥尔达克的卧室。你瞧，从马路上就能看到屋里。这是我今天唯一可以感到安慰的地方。雷斯垂德当时不在，但他的警长给我提供了方便。他们刚发现了一个巨大的宝藏。他们在灰烬中寻找了一上午，除烧焦的有机体残骸以外，还找到几个变了色的金属小圆片。我仔细检查了这些圆片，原来是裤子上的纽扣。我甚至还辨认出一粒纽扣上标有‘海姆斯’的字样，这是奥尔达克的裁缝的名字。然后我又仔细搜寻草坪，希望能找到一些痕迹和脚印，但今年这场干旱把一切都变得像铁一样坚硬。除了一具尸体或是一捆东西曾经被拖过与木材堆放处在一条直线上的低矮的水腊树篱笆以外，什么也看不出来。当然，这些都与官方的推测相符合。我顶着八月的烈日在草坪上爬来爬去，可等我一小时后站起身来时，我还是和以前一样充满困惑。

“唉，既然毫无收获，我就进屋去检查那间卧室。血迹非常少，只是沾上了些，但颜色毋庸置疑是很新鲜的。手杖已被人挪动过，上面的血迹也很少。那根手杖的确是我们委托人的，他已经承认了。地毯上可以看出有他和奥尔达克的脚印，但是再也没有第三个人的，这又是对警方有利的地方。他们的得分一直在往上加，咱们却原地不动。

“我只看到过一点点希望之光，然而也落空了。我检查了保险柜里的东西，其中大部分早已取了出来放在桌子上了。那些票据都封在封套里，其中有一两件已经被警察打开了。在我看来，这些票据的价值并不大，从银行存折上也看不出奥尔达克先生是多么地富有。不过我感到并不是所有的票据都在那里，有几处提到的一些文契，可能是更有价值的，可是我没找到。当然，要是我们能证明这一点，就可以推翻雷斯垂德的说法，因为有谁会偷一件他明知自己不久就能得到的东西呢？

“我检查了所有其他的地方，也没找着线索，最后只好在女管家身上碰碰运气。管家列克辛顿太太是一个个子矮小的人，皮肤黝黑，沉默寡言，生着一双多疑、斜视的眼睛。我相信，只要她肯说，准能告诉我们一些东西，但是她的嘴紧得像个蜡人。是的，她在九点半的时候让麦克法兰先生进来了，她非常后悔让他进来。她是十点半睡觉的。她的房间在另一头，对于这边发生的事一点也听不见。据她所知，麦克法兰先生把他的帽子和她确信是他的手杖放在了门厅里。她被火警惊醒了。她那可怜的好主人一定是被人谋杀了。他有仇人吗？唉，谁都有仇人，但奥尔达克先生很少跟人来往，只有生意上的往来。她看了那些纽扣，断定是他昨晚穿的衣服上的。由于一个月没有下过雨，木材堆十分干燥，所以燃烧得特别快。等她赶到现场时，除了一片熊熊大火外，什么也看不见。她和所有的救火员都闻到了火中发出的肉烧焦了的气味。关于那些票据她一点都不知道，也不清楚奥尔达克先生的私事。

“喏，我亲爱的华生，这就是我的失败经过。但是……但是……”他突然握紧拳头，好像恢复了自信，“我知道一切都不对。我确实感到全不对。还有点重要的情况，女管家是知道的，可是问不出来。她那种愠怒、反抗的眼神，只说明她自觉有罪。不过再多说也没有用了。除非运气找上门来，恐怕这件诺伍德的失踪案不会在咱们的破案记录中出现。我看耐心的公众只好容忍这一次。”

“这个年轻人的外表一定会感动任何一个陪审团吧？”我说。

“那是个危险的论点，我亲爱的华生。你记得 1887 年那个想要咱们帮他开脱的大谋杀犯贝尔特·司蒂芬斯吧？你见过态度比他更温和、更像主日学校的儿童似的年轻人吗？”

“这倒是真的。”

“除非咱们能提出另一个可取的假设来，不然麦克法兰就算完了。在这个现在就可以对他提出控诉的案子中，你简直找不出一点毛病。进一步调查的结果反倒加强了立案理由。我想起来了，那些字据中还有一点奇怪的地方，也许可以作为一次调查的起点。我在翻看银行存折的时候，发现余额无几，主要因为过去一年里有几张大额支票开给了柯尼利亚斯先生。我很想知道跟这位退休的建筑师有过这样的大宗交易的柯尼利亚斯先生是什么人。也许他和这件案子有关系？柯尼利亚斯先生可能是个掮客，但是我没有找到和这几笔大额付款相符的凭据。既然现在没有别的迹象，我必须向银行查询那位把支票兑换成现款的绅士。但是，我的朋友，我担心这件案子将不光彩地以雷斯垂德吊死咱们的委托人结束，这对苏格兰场来说无疑是一次胜利。”

我不知道那一夜福尔摩斯究竟睡了多长时间，但我下楼吃早饭的时候，见他脸色苍白，满面愁容，他那双发亮的眼睛由于黑眼圈显得更加明亮。在他的椅子附近的地毯上满是烟头和当天的早报。有一份电报摊在餐桌上。

“你看这是什么意思，华生？”他把电报扔过来问我。

电报是从诺伍德来的，全文如下：

> 新获重要证据，麦克法兰罪行已定，奉劝放弃此案。
>
> 雷斯垂德

“听起来像真的。”我说。

“这是雷斯垂德自鸣得意的小胜利，”福尔摩斯回答说，脸上露出一丝苦笑，“不过，放弃这个案子也许还不到时候。不管怎样，任何新的重要证据就像一把双刃的剑，它可能不一定朝着是雷斯垂德猜想的方向切过去。先吃早饭吧，华生。咱们一块儿出去看看有什么可做的，今天我觉得好像需要你的陪伴和精神援助。”

我的朋友自己却没有吃早饭。他在比较紧张的时候就不让自己吃东西，这是他的一个特性。我见过他滥用自己的体力，直到由于营养不足而晕倒。“我现在匀不出精力来消化食物。”他总是以这句话来回答我从医学的角度提出的劝告。因此，这天他没吃早饭就和我出发去诺伍德，并不使我奇怪。有一群好奇的人围在幽谷山庄外，这所郊外的别墅和我想象的一样。雷斯垂德在里面迎接我们，胜利使他满面红光，样子很得意。“啊，福尔摩斯先生，你已经证明我们错了吧？你找到那个流浪汉没有？”他高声说。

“我还没有得出什么结论。”我的同伴回答说。

“可是我们昨天得出的结论，现在证明是对的，你得承认这次我们走在你前头了，福尔摩斯先生。”

“你的神气确实像发生了不平常的事情。”

雷斯垂德大笑起来。

“你也和我们一样不喜欢落在别人后面，”他说，“一个人不能指望事事如意，是不是这样，华生医生？先生们，请到这边来。我想我能彻底说服你们本案的凶犯就是约翰·麦克法兰。”

他领我们走出过道，来到那边的一间昏暗的门厅。

“这是麦克法兰作案后必定要来取他的帽子的地方，现在你们看一看这个。”他突然戏剧性地划亮了一根火柴，照出白灰墙上有一点血迹。当他把火柴凑近了些，我看见的不仅是血迹，而且是一个印得很清楚的大拇指纹。

“用你的放大镜看看吧，福尔摩斯先生。”

“我正用放大镜看着呢。”

“你知道大拇指的指纹没有两个同样的。”

“我听说过类似这样的话。”

“那好，请你把墙上的指纹和今天早上我命令从麦克法兰的右手大拇指上取来的蜡指纹比一比吧。”他把蜡指纹挨着血迹举起来，这时候不用放大镜也能看出确实都是由同一个大拇指上印出来的。很明显我们这个不幸的委托人是没希望了。

“这是决定性的。”雷斯垂德说。

“对，是决定性的。”我不由自主地附和他。

“决定性的？”福尔摩斯说。我从他的语气中听出了点什么，便转过头来看着他。他的表情起了意外的变化，面部因暗暗自喜而不住地抽搐，眼睛像星星一样闪闪发光，似乎在竭力忍住一阵大笑。

“哎！哎！”他终于说，“谁能想得到？光看外表多么不可靠，这一点不假！看上去是那么好的一个年轻人！这件事教训我们不要相信自己的眼力，是不是，雷斯垂德？”

“是的，咱们当中有的人就是有些过于自信，福尔摩斯先生。”雷斯垂德说。这个人的傲慢真令人生气，但是我们说不出口来。

“那位年轻人从挂钉上取下帽子的时候会用右手大拇指在墙上按一下，简直是天意！多么自然的一个动作，如果你仔细想一想。”福尔摩斯表面上很镇静，可是他说这话时，抑制不住的兴奋使他全身都在颤动。

“顺便问一下，雷斯垂德，是谁作出这个惊人的发现的？”

“是女管家勒克辛顿太太告诉夜勤警士的。”

“夜勤警士当时在哪里？”

“他留在出事的那间卧室里守着不让动里面的东西。”

“但是为什么你们昨天没有发现这个血迹呢？”

“嗯，我们当时没有特殊理由要仔细检查这间门厅。再说，你看这个地方不大显眼。”

“对，对，当然是不大显眼。我想很可能这血迹昨天就在墙上吧？”

雷斯垂德望着福尔摩斯，仿佛他在想这人是不是疯子。我承认连我对福尔摩斯那种高兴的样子和相当任性地表示意见也感到惊奇。

“我不懂你是否认为麦克法兰为了增加自己的罪证，他深夜从监狱里跑出来过，”雷斯垂德说，“但我可以请世界上任何一位专家来鉴定这是不是他的拇指印。”

“毫无疑问，这是他的拇指印。”

“那就够了，”雷斯垂德说，“我是个注重实际的人，福尔摩斯先生，只有在找到证据的时候我才下结论。要是你还有什么要说的，你可以在起居室找到我。我要在那里写我的报告。”

福尔摩斯已经恢复了平静，但我在他的表情中似乎仍旧看得出来他心里觉得可笑。

“哎，这是个很糟的发展，是不是，华生？不过这里面有些奇妙之处，还给咱们的委托人留下几分希望。”

“你这样讲使我听了很高兴，”我由衷地说，“刚才我觉得恐怕他没有希望了。”

“我就不愿意说出这样的话来，亲爱的华生。事实上在咱们这位朋友极其重视的证据中，有一个十分严重的缺陷。”

“真的？什么缺陷？”

“就是这点：我知道昨天我检查门厅的时候，墙上并没有血迹。华生，现在咱们到有太阳的地方去散散步吧。”

我陪着我的朋友在花园里散步；我的脑子很乱，心里却因为有了希望开始觉得有些热乎乎的。福尔摩斯把别墅的每一面都按顺序看了看，很有兴趣地检查了这所房子。然后他领头走进屋里。从地下室到阁楼，他把整个的建筑都看到了。大多数的房间里没有家具摆设。但是他仍然仔细地检查了这些房间。最后到了顶层的走廊上，那里有三间空闲的卧室，福尔摩斯突然又高兴起来。

“这件案子的确很有特点，华生，”他说，“我想现在是跟咱们的朋友雷斯垂德说真心话的时候了。他已经嘲笑过咱们，也许咱们也可以照样回敬他，如果我对案子的判断证明是对了的话。有了，有了，我想我知道咱们该采取什么办法。”

福尔摩斯打扰这位苏格兰场警官的时候，他仍在起居室里挥笔疾书。

“我知道你在写一份关于这件案子的报告。”他说。

“我是在写。”

“你不认为有点为时过早吗？我总觉得你的证据不足。”

雷斯垂德很了解我的朋友，决不会不注意他的话。他把笔放下来，好奇地看着福尔摩斯。

“你这是什么意思，福尔摩斯先生？”

“我只是要说有一个重要的证人你还没有见到。”

“你能提出来吗？”

“我想我能做到。”

“那就提出来吧。”

“我尽力而为。你有几个警士？”

“能马上召集来的有三个。”

“好极了！”福尔摩斯说，“他们都是身体壮嗓门大的吧？”

“当然是，但是我不明白他们的嗓门跟这有什么关系。”

“也许我能帮助你弄明白这点和一两个别的问题，”福尔摩斯说，“请把你的警士叫来，我要试一试。”

过了五分钟，三名警士已经集合在大厅里了。

“外面的小屋里有一大堆麦秆，”福尔摩斯说，“请你们搬两捆进来。我看这点麦秆可以帮个大忙把我需要的证人找来。谢谢你们。华生，我相信你口袋里有火柴。现在，雷斯垂德先生，请你们都陪我到顶层楼梯的平台上去。”

我已经说过，那三间空着的卧室外面有一条很宽的走廊。

福尔摩斯把我们都集合在走廊的一头。三名警士在咧着嘴笑；雷斯垂德望着我的朋友，脸上交替地流露出惊奇、期待和讥笑。福尔摩斯站在我们前面，神气活像个在变戏法的魔术家。

“请你派一位警士去提两桶水来好吗？把那两捆麦秆放在这里，不要挨着墙。现在我看一切都准备好了。”

雷斯垂德的脸已经开始变红。他生气了。

“我不明白你是否在跟我们开玩笑，夏洛克·福尔摩斯先生，”他说，“如果你知道些什么，你满可以讲出来，用不着做这种毫无意义的举动。”

“我向你保证，我的好雷斯垂德，我做每一件事情都是有完全理由的。你可能记得几小时以前你好像是占了上风的时候，你跟我开了点玩笑，那么现在你就别不让我来点排场呀。华生，你先开窗户，然后划根火柴把麦秆点着，可以吗？”

我照他的话做了。烧着的干麦秆噼啪作响，冒出了火焰，一股白烟给穿堂风吹得在走廊里缭绕。

“现在咱们看看能不能给你找出那个证人来，雷斯垂德。请各位跟我一起喊‘着火了’好吗？来吧，一，二，三——”

“着火啦！”我们都高声叫喊。

“谢谢。请你们再来一次。”

“着火啦！”

“先生们，还要来一次，一起喊。”

“着火啦！”这一声大概全诺伍德都听到了。

喊声刚落，就发生了惊人的事情。在走廊尽头的那堵看起来是完整的墙上，突然打开了一扇门，一个矮小、干瘦的人从门里冲出来，像是一只兔子从它的地洞里蹦了出来似的。

“好极了！”福尔摩斯沉着地说，“华生，往麦秆上浇一桶水。这就行啦！雷斯垂德，请允许我给你介绍。这就是你们的那个失踪的主要证人约纳斯·奥尔达克先生。”

雷斯垂德十分吃惊地望着这个陌生人。走廊的亮光晃得他不停地眨眼。他盯着看看我们，又看看仍在冒烟的火堆。那是一张可憎的脸：狡诈，邪恶，凶狠，长着两只多疑的、浅灰色的眼睛。

“这是怎么回事？”雷斯垂德终于说话了，“你都干了什么？”

奥尔达克看见这个侦探发怒的样子害怕了，不自然地笑了一声。

“我又没害人。”

“没害人？你想尽了办法要把一个无辜者送上绞架。要不是有这位先生的话，说不定你就干成了。”

这个坏家伙开始抽咽起来。

“说实话，先生，我只是开了个玩笑。”

“啊！这是玩笑吗？我包你笑不出来。把他带下去，留在起居室里等我来。”

三个警士把奥尔达克带走后，雷斯垂德接着说：“福尔摩斯先生，刚才当着警士面前我不便说，但是在华生医生面前，我不怕承认这是你做得最出色的一件事，虽然我想不出来你是怎样做的。你救了一个无辜者的性命，并且避免了一场会毁掉我在警界声誉的丑闻。”

福尔摩斯微笑着拍了拍雷斯垂德的肩膀。

“不但无损于你的声誉，我的好先生，你反而会看到你的名声大增呢。只要把你写的报告稍加改动，他们就觉得要想蒙骗雷斯垂德巡官的眼睛有多么难啊。”

“那你不希望报告中有你的名字？”

“一点也不。工作就是奖赏。等将来我允许这位热心的历史学家再拿起笔的时候，或许我也会受到称赞——嗯，华生？好吧，现在让咱们看看这只耗子隐藏的地方。”

离这条过道的尽头六英尺的地方，曾经用抹过灰的板条隔出来一小间，隔墙上巧妙地安装了一扇暗门。小间全靠屋檐缝隙中透过来一点光照明，里面有几件家具，还存了食物和水，同一些书、报纸放在一起。

在我们往外走的时候，福尔摩斯说：“这是建筑师的有利条件。他能给自己准备一间密室而不需要任何帮手——当然，他那个女管家除外。我应该马上把她也放进你的猎囊。”

“我接受你的意见。可是你怎么知道这个地方，福尔摩斯先生？”

“我先断定他就藏在屋里。当我第一次走过这条走廊的时候，发现它比楼下那条同样的走廊短了六英尺，这一来他藏的地方就十分清楚了。我也料到他没有勇气能在火警面前藏着不动。当然，我们也可以进去把他抓住，但是我觉得逼他出来更有趣。再说，雷斯垂德，上午你戏弄了我，也该我来迷惑你一下作为回敬了。”

“嗯，先生，你的确向我报复了。但是你究竟是怎么知道他藏在屋里的呢？”

“那个拇指印，雷斯垂德。你当时说它是决定性的。在完全不同的意义上，它真是决定性的。我知道前天那里并没有这个指印。我对细节非常注意，这一点你也许知道；而且那天我检查过大厅，墙上确实什么也没有。因此，指印是后来在夜里按上去的。”

“但是怎么按上去的呢？”

“很简单。那天晚上他们把分成小包的字据用火漆封口的时候，约纳斯·奥尔达克叫麦克法兰用大拇指在其中的一个封套上的热火漆上按一下使它粘牢。这个年轻人很快而且很自然地这样做了，我相信连他自己也忘了这件事。很可能这是碰巧发生的事，奥尔达克本人当时并没有想要利用它。后来他在密室里盘算这件案子的时候，忽然想到可以利用这个指印制造一个可以证明麦克法兰有罪的确证。他只要从那个火漆印上取个蜡模，用针刺出足够的血涂在模子上面，然后夜里亲自或者叫女管家把印按在墙上就行了。这是天下最简单的事情。如果把他带进密室的那些文件检查一遍，你准能找到那个有指纹的火漆印，这我可以打赌。”

“妙极了！”雷斯垂德说，“妙极了！经你这样一讲，一切都清清楚楚了。但是，福尔摩斯先生，这个大骗局的目的又是什么呢？”

我看见这位态度傲慢的侦探忽然变得像个小孩在问他老师问题一样，真是有趣。

“这个我认为不难解释。正在楼下等着的这位绅士是个很狡猾、恶毒、记仇的人。你知道麦克法兰的母亲从前拒绝过他的求婚吗？你不知道？我早对你说过应该先去布莱克希斯，然后去诺伍德。后来，这种感情上的伤害在他的邪恶诡诈的心里产生了怨恨，他终生渴望报复，但没有找到机会。最近一两年里，情况变得对他不利——大概是暗中从事投机生意失败，他发现自己的处境不妙。他决心要骗其他所有的债主。为了达到这个目的，他给某个柯尼利亚斯先生开出了大额支票。我猜想这个人就是他自己，只是用了另一个名字。我还没有追查过这些支票，但是我相信这些支票全都用那个名字存进了外地一个小镇的银行，奥尔达克时常去那个小镇过一种双重人格的生活。他打算将来更名改姓，把这笔钱取出来，然后去别的地方重新开始一切。”

“嗯，完全可能。”

“在他想来，假如他能做出这样一个假象，就是他被旧情人的独子谋杀了，他就可以销声匿迹，同时又对他的旧情人进行了报复。这个恶毒计谋真是个杰作，他像个大师一样把它实现了。为了造成一个明显的犯罪动机而写的那张遗嘱，要麦克法兰瞒着父母私下来见他，故意留藏下手杖，卧室里的血迹，木料堆中的动物尸骨和纽扣——这一切都令人惊叹。他布下的这张罗网，在几小时前看来仍然牢固，但是他缺少艺术家所具有的那种懂得什么时候停住的至高天赋。他画蛇添足，想把已经套在这个不幸的年轻人脖子上的绳索拉得更紧一些，结果他把一切都毁了。咱们下楼去吧，雷斯垂德。我还有一两个问题要问问他。"

那个恶棍在自己的起居室里坐着，两旁各站着一个警察。

"那是一个玩笑，我的好先生——一个恶作剧，没有别的用意，"他不停地哀告，"我向你保证，先生，我把自己藏起来只是为了知道我的失踪会带来什么影响。我相信你不至于认为我会让年轻的麦克法兰先生受到任何伤害吧？"

"那要由陪审团来决定，"雷斯垂德说，"不管怎样，即使不是谋杀未遂，我们也要控告你密谋罪。"

"你大概就要看到你的债主要求银行冻结柯尼利亚斯先生的存款了。"福尔摩斯说。

奥尔达克吃了一惊，转过头来恶狠狠地看着我的朋友。

"我得多谢你啦，"他说，"也许总有一天我会报答你的恩惠。"

福尔摩斯不计较地微笑了一下。

"我想今后几年里你不会有时间干别的了，"他说，"顺便问一下，除了你的裤子以外，你还把什么丢进了木料堆？一条死狗？几只兔子？或者是别的东西？你不愿意说出来？哎，你多不客气呀！没关系，我想有两只兔子就足够解释那些血迹和烧黑了的骨灰了。华生，如果你要写一篇经过的话，你不妨说是兔子吧。”

跳舞的小人

福尔摩斯已经一声不吭地坐了好几个小时了。他弯着瘦长的身子，埋头盯住他面前的一只化学试管，试管里正煮着一种特别恶臭的东西。他脑袋垂到了胸前，从我这里望过去，他就像一只瘦长的怪鸟，全身披着深灰的羽毛，头上的冠却是黑色的。

“华生，”他突然开口说道，“你不打算在南非证券上投资了？”我吃了一惊。尽管我已经习惯了福尔摩斯的各种奇特的本领，不过他这样突然道出我的心事，实在出乎我的意料。

“你是怎么知道的？”我问道。

他坐在凳子上转过身来，手里拿着一只冒气的试管，深陷的眼睛露出一丝快乐。“现在，华生，你承认你大吃了一惊吧？”他说道。

“我确实是大吃一惊。”

“我应该让你立下字据，签上你的名字。”

“为什么？”

“因为过五分钟你又会说这实在太简单了。”

“我保证不说这样的话。”

“你瞧，亲爱的华生，”他把试管放回到架子上，开始用教授对他班上学生讲课时的那种口吻说道，“要做出一连串的推理，使每一个推理依赖于前一个推理，而每一个推理本身又简单明了，这其实很简单。然后你只需要把所有中间的推理去掉，把起点和结论告诉你的听众，你就能制造出惊人的也有可能是夸张的效果。因此，只要观察一下你左手拇指和食指之间的虎口，就不难断定你没有打算把自己不多的资本投到金矿中去。”

“我看不出它们之间有什么联系。”

“好像是没有，不过我马上可以告诉你其中的联系。这根非常简单的链条中所缺少的环节是：1. 你昨天晚上从俱乐部回来时，左手的拇指和食指处有白粉；2. 你打台球时为了稳定球杆，才会在虎口处抹白粉；3. 除了瑟斯顿，你从来没有跟别人一起打过台球；4. 四个星期前，你曾告诉过我，瑟斯顿有购买南非某项产业的特权，而且一个月后这项特权就要过期，他很想你跟他共同使用这项特权；5. 你的支票簿锁在我的抽屉里，但是你没有向我要钥匙；6. 你不打算进行投资。”

“实在太简单了！”我叫了起来。

“是很简单！”他有点不高兴地说道，“每个问题，只要一旦向你解释过，就变得非常幼稚。现在有一个还没有弄明白的问题，看你怎么解释，我的朋友。”他把一张纸扔到桌上，又转过身去忙他的化学分析。

我惊讶地看到纸上画着一些荒诞无稽的符号。

“哦，福尔摩斯，这是某个孩子的画嘛。”我大声说。

“哦，这就是你的看法！”

“那还会是什么呢？”

“这正是诺福克郡马场村庄园的希尔顿·丘比特先生急于想知道的事。这个小谜语是今天早班邮件送来的，他本人准备坐第二班火车来这儿。华生，门铃响了。如果不出意外，来的人一定是他。”

楼梯上响起一阵沉重的脚步声，接着走进来一个个子高大、脸色红润、胡子刮得干干净净的绅士。那明亮的眼睛和红润的脸颊表明他生活在一个远离贝克街的雾气的地方。他进屋时似乎带来了一股东海岸那种浓郁、清新、凉爽的空气。他跟我们握过手，正要坐下来的时候，目光落在那张画着奇怪符号的纸条上，那是我刚才仔细看过以后放在桌上的。

“福尔摩斯先生，你怎么解释这些呢？”他大声说，“他们告诉我你特别喜欢一些稀奇古怪的案子，我看再也找不出比这更古怪的事了。我先把这张纸给你寄了过来，以便让你在我来以前有时间研究它。”

“这的确是一件很奇怪的作品。”福尔摩斯说，“第一眼看上去像是某个孩子的恶作剧，在纸上横着画了很多奇形怪状的跳舞的小人。你为什么要重视这么一张奇怪的画呢？”

“福尔摩斯先生，我原本是不会重视的，可我太太很重视，她几乎要吓死了。她什么也不说，可我在她的眼睛里看到了恐惧。因此，我想把这件事彻底调查清楚。”

福尔摩斯举起纸条，让阳光照在上面。那是从笔记本上撕下来的一页，上面那些跳舞的人是用铅笔画的，排列成如下的形状：

福尔摩斯仔细看了一会儿，然后小心地把纸折起来，夹进他的笔记本里。

“这将是一桩最有趣、最不同寻常的案子，”他说，“希尔顿·丘比特先生，你在信中告诉我了几点细节，但我想请你再给我的朋友华生医生讲一遍。”

“我不太会讲故事，”我们的客人说，他那双强壮有力的手一会儿紧张地握在一起，一会儿放开，“我若有讲得不清楚的地方你尽管问好了。我就从去年结婚时讲起，但首先要说明一点：虽然我不是个富有的人，但是我们这一家住在马场村大约有五百年了，在诺福克郡也没有比我们一家更出名的家族了。我去年来伦敦参加维多利亚女王即位六十周年纪念，住在罗素广场的一家旅店里，因为我们教区的帕克牧师住在那儿。那里还住着一位美国小姐，姓帕特里克，全名是埃尔茜·帕特里克。我们成了朋友。还没满一个月，我就深深地爱上了她。我们悄悄地在登记处结了婚，然后夫妻双双回到了诺福克。福尔摩斯先生，你一定会认为我这是发疯了。一个名门子弟竟然会以这种方式娶一个身世不明的妻子，但是要是你见到她，了解她，你就会明白了。

“我不是说她没给我改变主意的机会，但是我从未想过要改变主意。她说：‘我曾经与一些可恶的人有过来往，现在想把他们全忘掉。我永远不想再提起过去，因为那会使我感到痛苦。希尔顿，如果你娶我，那么你娶的女人没有做过任何使她感到羞愧的事情，不过你必须相信我对你的承诺，允许我对我以前的一切经历保持沉默。如果这些条件太苛刻了，那你就回诺福克去，让我继续过我的孤寂生活吧。’这番话是她在我们结婚前一天对我说的。我告诉她我愿意相信她的话，而且我也会一直恪守诺言。

“我们结婚到现在已经一年了，一直很幸福。可是，大约一个月前，也就是六月底，我第一次看到了烦恼来临的迹象。有一天，我妻子接到一封美国寄来的信——我看到上面贴着美国邮票。她突然变得脸色苍白。她看了信，把它扔进火里烧了。事后她再也没有提过那封信，我也没有提及，因为我许诺过。然而从那时候起，她再没有片刻的安宁。她的脸上总是挂着恐惧的神情——好像在等待或期盼着什么。她本可以相信我，本可以发现我会是她最好的朋友。可她若是不开口，我也不便说什么。

“我顺便说一句，福尔摩斯先生，她是一个非常值得信赖的女人。不管她以前有过什么不幸，都不会是她的过错。我虽然是个诺福克的普通乡绅，但是在英国再没有别人的家庭声望能高过我的了。她非常清楚这一点，而且在没有跟我结婚之前，她就很清楚。她绝不愿意给我们一家的声誉带来任何污点，这我完全相信。

“现在我就要讲到这件事情奇怪的部分了。大概一星期之前——是上个星期二——我在一个窗台上发现了很多奇怪的跳舞的小人，和这张纸上的一样。人像是用粉笔画的。我还以为是小马倌画的，可他发誓说他压根不知道这件事。不管怎么说，那些小人是在夜里画上去的。我命人擦掉了它，仅仅是后来向我妻子提了一下。让我十分吃惊的是，她对这件事非常关注，央求我要是再发现这样的画，一定要让她看一看。一个星期过去了，什么也没有出现，然而昨天早晨我在花园的日晷仪上发现了这张纸条。我把纸条拿给埃尔茜看，她一下子就昏倒了。从那时起，她就一直像是生活在梦里，精神恍惚，眼睛里总是充满了恐惧。直到那时我才给你写信，并把纸条寄给了你，福尔摩斯先生。我不能把这张纸条交给警察，因为他们肯定会取笑我，但是你能告诉我该怎么办。我虽不是什么富人，但万一我妻子有什么祸事临头，我一定会倾家荡产来保护她。”

这是英国古老大地孕育出的帅气的小伙子，淳朴、正直、文雅，有一双诚实的蓝眼睛和一张非常清秀的脸。他对他妻子的爱和信任都写在了脸上。福尔摩斯极其认真地听他讲完，坐着沉思了一会儿。

“你不觉得，丘比特先生，”他终于开口说道，“最好的办法应该是直接请求你太太把她的秘密告诉你？”

希尔顿·丘比特摇了摇头说道：“福尔摩斯先生，诺言就是诺言。如果埃尔茜愿意告诉我，她会说的；如果她不愿意说，我不能逼迫她说出来。可是我自己想办法总可以吧。我一定得想办法。”

“那么我非常愿意帮助你。我先问你，你有没有听说你家附近有什么陌生人出现过？”

“没有。”

“我猜想那是个非常偏僻的地方，任何陌生面孔都会立刻引起注意，是吗？”

“在我家周围，是这样的。不过离我家不太远的地方有几个牲口饮水的地方，那里的农民经常留外人在那儿住宿。”

“这些符号显然有其含义。如果纯粹是随意画的，我们根本破译不了。如果它有一定的规律，我相信我们肯定能彻底弄清楚的。不过，仅有的这张图形太简短，我无从下手。你提供的这些情况又太不确定，没办法作为调查的根据。我建议你回诺福克去密切注意，把可能出现的任何新的跳舞的人像照原样临摹下来。十分遗憾的是，先前那些用粉笔画在窗台上的跳舞的人，咱们没有一张复制的。您还要仔细打听一下，附近来过什么陌生人。您什么时候收集到新的证据，就再来这儿。我现在能给您的就是这些建议了。如果有什么紧急的最新进展，我随时可以赶到诺福克你家里去。”

这位客人造访之后，夏洛克·福尔摩斯就陷入了沉思之中。在以后的几天里，我有好几次看到他从笔记本里取出那张纸条，长时间地仔细盯着画在上面的那些奇怪的符号。不过，他绝口不提这件事，直到大约两星期后的一个下午。我正要出门，他突然把我叫住了。

“华生，你最好别出去。”

“为什么？”

“因为我今天早晨收到希尔顿·丘比特发来的一份电报。你还记得希尔顿·丘比特先生和那些跳舞的人吗？他一点二十到利物浦街，随时就会来这儿。我从他的电报中推测，又有了一些新的重要情况。”

我们没有等多长时间，因为这位诺福克的乡绅坐了一辆马车径直从车站赶来了。他显得又焦急又憔悴，眼神疲惫，额头上也布满了皱纹。

“福尔摩斯先生，这件事太令我伤神了。”他说，像个精疲力竭的人一样一屁股坐到椅子上，“当你感到无形之中有人在包围你、在算计你，这已经让人够痛苦的了。再加上你又看到这件事正在一点点地折磨着自己的妻子，那是任何血肉之躯都不堪忍受的。她被折磨得一点点消瘦下去了，我正看着她瘦下去。”

“她说了什么没？”

“没有，福尔摩斯先生，她什么也没有说。不过，有好几次这个可怜的人想开口，却又鼓不起勇气说出来。我也试着帮助她，可能我做得很笨拙，反而吓得她不敢说了。她谈到我们这个古老的家族，谈到我们在全郡的名望，谈到我们引以为荣的清白声誉，我总以为她快要说到这件事了，但不知道为什么，话还没有讲到那里就岔开了。”

“可你总发现什么了吧？”

“发现了很多，福尔摩斯先生。我给你带来了几张新的画，更重要的是我看到那家伙了。”

“怎么？就是画这些符号的那个人吗？”

“是的，我看见他画的。不过我还是按照先后顺序给你讲吧。我从你这儿回到家里以后，第二天早上看到的头一件东西就是一行新的跳舞的小人。这些人像是用粉笔画在工具房的黑木门上的，工具房就在草坪边，正对着前窗的。我照样临摹了下来，在这儿。”

他打开一张纸，放在了桌子上。下面就是他临摹下来的图形：

“太好了！”福尔摩斯说，“太好了！请继续讲。”

“我临摹下来后就把那些图形擦了。可是两天之后的早晨，新的图形又出现了。这是我临摹的。”

福尔摩斯搓着双手，高兴得轻轻笑出声来。“我们的资料积累得真快呀！”他说。

“三天之后，我在日晷仪上找到一张纸条，上面压着一块鹅卵石。纸条上面潦草地画了几个小人，就是这张。你也看到了，这些人像跟上次的一模一样。在那天开始，我就决定守夜。于是，我拿出我的左轮手枪，守在书房里，因为从书房里往外面看，草坪和花园就尽收眼底。大约在凌晨两点的时候，我坐在窗边，除了外面的月光，四周一片漆黑。突然，我听到身后传来脚步声，原来是我妻子穿着睡衣走了过来。她央求我去睡觉。我直截了当地告诉她，我想知道是谁在这样捉弄我们。她回答说这是毫无意义的恶作剧，要我不去理它就是了。

“‘希尔顿，要是这件事真的让你非常生气的话，我们俩可

以出去旅行，躲开这种讨厌的人。’

“‘什么？让一个搞恶作剧的家伙把我们撵出自己的家门？’我说，‘全郡的人都会嘲笑我们的。’

“‘那么先睡觉吧，’她说，‘我们明天早晨再商量吧。’

“突然，就在她说话的时候，在月光下，我看到她苍白的脸变得惨白，她的一只手紧紧地抓住我的肩膀。就在对面工具房的阴影里，有什么东西在移动。我看到一个黑糊糊的人影悄悄地绕过屋角，在工具房的门前蹲了下来。我抓起手枪就要冲出去，可是我妻子使劲把我抱住了。我想挣脱她，她拼命抱住我不放。最后我挣脱了，可是等我打开门冲到工具房时，那个人已经不见了。不过他留下了痕迹，门上又画了一行已经出现过两次的跳舞的人，我已经把它们临摹在了那张纸上。我搜遍了整个院子，也没见到那个家伙的踪影。可这件事怪就怪在他并没有走开，因为早上我再看那扇门的时候，发现除了我已经看到过的那行小人以外，上面又画了一些新的图形。”

“那些新画的你有吗？”

“有，很短。不过我也照原样画了下来，就是这张。”

他又拿出一张纸来。新的舞蹈是这样的：

“请告诉我，”福尔摩斯异常兴奋，“这只是画在上一行下面的呢，还是完全分开的？”

“是画在另一块门板上的。”

“好极了！这对我们来说是最为重要的。我觉得非常有希望了。希尔顿·丘比特先生，请继续讲你这一段最有意思的经过吧。”

“没有什么可以说的了，福尔摩斯先生，只是那天晚上我对我的妻子很生气，因为我原本是可以抓住那个偷偷溜进来的恶棍的，她却把我拉住了。她说她担心我会遭到不幸。我脑子里一下子闪过一个念头：也许她实际上是担心那家伙遭到不幸，因为我不由得怀疑她知道那个人是谁，而且明白那些古怪符号的含义。但是，福尔摩斯先生，我妻子说话时的语气和眼神都不容怀疑。我相信她心里想的确实是我的安危。整个情况就是这些，现在我需要你告诉我该怎么做。我自己准备叫五六个农场的小伙子在灌木丛中埋伏下来，等那个家伙再来就狠狠揍他一顿，这样他以后就不敢来打搅我们了。”

“恐怕这个案子要复杂得多，不是这么简单就能解决的。”福尔摩斯说道，“你在伦敦能待多久？”

“我今天就必须回去，无论如何我也不能让我妻子一个人整夜待在家里。她太紧张了，让我必须回去。”

“可能你回去是对的。但要是你能耽搁一下的话，我或许一两天后可以陪同你一块儿回去。你把这些纸条先给我，我想我不用多久就会去拜访你，帮你解决你的难题了。”

在我们的客人告别之前，夏洛克·福尔摩斯一直保持着他那种职业性的沉着。不过，我非常了解他，因此不难看出他心里是非常兴奋的。希尔顿·丘比特那宽阔的背影刚消失在门口，我的同伴就冲到桌边，把那些上面画有跳舞的小人的纸全都摆在面前，开始仔细地进行复杂的分析。我一连两个小时看着他在一页页的纸上画着、写着。他全神贯注地忙着这件事，把我的存在给彻底忘记了。他有时有所进展，便会吹着口哨、唱着歌；有时给难住了，便会皱起眉头、两眼茫然地望着前方。最后，他满意地大叫一声，一下子从椅子上跳了起来，搓着手在屋里来来回回地走动。然后，他在一张电报纸上写了一份很长的电报。

“华生，假如回电像我所希望的那样，你就可以在你的记录中添上一件非常有趣的案子了，”他说，“我希望我们明天可以去诺福克，给我们的朋友带去一些非常明确的消息，让他知道给他带来烦恼的根源是什么。”

说实话，我当时满腹疑云，不过我知道福尔摩斯喜欢在他选好的时间，以自己的方式来谈他的发现。所以我等着，直到他觉得应该向我说明一切的那天。

但是，回电迟迟没来。我们耐着性子等了两天。只要门铃一响，福尔摩斯就会竖起耳朵来听。第二天晚上，希尔顿·丘比特又寄来了一封信，说他家里平静无事，只是那天早晨在日晷仪的底座上又出现了一长行跳舞的人像。他临摹了一张，附在信里寄来了：

福尔摩斯伏在桌子上，看了这张怪诞的图案几分钟，猛然站起来，发出一声惊异、沮丧的喊叫。他的脸由于焦急而万分憔悴。

“我们不能再让这件事发展下去了。”他说，“今天晚上有去北沃尔沙姆的火车吗？”

我找出了时刻表，末班车刚刚开走。

“那么我们明天早点吃早饭，然后坐头班车去。”福尔摩斯说道，“现在正是我们出面的时候。啊，我们盼着的电报终于来了。等一下，赫德森太太，也许要发个回电……不必了，一切都在我的预料之中。这份来电使我们更有必要赶紧让希尔顿·丘比特知道目前的情况是什么样的，并且一个小时也不能耽误，因为我们这位诺福克的乡绅已经陷入了一个特别而又危险的罗网了。”

后来的事实证明情况的确如此。现在快到我结束这个当时看来是幼稚可笑、稀奇古怪的故事的时候了，我心里又充满了我当时所感受到的惊愕和恐惧。虽然我非常愿意给我的读者一个多少带点希望的结局，但这是在记录事实，我必须把这一连串的怪事照实讲下去。而且也正是因为这些事件，“马场村庄园”一度成为全英国一个家喻户晓的名词。

我们在北沃尔沙姆刚刚下车，刚说起我们要去的目的地，站长就急匆匆地向我们走来。“你们是从伦敦来的侦探吧？”他说道。

福尔摩斯的脸上显得有些不耐烦。

“你凭什么会这么想呢？”

“因为诺维奇的马丁警长刚刚经过这里。不过你们也有可能是外科医生。她还没有死，至少刚才我还听人这么说。可能你们赶得上救她，但也只不过是让她活着上绞刑架罢了。”

福尔摩斯焦急万分。

“我们要去马场村庄园，”他说，“不过我们还没有听说那里发生了什么事。”

“出了件极其可怕的事。”站长说，“希尔顿·丘比特先生和他太太都被枪打中了。她先开枪打中了自己的丈夫，然后再朝自己开枪——仆人们是这么说的。他已经死了，她也没多大希望。咳，咳，他们可是诺福克郡最古老的一个家族，名声最好的一个家族呀！”

福尔摩斯没有说一句话，匆匆上了一辆马车。在长达七英里的途中，他一直没有开过口。我还很少见他如此沮丧过。我们从伦敦来的一路上他就心神不宁，我注意到他焦急而又仔细地逐页翻看着各种晨报。可是现在，他所担心的最坏情况变成了事实，他感到一种茫然的忧郁。他靠在座位上，沮丧地默想着这一切。然而，这一带有许多使我们感兴趣的东西，因为我们正穿过一个在英国算得上是独一无二的乡村，少数分散的农舍表明今天聚居在这一带的人很少了。四周都可以看到方塔形的教堂，耸立在一片平坦青葱的景色中，诉说着昔日东英吉利王国的繁荣昌盛。一片边缘呈蓝紫色的日耳曼海终于出现在诺福克青葱的岸边，马车夫用鞭子指着从小树林中露出的老式砖木结构的山墙说："那儿就是马场村庄园。"

马车驶到带圆柱门廊的大门前，我看到了门前网球场边那间引起我们种种奇怪猜想的黑色的工具房和那座日晷仪。一个矮小精悍、动作敏捷、留着胡子的人刚从一辆一匹马拉的马车上走下来，他自我介绍说是诺福克警察局的马丁警官。当他听到我同伴名字的时候，他感到非常惊讶。

"啊，福尔摩斯先生，这个案子是今天凌晨三点才发生的。你在伦敦是如何得知的，而且和我一样快就赶到了现场？"

"我已经预料到它会发生，赶到这儿来是想阻止它。"

"那么你一定掌握了我们所不知道的重要证据，因为据说他们是非常和睦的一对夫妻。"

"我只有一些跳舞的人像作为证据，"福尔摩斯说，"以后我再向你解释吧。既然现在没有来得及阻止这场悲剧，我非常希望利用我所掌握的材料来伸张正义。你是愿意让我参加你的调查呢，还是让我单独行动呢？”

“假如我们真的能一起行动，我会感到荣幸之至的。”警长真诚地说道。

“这样的话，我希望马上能听取证词，检查现场，一刻也不能耽搁了。”

马丁警官非常明智地让我的朋友按他自己的方式行动，而他本人则满足于把结果仔细地记录下来。当地的外科医生是位头发花白的老先生，刚从希尔顿·丘比特太太的房间下来，报告说她的伤势很严重，但不一定会致命。子弹是从她的前额打进去的，很可能要过段时间她才能恢复知觉。至于她是被打伤的还是自伤的，他不敢冒昧给出明确的意见。子弹无疑是在很近的距离内射出的。房间里只发现了一把枪，里面的子弹只打了两发。希尔顿·丘比特先生被打中了心脏。由于那把枪就掉在他们正中间的地板上，因此可以认为是他先开枪打他的妻子然后再自杀，也可以认为她是凶手。

“有人搬动过他吗？”福尔摩斯问道。

“除了那位夫人外，什么也没有动。我们不能让她伤成那样还在地板上躺着。”

“大夫，你到这儿有多长时间了？”

“我是四点钟来的，一直没走。”

“还有别人来过吗？”

“有，就是本村警察。”

“你动过什么东西吗？”

“没有。”

“你考虑得很周到。是谁去请你的？”

“女仆桑德斯。”

“是她报警的吗？”

“她和厨子金太太两个人。”

“她们现在在哪儿？”

“可能在厨房里。”

“我看我们最好马上听一听她们怎么说。”

一间有橡木墙板和高大窗户的古老大厅变成了调查庭。福尔摩斯坐在一张老式的大椅子上，脸色憔悴，他那双毫不留情的眼睛却闪闪发亮。我从他的眼睛里看到了一种坚定不移的决心，他准备用毕生的力量来追查这个案件，直到为他这位没能搭救的委托人报仇雪恨为止。在大厅里坐着的那一伙奇怪的人当中，还有衣着整齐的马丁警长、白发苍苍的老医生、我自己和一个呆头呆脑的本村警察。

这两个女人讲得十分清楚。她们是在睡梦中被一声爆炸声惊醒的，接着又听到了一声。她俩的房间紧挨着，金太太跑进了桑德斯的房间，她们一块儿下了楼。书房门是敞开的，桌上点着一支蜡烛。她们的主人脸朝下趴在房间的正中央，已经死了。他妻子蜷缩在窗子边，头靠在墙上。她的伤势很重，脸的一边满是鲜血。她喘着粗气，但是说不出话来。走廊和书房里满是烟和火药味。

窗户是关着的，并且从里面插上了——两个女人对这一点都非常肯定。她们立刻叫人去找医生和警察。后来，在马夫和小马倌的帮助下，她们把受伤的女主人抬回了她的卧室里。出事前夫妻两个已经就寝了，她穿着衣服，他睡衣的外面套着便袍。书房里的东西都没有动过。就她们所知，这对夫妻从来没有吵过架。她们一直把他们夫妇看作非常和睦的一对。

这两个女仆人的证词就是这些。在回答马丁警官的提问时，她们肯定地说每一扇门都从里面闩好了。在回答福尔摩斯的提问时，她们都记得一跑出顶楼她们自己的房间时就闻到了火药的气味。

“我请你注意这个事实，”福尔摩斯对他的同行马丁警长说道，“我想现在我们可以彻底检查那间屋子了。”

书房其实不大，三面都摆满了书，一张书桌正对着朝花园开的窗户。我们首先注意到的是这位不幸绅士的遗体。他那魁梧的身躯四肢摊开地横躺在屋里。他衣着凌乱，表明他是从睡梦中匆匆起来的。子弹是从正面射向他的，穿过心脏后就留在了身体内。他当时就死了，而且没有痛苦。他的便袍上和双手上都没有火药痕迹。据那位乡村医生说，女主人的脸上有火药痕迹，不过手上没有。

“没有火药痕迹并不说明什么，不过要是有的话，情况可就大不相同了。”福尔摩斯说道，“除非火药装得非常不合适，里面的火药会朝后面喷出来，否则打多少枪也不会留下痕迹。我建议现在就可以把丘比特先生的遗体搬走了。大夫，我想你还没有取出打伤女主人的那颗子弹吧？”

“需要做一次大手术才行。但是那支左轮手枪里面还有四发子弹，另外两颗已经打出来了，造成了两处伤口，所以每一颗子弹都有了下落。”

“似乎是这样的。”福尔摩斯说道，“也许你也能解释打在窗户框上的这颗子弹吧？”他突然转过身去，用他细长的手指指着离地面约一英寸高的窗框底边上的一个窟窿。

“我的天啊！”警长叫了起来，“你怎么看见的？”

“因为我在找它。”

“太妙了！”乡村医生说道，“你说得完全正确，先生。那就是当时一共打了三枪，也就是说肯定有第三个人在场。可这第三者是谁呢？他又是怎么跑掉的呢？”

“这正是我们现在要解决的问题。”夏洛克·福尔摩斯说，“马丁警长，两位女仆说她们一出房门就闻到火药味的时候，我说过这一点非常重要，你是否还记得？”

“是的，先生。但是，实事求是地讲，我当时不大明白你的意思。”

“这说明在开枪的时候，书房的门和窗户都是开着的，不然火药味不可能那么快就被吹得家里到处都是。当时肯定有穿堂风才会这样。不过，书房门窗只是敞开了很短的时间。”

“你怎么证明这一点呢？”

“因为那支蜡烛并没有被吹得淌下蜡油来。”

“妙极了！”警长大声说，“妙极了！”

“在肯定了悲剧发生时窗户是开着的这一点之后，我就想到这起事件中一定有第三个人在场。他站在窗外朝屋里开了一枪，而这时如果从屋里朝这个人开枪就可能打中窗框。于是，我找了一下，那里果然有个弹孔！”

“可是门和窗户又是怎么被关上的呢？”

“女主人本能的第一个反应就是关上窗户。不过这又是什么？”

那是一只鳄鱼皮镶银边的女用手提包，小巧精致，就在书桌上放着。福尔摩斯打开提包，把里面的东西倒了出来。里面是二十张五十镑一张的英国银行的钞票，用橡皮圈捆在一起，别的什么也没有了。

“这个手提包必须留着，它还要做呈堂证物呢。”福尔摩斯一面说着一面把手提包连同里面的东西都交给了警长，“现在我们必须想办法弄清楚这第三颗子弹，因为从木头的碎片来看，这颗子弹明显是从屋里打出去的。我想再问一问厨子金太太。金太太，你说过你是被一声很响的爆炸声惊醒的。你这样说是不是因为它听起来比第二声更响？”

“哦，先生，我是被爆炸声惊醒的，所以很难说。不过第一声听起来的确很响。”

“你觉得有没有可能是两枪几乎同时发射的呢？”

“这我可说不准，先生。”

“我相信事情一定是这样的。马丁警长，我看这里已经没有什么可以研究的了。如果你愿意同我一起去的话，我们可以看看在花园里能不能找到新的证据。”

外面有一座花坛一直延伸到书房的窗前。我们走近花坛的时候都一齐惊叫了起来。里面的花被踩倒了，潮湿的泥土上布满了脚印。那是男人的大脚印，脚趾特别细长。福尔摩斯像猎犬寻找受伤的鸟一样，在杂草和树叶间寻找着。突然，他高兴地叫了一声，弯下腰捡起一个黄铜做的小圆筒。

“不出我所料，”他说，“那支左轮手枪有推顶器，这就是第三颗子弹壳。马丁警长，我想我们的案子差不多办完了。”

在这位乡村警长的脸上，流露出了他对福尔摩斯神速巧妙的侦察万分惊讶的表情。最初他还露出过一点想讲讲自己的意见的意思，现在却是无限钦佩，愿意毫无疑问地听从福尔摩斯。

“你怀疑是谁干的呢？”他问道。

“我等会儿再向你解释。这桩案子中还有几点我现在无法向你解释。既然我已经走到了这一步，我最好照自己的想法进行下去，然后再把整个案子完整地向你解释一遍。”

“只要我们能抓住凶手，福尔摩斯先生，一切遵从你的意思。”

“我并不是想故弄玄虚，不过在办案的时候是无法作长篇大论的解释的。我已经掌握了这个案子的所有的线索。就算这位女主人永远无法清醒，我们仍然可以设想出昨晚所发生的事情，并且伸张正义。首先，我想知道这附近有没有一个叫‘埃尔里奇’的旅店？”

所有的仆人都被问过了，可是谁也没有听说过这么一个地方。在这个问题上，小马倌帮了点忙，他记起有个叫埃尔里奇的农场主，住在东罗斯顿那边，离这里只有几英里。

“那是不是一个偏僻的农场？”

“很偏僻，先生。”

“那里的人或许还不知道昨晚这里发生的一切吧？”

“很可能不知道，先生。”

福尔摩斯沉思了一会儿，接着脸上露出神秘的微笑。

“备好一匹马，我的孩子，”他说，“我要你送一封信到埃尔里奇农场去。”

他从口袋里掏出各种各样的画着跳舞小人的纸条。他把纸条放在书桌上，坐下来忙了一阵。最后，他交给小马倌一封信，告诉他一定要交到收信人手里，特别注意不要回答可能被问到的任何问题。我看到信外面的地址写得很凌乱，根本不像福尔摩斯平时那种严谨的字体。信要交给诺福克，东罗斯顿，埃尔里奇农场的阿贝·斯兰尼先生。

“警长，”福尔摩斯说，“我想你不妨打电报派些警察过来，因为，假如我的判断是对的，你可能有一个非常危险的犯人要押解到郡监狱去。送信的马倌可以把你的电报带去发了。华生，要是下午有回伦敦的火车，我看我们就坐这趟车吧，因为我还有一项颇为有趣的化学试验要完成，而且这里的调查工作马上就要结束了。”

等到马倌被打发去送信后，夏洛克·福尔摩斯吩咐所有的仆人：如果有人来求见希尔顿·丘比特太太，立刻把他带进客厅，绝对不能说出丘比特太太的身体情况。

他极为认真地叮嘱仆人们要记住这些话。最后，他领着我们走进客厅，并且说现在的事态已经超出了我们的控制范围；我们要等着看会出现什么样的结果，同时要好好休息一下。乡村医生已经离开这里去看他的病人了，留下来的只有警长和我。

“我想我可以用一种有趣而又有益的方法，帮你们消磨一个小时。”福尔摩斯说道。他把椅子拖到桌子旁边，把那几张画着跳舞人像的纸条在自己的面前摆开。

“我的好华生，我还欠你一笔债，因为你的好奇心至今没有得到满足。至于你，警长，完全可以把整个这起案子当作一次不寻常的业务探讨。我必须首先告诉你一些有趣的情况，这些情况是希尔顿·丘比特先生前几次在贝克街向我请教时告诉我的。”他接着就简单扼要地把我前面已经说过的那些情况重述了一遍，“摆在我面前的就是那些罕见的作品。它们要不是成了一场悲剧的先兆，谁见了都会付之一笑的。我比较熟悉各种形式的秘密文字，也写过一篇与这个问题相关的粗浅论文，其中分析了一百六十种不同的密码。不过我得承认，这一种我还是第一次见到。发明这套密码的人的目的非常明显，就是为了让人以为这是儿童信手涂抹的东西，看不出这些符号表达的意思。

“不过，一旦看出这些符号代表着字母，再运用各种秘密文字书写的规律加以分析，结果就非常简单了。我得到的第一张纸条的内容很短，我比较有把握能确定的是这个符号代表字母 e。我们都知道，e 在英语字母中最常见，它出现的频率之高，即使在一个短句子中也是最常见的。第一张纸条上有十五个符号，其中有四个是一模一样的，因此假定它为 e 是合乎道理的。有的小人背着一面小旗，有的则没有；但是从小旗分布的情况来看，这些小旗是用来把句子断成一个个的单词的。我把这当成是一种可以接受的假设，并记录下来 e 是用这个符号来代表的。

“可是现在最难的问题来了。因为，除了 e 以外，英语字母的排列顺序根本无法确定，普通一页上出现的排列顺序和某一个短句子中出现的也许大相径庭。大概地讲，字母按出现频率排列的顺序是 t、a、o、i、n、s、h、r、d、l；可是 t、a、o、i 出现的频率几乎不相上下。要是把每一种组合都试一遍，直到得出一个意思来，将会是一项没有止境的工作。因此我只好等待出现新的材料。希尔顿·丘比特先生第二次来的时候，给我带来了另外两个短句子和似乎只有一个单词的一句话，因为上面不带小旗。就是这张：

在这个只有五个字母的单词中，我已经知道第二和第四个字母是 e，那么这个单词有可能是‘sever’（切断），也可能是‘lever’（杠杆），也有可能是‘never’（决不）。毫无疑问，使用最后这个词来回答一种请求是最有可能的，而各种情况都表明这是丘比特太太写的一封回信。如果这种推理正确，我们现在便可以说这三个符号分别代表字母 n、v 和 r。

“即便如此，我依然感到难度很大。然而，一个很妙的想法使我破译了另外几个字母。我突然想到，如果这些请求来自一个早年和丘比特太太亲近过的人的话，一个首尾字母是 e、中间有三个字母的组合很可能就是‘ELSIE’（埃尔茜）。我仔细检查后发现，发现这个组合曾经三次构成了一句话的结尾。这句话肯定是对‘埃尔茜’的请求。这样，我又得出了 l、s 和 i。可这请求究竟是什么内容呢？‘埃尔茜’前面的那个单词只有四个字母，而且以 e 字母结尾，那么这个单词肯定是 come（来）——我把所有以 e 结尾的四个字母的单词都试了一遍，发现都不对——这样我又得到了 c、o 和 m。而且现在我可以再来分析第一句话，把它分成单词，还不知道的字母就用点代替。经过这样的处理，这句话就成了下面这个样子：

.m.ere..esl..ne.

“现在，第一个字母只能是a。这是最有用的发现，因为这个字母在这个短句中出现了三次，而且第二个单词中的h也是很明显的。这句话现在变成了：

amherea.eslane.

如果再把名字中所缺的字母添上：

amhereabeslane（我已到达。阿贝·斯兰尼。）

我现在有了这么多字母，可以很有把握地解释第二句话了。这句话是：

a.elri.es.

在这句话中，我觉得只有在缺字母的地方加上t和g才有意义（意思是：住在埃尔里奇），而且假定这个名字是写信人住的地方或者小旅馆的名字。”

马丁警长和我带着极大的兴趣听我朋友完整而清晰地讲述他找到答案的经过，这把我们的一切疑问都解开了。

“后来你怎么推断的呢，先生？”警长问。

“我有充足的理由认定这位阿贝·斯兰尼是美国人，因为阿贝是美国式的缩写，而且这一切麻烦的起因正是一封来自美国的信。我也完全有理由认为这件事的背后有某种犯罪的企图。女主人说的那些暗示她的过去的话和她不肯把实情告诉她丈夫，都使我往这方面去想。所以我才给纽约警察局的一个朋友威尔逊·哈格里夫发了一封电报，问他是否知道阿贝·斯兰尼这个名字。这位朋友不止一次利用过我所知道的有关伦敦的犯罪情况。他的回电说：‘此人是芝加哥最危险的骗子。’就在我接到回电的当晚，希尔顿·丘比特给我寄来了阿贝·斯兰尼最后画的一行小人。用已经知道的这些字母译出来就成了这样的一句话：

elsie.re.aretomeetthygo.

添上字母 p 和字母 d，这句话的意思就出来了（意为：埃尔茜，准备去见上帝），而且说明这个流氓已经由劝诱发展成了恐吓。我很了解芝加哥的那些骗子，知道他们会很快把恐吓的话付诸行动。我立刻和我的朋友华生医生赶到诺福克来，可是不幸的是，最糟糕的情况已经发生了。”

“跟你一起处理案子，我感到非常荣幸。”警长热情地说，“不过要是我说话过于坦率，一定得请你原谅。你只对你自己负责，而我却要对我的上司负责。要是住在埃尔里奇农场的这位阿贝·斯兰尼真的是凶手，我坐在这里的时候他却逃跑了，那我就有大麻烦了。”

“你不用担心，他不会逃跑的。”

“你怎么会知道？”

“逃跑就意味着他承认自己有罪。”

“那就让我们去逮捕他吧。”

“我想他马上就要来这儿了。”

“他为什么到这儿来呢？”

“因为我已经写信请他来了。”

“福尔摩斯先生，这太让人难以置信了！为什么你请他，他就会来呢？难道你的邀请不会引起他的怀疑，使他逃走吗？”

“我相信我那封信编得不错。”夏洛克·福尔摩斯说道，“事实上，如果我没有弄错的话，正是这位先生来了。”

一个人正沿着通向大门的小路大踏步走过来。他身材高大、英俊潇洒、皮肤黝黑，身穿一套灰的法兰绒衣服，头戴一顶巴拿马帽，拉拉碴碴的黑胡子，大鹰钩鼻子咄咄逼人，一路走一路挥动着手杖。他大摇大摆地走过来，仿佛这个地方是他的一样。我们听到他非常自信地使劲按着门铃。

“先生们，”福尔摩斯小声说，“我想最好躲到门后。对付这样一个家伙时，我们一定得多加小心。警长，准备好手铐，谈话的事交给我。”

我们静静地等了片刻——那真是让人终生难忘的时刻。门开了，那个人走了进来。福尔摩斯立刻用手枪柄照着他的脑袋敲了一下，马丁也把手铐套上了他的腕子。他们的动作是那么快，那么熟练，这家伙还没明白怎么回事就没办法动弹了。他瞪着一双黑眼睛，把我们一个个都瞧了瞧，然后突然苦笑起来。

“先生们，你们这次赢了。我好像撞上了什么硬东西了，可我是接到希尔顿·丘比特太太的信才来的。这件事与她无关吧？难道是她帮你们设下的这个圈套？”

“希尔顿·丘比特太太受了重伤，快要死了。”

这个人凄厉地大叫了一声，声音响遍了整个房间。

“你胡说！”他疯狂地大声叫着，“受伤的是希尔顿，不是她。有谁会伤害小埃尔茜呢？我可能威胁过她——上帝原谅我——可是我不会碰她的一根头发的。你收回你的话！告诉我她没有受伤！”

“发现她的时候，她已经受了重伤，倒在她死去的丈夫旁边。”

他发出一声长长的呻吟倒在长靠椅上，用戴着手铐的双手捂着脸。整整五分钟，他一声不响。接着他重新抬起头来，绝望地说道：

“先生们，我没有什么要隐瞒你们的。如果我开枪打一个先向我开枪的人，这算不上是谋杀。要是你们认为我伤害了埃尔茜，那你们是既不了解我，也不了解她。我告诉你们，世界上没有第二个男人像我爱埃尔茜那样爱一个女人。我有权娶她。很多年以前，她就向我发过誓。这个英国佬凭什么把我们分开？我是第一个有权娶她的人，我只是在要求我自己的权利。”

“她在认清你是什么样的人之后，就摆脱了你的势力。”福尔摩斯严厉地说道，“她为了避开你才逃离美国，并且在英国和一位体面的绅士结了婚。你紧追着她不放，弄得她痛苦不堪，你是为了引诱她抛弃她心爱的丈夫，跟着你这个她既恨又怕的人逃跑。你让一位正直的人死于非命，又逼得他妻子自杀。这就是你干的这件事的记录，阿贝·斯兰尼先生。你将受到法律的惩罚。”

“要是埃尔茜死了，我也就没有什么值得在乎的了。”这个美国人说道，他松开一只手，看了看手心里捏成一团的一张信纸，“我说，先生，”他大声说道，眼睛里流露出了一丝怀疑，“你不是在吓唬我吧？假如她真像您说的伤得那么重的话，写这封信的人又是谁呢？”他把信扔到桌上。

“是我写的，就是为了把你引来。”

“你写的？除了我们帮会里的人，没有人会懂得这些跳舞的小人的秘密。怎么会是你写的？”

“有人发明，就有人能看得懂。”福尔摩斯说，“斯兰尼先生，马上就会有一辆马车来把你带到诺威奇去的。不过你还有时间对你造成的伤害稍加弥补。希尔顿·丘比特太太已经使自己蒙受了谋杀丈夫的重大嫌疑。只是因为我在场，而且我碰巧掌握了一些材料，才使她没受到控告。这些你知道吗？为了她你至少可以向大家说明：对于她丈夫的惨死，她无论是直接地还是间接地，都不负任何责任。”

“这正是我希望的。”这个美国人说，“我相信能证明我清白无辜的最好的办法，就是把全部事实说出来。”

“我有责任警告你，你说的一切都将作为呈堂证供。”警长本着英国刑法公平对待的严肃精神大声说道。

斯兰尼耸了耸肩。

“我愿意冒这个险。”他说，“首先，我想要告诉你们的是：我从小就认识埃尔茜。我们在芝加哥的帮会里一共有七个人，埃尔茜的父亲是帮会的头子。老帕特里克很聪明，是他发明了这种秘密文字。除非你懂得它的解法，不然就会以为它是小孩信手涂抹的画。埃尔茜学了一些我们的帮规，但她不能容忍这种事。她自己还有一些来路正当的钱，于是她趁我们都不防备的时候溜走了，逃到了伦敦。她已经和我订了婚，如果我干的是另外一行，她可能早就和我结婚了。但是她无论如何也不愿意和这些不正当的行当有什么联系。我是在她跟这位英国人结婚之后才找到她的。我给她写了信，但没有收到回信。于是，我就来英国了。因为写信没有效果，我就把要说的话写在她能看见的地方。

“我到这里已经有一个月了。我就住在那个农场上，有一间楼下的屋子，每晚可以进进出出，没有人会知道。我想尽办法要把埃尔茜骗走。我知道她看到了我写的话，因为她有一次在我写的话下面写了一句回话。于是我急了，开始威胁她。她便给我写了封信，求我离开，说是如果她丈夫的名声受到损害，她会痛苦得心碎的。她还说只要我答应离开这里，以后不再来缠磨她，她就会在早上三点，趁着她丈夫睡着的时候，下楼来在最后面的那扇窗前跟我说几句话。她下来了，还带着钱，想买通我走。我非常生气，抓住她的胳膊，想把她从窗户里拉出去。正在这时，她丈夫手里拿着左轮手枪冲进屋来。埃尔茜瘫倒在了地上，我们两个就面对面了。当时我手里也拿着枪，便举起来想把他吓跑，然后我就可以逃走了。他朝我开了一枪，但是没有打中。差不多就在同一时刻，我也开了枪，他立刻倒下了。我穿过花园匆匆逃走的时候，还听到了身后关窗的声音。先生们，我说的句句属实。对于后来发生的事情我一无所知，直到那个小伙子骑马送来一封信，使我像个傻瓜一样一路走到这儿来，把自己送到你们手中。”

就在这位美国人说这番话的时候，一辆马车到了。里面坐着两名身穿制服的警察。马丁警长站起身来，用手碰了碰犯人的肩膀。

“我们该走了。”

“我可以看她一下吗？”

“不行，她还没有苏醒过来。夏洛克·福尔摩斯先生，以后我再碰到重大案子的时候，我希望能再次幸运地有你在我的身边。”

我们站在窗前，望着马车驶去。我转过身来时，看到了犯人扔在桌上的纸团。那正是福尔摩斯用来诱捕他的信。

“华生，你知道是什么意思吗？”福尔摩斯笑着说道。

信上没有字，只有一行跳舞的人：

“如果你运用我刚刚解释过的那种密码，”福尔摩斯说，“你就会发现它的意思不过是‘马上到这里来’。我相信这是他肯定不会拒绝的邀请，因为他绝对想不到，这不是埃尔茜写的。你瞧，我亲爱的华生，我们终于把这些作恶多端的跳舞小人变成有益的了，而且我想我还履行了我的诺言，给你的笔记本添进了一些不平常的内容。我们的火车是三点四十，还来得及赶回贝克街吃晚饭。”

还有一段结尾的话：在诺威奇冬季大审判中，那位美国人阿贝·斯兰尼被判处死刑，不过考虑到一些可以减轻罪行的情况，以及确实是希尔顿·丘比特先开的枪，他被改判为劳役监禁。至于丘比特太太，我听说她后来完全康复了，现在仍然寡居，用她全部的精力帮助穷人和管理她丈夫的家业。

孤身骑车人

从1894年到1901年底，夏洛克·福尔摩斯一直非常繁忙。可以毫不夸张地说，这八年中各种疑难案件没有不曾向他请教的，还有几百宗私人案件，其中有些案子非常复杂也非常离奇的，他都在侦破过程中起过重要作用。这样长期连续工作的结果是很多惊人的成功，当然也有几宗不可避免的失败。由于我对这些案件都保存了完整的记录，其中有许多案件我自己也亲身参加过，可以想象要弄清我应该选择哪些来公之于众，不是一件容易的事。但是，我可以遵循以前的原则，首先选择那些不是以犯罪的凶残著称，而是以结案的巧妙和引人入胜的戏剧性案件。

正因为这样，我现在要给读者朋友们讲述的是与维奥莱特·史密斯小姐有关的事情，也就是查林顿孤身骑车人的案子，因为我们在这个案子中调查到的奇异结局最后竟然以出人意料的悲剧而收尾。诚然，这个案子并不会给我朋友为此而扬名的那些才能增添什么异彩，但是这件案子有几点却非常突出，与我从中收集资料写成了小故事的那些长篇犯罪记录截然不同。

我查阅了我 1895 年的笔记，发现我们第一次听说维奥莱特·史密斯这个名字是 4 月 23 号，星期六。我记得福尔摩斯对她的来访极其冷淡，因为他当时正全神贯注于一件错综复杂的疑难案子，这个案子涉及著名的烟草大王约翰·文森特·哈登的奇特遭遇，那是一个非常复杂而棘手的问题。我朋友最喜欢精确和思想集中，最讨厌在他忙的时候有事情来打扰他。尽管如此，由于恳求他帮助和指点的是一位身材苗条、仪态万千、神色庄重的美貌姑娘，何况她又是在这么晚的时刻亲自来贝克街，他很难拒绝听她讲述她的遭遇，因为他并非生性固执严厉。他一再声明他的时间已经排满，但是这无济于事，因为这位姑娘下定决心非讲不可。很显然，非要动用武力才能让她从这房间离开。福尔摩斯显露出无可奈何的神色，勉强笑了笑，请这位美丽的不速之客坐下，把她遇到的麻烦事告诉我们。

“至少这不是关系到你健康的事，”福尔摩斯用他敏锐的眼睛上下打量了她一番后说，“像你这样爱骑车的人，一定是充满活力的。”

她吃惊地看了看自己的双脚，我注意到她鞋底的一边已经被脚蹬磨得起了毛。

“是的，我经常骑车，福尔摩斯先生。我今天拜访你正是和这事有关。”

我的朋友拿起这姑娘没戴手套的手，像科学家看标本似的，全神贯注而不动声色地检查着。

“我相信你会原谅我的，这是我的工作。”他说着放下了姑娘的手，“我几乎误认为你是打字员了，但你显然是搞音乐的。华生，你注意到这两种职业所共有的勺形指端吗？不过，她脸上有一种风采，”那位女士缓缓把脸转向亮处，“这是打字员所没有的。这位女士是音乐家。”

“是的，福尔摩斯先生，我教音乐。”

“从你的脸色来看，我想是在乡下教音乐吧？”

“是的，先生，靠近法罕姆，在萨里边界。”

“那是一个非常美丽的地方，也使人联想到很多有趣的事情。华生，你还记得吗？我们就是在那附近抓住伪造货币犯阿奇·斯坦福德的。那么，维奥莱特小姐，在萨里的边界法罕姆附近，你遇到什么事了吗？”

这位姑娘十分清楚明白而又镇静自若地讲述了下面这段古怪离奇的事情来：

“福尔摩斯先生，我父亲已经去世了。他叫詹姆士·史密斯，曾是老帝国剧院的乐队指挥。除了有个叔叔外，我和我母亲在这个世界上没有别的亲人了。我叔叔叫拉尔夫·史密斯，二十五年前去了南非，从那以后，就再没有他的任何消息了。父亲死后，我们生活很穷苦。可是有一天，别人告诉我们说，《泰晤士报》登了一则广告，寻找我们的住处。你可以想象得出我们是多么兴奋，因为我们以为有人给我们留了一笔遗产。我们立刻按报上登的姓名去找那位律师，在那里又遇见了两位先生——卡如瑟斯先生和伍德利先生，是从南非回来探亲的。他们说我叔叔是他们的朋友，几个月前极其贫困地死于约翰内斯堡，临终前请他们去找他的亲属，并务必使他的亲属们不至于穷困潦倒。我们感到非常奇怪，拉尔夫叔叔生前从来没有过问过我们，死后却要如此精心照顾我们。可是卡如瑟斯先生解释说，我叔叔刚听说他哥哥去世的消息，觉得对我们负有责任。”

“对不起，”福尔摩斯说，“这次见面是在什么时候？”

“去年十二月，也就是四个月前。”

“请继续往下讲。”

“我感到伍德利先生非常令人讨厌。他脸庞虚胖，留着一脸的红胡子，头发披在额头的两边，而且还一直朝我挤眉弄眼。我觉得他实在可憎之极，而且相信西利尔肯定不乐意我认识这样一个人。”

“哦，西利尔是他的名字！”福尔摩斯微笑着说道。

年轻姑娘红着脸笑了笑。

“是的，福尔摩斯先生，西利尔·莫顿，是个电气工程师。我们打算在今年夏末结婚。天啊，我怎么说起他来了？我想说的是，伍德利先生令人讨厌，而那位年纪大得多的卡如瑟斯先生倒比较有礼貌。虽然他脸色土黄，脸刮得很干净，而且沉默寡言，但他举止文雅，笑容可掬。他询问了我们的家境，发现我们很穷，就建议我去给他十岁的独生女儿教音乐。我说我不愿意离开我母亲，他说我每个周末都可以回去看她。他答应给我每年一百镑，这当然是十分丰厚的薪金了。所以我最终还是答应了，来到了离法罕姆约六英里的契尔顿农庄。卡如瑟斯先生的妻子已经去世了，他请了一个叫迪克逊太太的女管家来帮他照料家事。这位老太太非常令人尊敬。那个孩子也十分可爱，总之一切都很好。卡如瑟斯先生待人和气，又热爱音乐，我们晚上在一起过得非常开心。每到周末，我就回城去看望母亲。

"我的这种快乐生活第一次出现不愉快是那位长着红胡子的伍德利先生的到来。他来访一个星期，可是天啊，对我来说就如同是三个月。他这个人非常可怕，对任何人都非常霸道，对我更是肆无忌惮。他丑态百出地表示他爱我，并吹嘘他多么富有，说要是我嫁给他，我就可以得到伦敦最漂亮的钻石。我始终对他不理不睬，有一天晚饭后，他一把抱住我——他力气很大——发誓说如果我不吻他，他就不放手。碰巧这时卡如瑟斯先生进屋，把他从我身边拉开。为这事，伍德利和主人翻了脸，把卡如瑟斯打倒在地，脸上也弄了个大口子。你可以想象到，伍德利的来访就这样结束了。卡如瑟斯先生第二天向我道歉，并保证绝不让我再受到类似的凌辱。从那以后，我再也没有看见过伍德利先生。

"福尔摩斯先生，我终于谈到今天来向你请教的具体事情上了。你一定知道，我每星期六上午骑车到法罕姆车站，赶 12

点 22 分的火车回城。我从契尔顿农庄出来，那条路很偏僻，有一段几乎没有人迹。那段路有一英里多长，一边是查林顿荒原，另一边是查林顿庄园外围的树林。你再也找不到比这段路更荒凉的地方了。在你没有到达靠近克鲁克斯伯里山公路以前，很难遇到一辆马车或是一个农民。两星期以前，我从这地方经过，偶然回头一望，发现身后两百码左右有个骑车的男人，看起来是个中年人，蓄着短短的黑胡子。在到法罕姆以前，我又回头一看，那人已经消失，所以我也就没再多想了。但是，福尔摩斯先生，我星期一返回时又在那段路上看到了那个人。你能够想象得到我是多么地惊奇了。而下一个星期六和星期一，和上次一模一样，这事又重演了一遍，我越来越惊异不止了。那个人始终和我保持着一定的距离，决不打扰我，不过这件事还是十分古怪。我把这事告诉了卡如瑟斯先生，他似乎非常重视我说的事，跟我说他已经订购了一匹马和一辆轻便马车，所以将来我再过那段偏僻道路时，不愁没有伴侣了。

“马和轻便马车原本这个星期就应该到的，可不知道什么原因没有送来，我只好继续骑车去车站。这是今天早晨的事。当来到查林顿荒原的时候，我回头一望，一点儿不错，那人就在那里，和前两个星期一模一样。他总是离我很远，因此我看不清他的脸，不过我敢肯定他不是我认识的人。他穿着一身黑衣服，戴着一顶布帽子。我只能看到他的脸上的黑胡子。我今天倒是不害怕，而是满腹疑云。我决定弄清楚他是谁，想要干什么。我放慢车速，他也放慢了车速。后来我干脆停了下来，他也停了下来。于是我想出了一个办法。路上有一处急转弯，我飞快地拐了过去，然后停车等他。我估计他也会很快拐过来，而且来不及停车就赶到我前面去。然而他却再也没有露面。我便返回去，向转弯处张望。我可以看到一英里远的路程，可路上没有他。尤其令人不解的是，这地方没有岔路，他不可能溜走。”

福尔摩斯搓着双手轻轻笑了一声，然后说：“这件事倒确实有些奇特。从你转弯到你发现路上没人有多长时间？”

“两三分钟。”

“那他不可能顺原路返回去。你说那里没有岔路吗？”

“没有。”

“那他必定沿着路旁的小路走了。”

“肯定不是石灌木丛这一边，不然我应该会看到他的。”

“那么，按照排除推理法，我们就得出了一个事实，他向查林顿庄园那一边去了。因为据我所知，查林顿庄园就在道路的一边。还有别的情况吗？”

“没有了，福尔摩斯先生。我只是感到迷惑不解，除非见到你并且能够得到你的指点，否则我是高兴不起来的。”福尔摩斯默默不语地坐了一会儿。

“跟你订了婚的那位先生在什么地方？”他终于问道。

“他在考文垂的米得兰电气公司。”

“他不会出其不意地来看你吧？”

“噢，福尔摩斯先生！难道我还不认识他吗？”

“还有别人追求你吗？”

“在我认识西利尔之前有过几个。”

“在那之后呢？”

“要是那个可怕的伍德利算一个的话，那他是一个。”

“没有别人了吗？”

我们这位美丽的委托人好像有点为难。

“他是谁？”福尔摩斯问。

“哦，可能是我自作多情，可我有时候觉得我的雇主卡如瑟斯先生对我好像也很感兴趣。我们经常在一起，我晚上还给他弹伴奏，他从未说过什么。他是一位标准的绅士，可是一个姑娘心里总是明白的。”

“哈！”福尔摩斯显得十分严肃，“他靠什么为生？”

“他是一个富有的人。”

“没有四轮马车或者马匹吗？”

“哦，至少他很富有。他每星期去城里两三次，非常关心南非的黄金股票。”

“史密斯小姐，请你一有新情况就告诉我。我目前很忙，不过我会抽时间过问你的案子。在这期间，不要没通知我就采取行动。再见，我相信我们会得到你的好消息的。”

“这样一位姑娘有些追求者是很自然的，”福尔摩斯一面沉思地抽着烟斗一面说道，“不过他们也不会选择在偏僻的乡间道路上骑自行车去追呀。毫无疑问，这是一个偷偷爱上她的人。可是，华生，这个案子里有些细节非常奇怪而且也令人深思。”

“你是说那个人只在那个地方出现吗？”

“正是。我们第一步必须查清是谁租用了查林顿庄园。可是卡如瑟斯和伍德利到底是什么关系呢？他们完全是不同类型的人。他们俩为什么都急于查找拉尔夫·史密斯的亲属呢？而且，卡如瑟斯家离车站有六英里，可是连一匹马都不买，却宁肯以比市面上高出一倍的价格来聘请一名家庭女教师，这是什么样的治家之道呢？奇怪，华生——太奇怪了！”

“你打算去调查吗？”

“不，我亲爱的朋友，你去那里调查。这可能只是个微不足道的小阴谋，我可不能为此中断别的重要的调查工作。你星期一一早赶到法罕姆，在靠近查林顿石楠地带的地方隐藏起来，你可以亲自观察情况，根据自己的判断见机行事。然后，查明是谁住在查林顿庄园，回来向我汇报。现在，华生，在弄到几件可靠的证据有望结案之前，我对这件事没有什么可说了。”

那姑娘告诉我们她星期一坐九点五十分从滑铁卢车站开出的火车，于是，我一早出发，赶上了九点十三分的火车。在法罕姆车站，我非常轻松地问明了查林顿荒原。要错过让那姑娘担心的地方是不可能的，因为道路的一边是开阔的荒原，另一边是古老的紫杉树树篱，环绕着一座花园，里面大树参天。花园里面有一条石头铺成的大路，石头上长满了地衣；大门两侧的石柱顶上满是破破烂烂的纹章图案。除了这条供马车进出的大路以外，我还注意到树篱上好几处有豁口，有小路穿过。从路上看不到里面的房屋，不过周围的环境都显得压抑颓败。

荒原开满了一丛丛黄色的金雀花，在明媚的春天的阳光下格外耀眼。我在一丛灌木后选好了藏身的地方，以便从这里既能够看到庄园的大门，也能够看到两边长长的一段路。我刚才离开大路时，路上没有一个人，但是这时我却看见有个人从对面骑着车向我来时的方向驶去。他穿着一身黑衣服，留着黑胡子。他到了查林顿庄园的尽头就跳下车来，把车推进树篱的一处豁口，从我的视线中消失了。

过了一刻钟，路上又出现了一个骑自行车的人。这次是那位姑娘从火车站来了。我看见她骑到查林顿树篱时四下张望。过了一会儿，那个男人从藏身处走了出来，跳上自行车，紧跟在她后面。辽阔的荒原上只有这两个人影在活动：仪态端庄的姑娘挺笔直地骑在车上，她身后的男人却低伏在车把上，一举一动都带有莫名其妙的鬼鬼祟祟的形迹。姑娘回头看了他一眼，放慢了速度，他也放慢了速度。她停下了车子，他也马上停住车子，在她后面有两百码的距离。姑娘下一步的动作却出奇迅猛。她突然扭转车头，径直朝他冲了过去。但是，他也像那姑娘一样迅速，不顾一切拼命地逃脱了。她又立刻返回大路，傲然地昂着头，不屑再去理会那不声不响的尾随者了。他也转过身来，依然保持着那段距离，直到转过弯我看不到他们为止。

我依然躲在藏身之处——这样做是很恰当的，因为那个男人不一会儿又露面了，他不慌不忙地骑车返回来。他拐进庄园大门，下了车。我看他在树丛中站了几分钟，举起双手，好像在整理他的领带。然后又上车从我身旁经过，朝着庄园的方向骑去。我跑出荒原，从树林缝隙望过去，可以隐约看到远处那座古老的灰楼和它那些矗立的都铎式烟囱。可惜那条车道穿过一片浓密的灌木丛，我就没法再看到那个人了。

不过，我倒是认为自己今天早上已经干得非常漂亮了，便兴高采烈地走回法罕姆。有关查林顿庄园的情况，当地的房产经纪人什么也说不出来，而是把我介绍给了帕尔马尔的一家著名的公司。我在回家的途中在那里逗留了一会儿，受到经纪人的殷勤接待。不行，我不能租用查林顿庄园来避暑了。我来得太晚了，庄园一个月前就租出去了。租房子的是威廉森先生，一位体面的老先生。彬彬有礼的经纪人客气地说其他的事情他无可奉告，因为他不能议论他委托人的事。

当天晚上，夏洛克·福尔摩斯先生聚精会神地听了我向他作的冗长的汇报，我本来期望得到他的称赞，而且也非常重视他的称赞，可是我连一句赞许的话也没有听到。恰恰相反，在他评论我做过的事和没有做到的事时，他那严峻的面容甚至比平时更加严肃。

“我亲爱的华生，你藏身的地方选得实在太糟糕了。你应该躲在树篱后，这样才能仔细看看那位有趣的人。实际上呢，你却躲在几百码远的地方，告诉我的情况还没有史密斯小姐的多。她说她不认识那个人，我确信她认识。否则，那个人为什么担心姑娘靠近了，看清他的面貌呢？你说他伏身在自行车把上，你看，这不又是为了不被认出来吗？你做得实在太不巧妙了。你跑回家来，还能指望着查查他的身份，你竟然跑到一个伦敦房产经纪人那里去！”

“那我该怎么做呢？”我气鼓鼓地喊叫道。

“你应该到离那里最近的酒店里去，那是乡下人闲言碎语的中心。他们会告诉你每个人的名字，从主人到帮厨的女仆。威廉森！我一点印象也没有。假如他上了年纪，那么他绝不是在那姑娘飞速追赶下能够敏捷地逃走的骑车人。你这次远行的收获是什么呢？弄清楚了那位姑娘讲的是真话？我从来就没有怀疑过这一点。弄清楚了那位骑车人和那庄园之间有关系？我也没有怀疑过这点。弄清楚了庄园被威廉森租用了？谁又能为此作保证呢？好了，好了，我亲爱的先生，不要显得那么灰心丧气。星期六以前我们还可以多干点事，另外我还可以亲自做一两次调查。”

第二天早晨，我们收到了史密斯小姐的一封来信，简要而准确地讲述了我所看到的那些情况，可是信的要点却是在附言中：

福尔摩斯先生，我相信你一定会替我保守秘密的。我在这儿的处境已经变得非常困难了，因为我的雇主已经向我求婚了。我相信他的感情十分真挚而又非常高尚。我当然把我已经订婚的事告诉了他。他把我的拒绝看得非常严重，不过又很和气地接受了我的拒绝。可是你看得出来，我的处境有点尴尬。

“我们年轻的朋友看起来陷入了困境。”福尔摩斯看完信后，若有所思地说道，“这个案子的确比我原来想象的要更有趣，发展的可能性也多得多。我早就想到乡下去过一天安静太平的日子，我打算今天下午就去，并且检验一下我的一两个推论。”

福尔摩斯在乡下度过的安静日子，结局是很奇特的，因为他晚间很晚才回到贝克街，嘴唇划破了，额头上还青肿了一大块，样子也非常狼狈，完全成了一个苏格兰场调查的对象。他对自己的历险感到非常高兴，一边讲述，一边发自内心地哈哈大笑。

“积极的锻炼总是有好处的，可惜我锻炼得不多，”福尔摩斯说道，“你知道，我精通一些优秀的英国旧式拳击运动，偶尔还能把它派上点用场，比如说今天，要是没有这一手，那我就要一败涂地了。”

我请他告诉我发生了什么事。

“我找到了我请你注意的那个乡村酒店，在那里小心谨慎地进行了调查。在酒吧间里，饶舌的酒店老板把我想了解的一切都告诉了我：‘威廉森是个白胡子老头，和几个用人一起住在庄园里。有谣传说他以前当过牧师，好像现在也还是，可在他住进庄园这段很短的时间里，有一两件事让我觉得他不像牧师。我查询过一个牧师机构，他们告诉我，曾经有一个叫这名字的牧师，可是他过去的行为极不光彩。酒店老板还告诉我，庄园一到周末总有一些来客——是一伙下流坯，先生——特别是一个蓄着红胡子的伍德利先生，总少不了他。’我们正谈到这里，那位伍德利先生竟然走了过来。他一直在酒吧间喝啤酒，我们的谈话他全都听到了。他问我是谁，想干什么，问那些问题是什么意思。他口若悬河，什么样的话都说了。他谩骂到最后，凶恶地朝我反手就是一拳，我没来得及躲开。接下来的几分钟里就有好戏看了。我对那凶恶的暴徒一顿拳打脚踢，结果我就成了现在这副模样。伍德利先生坐车回去了，我的乡间之行也就这么结束了。我必须承认，不管多么有趣，我这次萨里边界之行并不比你上次的收获大。”

星期四我们又收到了那位委托人的一封信。她写道：

福尔摩斯先生，听到我要辞去卡如瑟斯先生的聘请，你不会感到惊讶吧？尽管报酬丰厚，我还是无法忍受这尴尬的境况。我星期六就回城，不打算再回去了。卡如瑟斯先生已经备好了一辆马车，所以，假如说那条偏僻的路上曾经发生过危险，那么这种危险现在也已经不存在了。

至于我离开的具体原因，不只是因为我和卡如瑟斯先生之间的这种尴尬的关系，而且是因为那个讨厌的伍德利先生又来了。他本来就很可怕，现在好像更可怕了，因为他好像出了事，全身都挂了彩。我是从窗户里面看到他的，而且很高兴地跟你说，我没有遇到他。他和卡如瑟斯先生谈了很长时间，卡如瑟斯先生后来好像很激动。伍德利肯定就住在离这儿不远的地方，因为他没有住在卡如瑟斯家，而我今天早晨又看到他在灌木丛中鬼鬼祟祟地活动。我很快就会在这地方碰到这头凶猛的吃人野兽了。你简直不知道我有多么憎恨和害怕。卡如瑟斯先生怎么能容忍这样的一个家伙呢？不过，我的一切麻烦到星期六就都结束了。

“我相信是这样的，华生，我相信是这样的，”福尔摩斯严肃地说道，“围绕着这位姑娘正进行着一场阴谋，我们有责任确保她在这最后一次旅行中不受任何人的骚扰。华生，我想我们星期六早晨必须抽出时间一块儿去，以保证我们这次奇怪而没有结果的调查不至于出现不幸的结局。”

我得承认直到现在我还没有十分看重这件案子。我认为其中并没有什么危险，只不过感到它有些荒诞古怪而已。一个男人埋伏着等待漂亮的女人并且尾随她，这并不是什么闻所未闻的事。这个人非常胆小，不仅不敢向她求爱，而且在她接近他的时候，反而逃跑，那他就不是什么十分可怕的暴徒。那个恶棍伍德利则又当别论。可是，除了那一次之外，他再没有骚扰过我们的委托人。近来他到过卡如瑟斯家，可也没有闯到她面前。那个骑车人毫无疑问是酒店老板所说的周末聚会的成员。可他是什么人呢？他要干什么呢？却依然模糊不清。福尔摩斯表情严肃，他离开房间以前把一把手枪塞到衣袋里。这些都使我感到，这一连串怪事后面可能隐藏着悲剧。

夜雨过后，第二天早晨阳光灿烂。长满了石楠灌木的乡村盛开着一丛丛的金雀花，对于厌倦了伦敦那阴郁灰暗色调的人来说，这些花显得格外美丽。我和福尔摩斯走在宽阔而多沙的道路上，呼吸着早晨清新的空气，聆听着鸟儿的歌声，感受着欣欣向荣的春意。我们从克鲁克斯伯里山顶的路上，可以看见那座灰色的庄园耸立在古老的橡树林里。这些橡树虽然年代久远，但比起它们所环抱的建筑来说却依然显得年轻。福尔摩斯指着长长的一段路，这段路像一条红黄色的带子似的蜿蜒在棕褐色的荒原和一片嫩绿的树林之间。远处出现了一个黑点，可以看得出是一辆单马马车正朝我们这个方向驶来。福尔摩斯焦急地惊叫了一声。

“我留了半小时的时间，”他说，“如果那是她的马车，那她肯定要赶早一趟的火车。华生，恐怕没等我们见到她，她就已经过了查林顿。”

我们一走下山顶就看不到那辆马车了，但是我们加速向前赶路，速度很快。我开始暴露出平日久坐的坏处，不得不落到后面。然而，福尔摩斯一直锻炼有素，因为他有用之不竭的旺盛精力。他那轻快的步子一直没有放慢，突然，他在我前面一百码的地方停住脚步。我看见他举起一只手来，做出痛苦而绝望的手势。与此同时，一辆空马车拐过大路的转弯处——那匹马缰绳拖地，慢步小跑——吱吱嘎嘎地向我们迎面驶来。

“太晚了，华生，太晚了！”当我气喘吁吁地跑到福尔摩斯身旁时，他大声叫着，“我真笨，竟然没有想到她会坐早一趟的火车！一定是劫持，华生，是劫持！是谋杀！天知道是什么！挡住路！拦住那匹马！就这样。好了，跳上来，看看是否能弥补我犯的大错所酿成的后果。”

我们跳上马车。福尔摩斯掉转马头，朝它狠狠抽了一鞭子，我们便顺着大道往回狂奔。马车转过弯之后，介于庄园和荒原之间的整个路段展现在我们面前。我一把抓住福尔摩斯的胳膊。

“就是那个人！”我喘着气说。

一个孤身骑车人正朝我们冲过来。他低着头，双肩浑圆，把全身的力气都用在了脚踏上，像赛车手一样骑得飞快。他突然抬起那张满是胡子的脸，看到我们正朝他驶来，便停住车，从车上跳了下来。他那乌黑的胡子与苍白的脸庞形成了鲜明的对比，一双眼睛闪闪发光，仿佛他正处在极度兴奋之中。他紧盯着我们和那辆马车，脸上流露出难以置信的表情。

“喂！停下！”他大声叫道，用自行车拦住我们的路，“你们从哪儿弄来的这辆马车？停下！”他喊叫道，并从侧面口袋里掏出一把手枪，“告诉你，停车！否则我可真的要赏你那匹马一颗子弹了。”

福尔摩斯把缰绳扔给我，自己从马车上跳了下来。

“我们正要找你呢。维奥莱特·史密斯小姐在哪儿？”他急促而清晰地问道。

“我也正要问你们呢。你们坐在她的马车上，当然应该知道她在哪儿。”

“我们是在路上见到这马车的，上面没人。我们把车赶回来是去救那姑娘的。”

“天啊！天啊！我该如何是好啊？”这位陌生人绝望地叫着，“他们把她抓走了，那个该下地狱的伍德利和那个恶棍牧师。快来，先生，如果你们真是她的朋友，那就快来。帮我一同搭救她吧，即使我横尸查林顿森林也在所不惜。”

他手里拿着手枪，疯子一般朝树篱中间的一个豁口跑过去。福尔摩斯紧跟着他，我把马放到路边吃草，也跟在福尔摩斯后面跑过去。

“他们是从这儿穿过去的，”那人指着泥泞小路上的几个脚印说，“喂！停一下！灌木丛里是什么人？”

那是一个十七八岁的小伙子，衣着像马夫，穿着皮裤，打着绑腿。他躺在地上，双膝蜷起，头上有一道可怕的伤口。他已经失去了知觉，可还活着。我看了一眼他的伤口，知道没有伤着骨头。

“这是马夫彼得，”那位陌生人喊道，“他给那姑娘赶车。那些畜生把他拉下车，用棍棒把他打伤了。让他先在这里躺着，反正我们救不了他，不过我们可以把那姑娘从一个女人所遭受的最悲惨的噩运中拯救出来。”我们顺着树林里弯弯曲曲的小道发疯般地跑了下去。就在我们到达宅院周围的灌木丛时，福尔摩斯突然停了下来。

“他们没有进屋。左边有他们的脚印，这儿，在月桂树丛旁边。啊！我说得不错。”

他刚说到这儿，前面茂密的绿色灌木丛中传来了一个女人凄厉的喊叫声。这是一种惊恐万状的颤抖的喊声，响了一声便戛然而止了，接着便是一阵窒息声。

“在这边！这边！他们在滚球场。”陌生人高叫着冲过灌木丛，“啊，这些胆小鬼！先生们，快跟我来！太晚了！太晚了！”

我们猛然闯进一片古树环绕的林间绿草地。草地另一边的一棵大橡树下站着三个人。一个是女人，就是我们的委托人，她垂着头，已经昏厥过去了，嘴上蒙着手帕。她对面站着相貌凶残的红胡子年青人，腿上扎着绑腿，叉着腿站着，一只手叉腰，另一只手挥舞着马鞭，他的整个神情显示出一种扬扬得意的架势。这两个人中间站着一个花白胡子的老头，穿浅色花呢衣服，外罩白色短法衣，显然刚主持完婚礼仪式。因为我们一到，他就把一本祈祷书装进衣袋，并且轻轻拍着那阴险的新郎的后背，兴高采烈地向他祝福。

“他们结婚了？”我喘着气问。

“快点！”我们的领路人喊着，“快点！”他跑过林间空地，福尔摩斯和我紧跟在他后面。当我们跑过来时，那姑娘摇摇晃晃地靠在一棵树上。以前当过牧师的威廉森带着嘲弄的神情向我们鞠了一躬，而那位暴徒伍德利则得意忘形地狂笑着向我们走来。

“你可以把胡子摘掉了，鲍伯。”他说，“我太了解你了，不会错的。好吧，你和你的同伴来得正是时候，我正好给你们介绍一下伍德利太太。”

我们带路人的回答很特别。他一把扯掉伪装用的黑胡子，把它扔到地上，露出刮得干干净净的浅黄色长脸。然后他举起手枪，对准那年轻的暴徒。这时，那暴徒正好手挥致命的马鞭向他冲来。

“是的，”我们的同伴说，“我就是鲍伯·卡如瑟斯。我要确保这姑娘不会受到伤害，哪怕撕破脸也在所不惜。我告诉过你，要是你骚扰她，我会怎么办。上帝作证，我说到做到。”

“你来得太晚了，她已经是我妻子了。”

“不对，她是你的寡妻。”

枪响了，我看见血从伍德利的前胸流了出来。他尖叫一声转过身，仰面朝天地倒在了地上，那丑陋的红脸瞬间变得斑驳而惨白。那老头仍然披着白色的法衣，这时突然破口大骂，那骂不绝口的肮脏话语，我真是闻所未闻的。他掏出他自己的左轮手枪来，但还没来得及举起来，就看见福尔摩斯的枪口已经对准他了。

“够了。”我的朋友冷冷地说道，“把枪扔在地上！华生，把枪捡起来！谢谢你。卡如瑟斯，把枪也给我。用不着再动武了。快点，把枪给我！”

“那么你是谁？”

“我叫夏洛克·福尔摩斯。”

“我的天呀！”

“我看得出，你听说过我的名字。在警察们到来之前，我只好代劳了。喂，你！”福尔摩斯朝林中空地那边的一个吓坏了的马夫喊道，“过来！赶快骑马把这张条子送到法罕姆去。”他从笔记本上撕下一页纸，草草写了几句话，“把这送到警察署交给警长。在他赶来之前，我只好临时看管你们了。”

福尔摩斯那坚定的主宰一切的气势控制住了这个悲剧性的场面，其他人都只能跟着他转。威廉森和卡如瑟斯把受了伤的伍德利抬进了屋，我也扶着那受惊的姑娘进了屋。伤者被放在床上，福尔摩斯要求我先给他检查一下。我把检查结果告诉他时，他正坐在挂有壁毯的老式餐厅里，面前坐着受他看管的威廉森和卡如瑟斯。

“他不会死的。”我说。

“什么！”卡如瑟斯从椅子上跳起来嚷道，“我先上楼把他干掉再说。你是说，那个姑娘，那个天使，要一辈子受狂徒伍德利的控制吗？”

“这个你用不着操心，”福尔摩斯说道，“她绝对不可能成为他妻子，有两条非常充分的理由。首先，我们完全有把握怀疑威廉森先生主持婚礼的权利。”

“我受任过圣职。”那个老无赖嚷道。

“可早就被免去了。”

“一日为牧师，终身为牧师。”

“我看不行。那么结婚证书呢？”

“我们有结婚证书，就在我衣袋里。”

“那是你靠要诡计弄来的。不管怎么说，反正强迫婚姻都不是婚姻，而是非常严重的罪行。在你们完蛋之前，你会发现这一点的。你在今后十年里有时间想明白这一点的，除非是我弄错了。至于你，卡如瑟斯，你本不该掏出枪来的。”

“我现在才开始这样想，福尔摩斯先生，可是我一想到我为保护那姑娘所采取的一切预防措施时——因为我爱她，福尔摩斯先生，而且是我有生以来第一次懂得什么是爱——一想到她要落入南非最残忍的那个暴徒的手中，而从金伯利到约翰内斯堡人人惧怕这个人的名字，我几乎就要发疯了。知道吗，福尔摩斯先生？自从这姑娘被我聘用以来，只要她经过这所房子，我没有一次不骑车护送她，以确保她不受到伤害，因为我知道这些无赖就潜伏在这所房子里。我和她保持着一定距离，我戴上了胡子，以便不让她认出我来，因为她是一位善良而气质高贵的姑娘。要是她想到是我在乡村道路上尾随她，她就不会长期受我聘用了。”

“那你为何不把危险告诉她呢？”

“因为那样一来，她就会离开我，而我接受不了这样的事情。即使她不爱我，只要能在家里看到她那秀丽的脸庞，能听到她的声音，我也就心满意足了。”

“喂，”我插嘴道，“卡如瑟斯先生，你把这称为爱，可我要说这是自私。”

“可能两者都有吧。不管怎样，我不能让她离开。而且，有这伙人在周围，最好还是有人在她身边照顾她。后来，我收到电报，知道他们要准备行动了。”

“什么电报？”

卡如瑟斯从口袋里拿出一封电报来。

“就是这个。”他说道。

电报的内容简明扼要：

老人已死。

“哼！”福尔摩斯说道，“我想我知道这是怎么回事了，而且我也明白，就像你说的那样，为什么这份电报会使他们下手。不过，既然我们还要等警察，你不妨尽可能地把所知道的一切都告诉我。”

那个穿白色法衣的老恶棍破口骂出一连串脏话来。

“上帝作证！”他说，“如果你泄露我们的秘密，鲍伯·卡如瑟斯，我会用你对付杰克·伍德利的手段来对付你。你可以随心所欲地捏造那个姑娘的事，因为那是你自己的事，可要是你把你的朋友出卖给这个便衣警察，那你就是自找倒霉了。”

“尊敬的牧师阁下不要激动，”福尔摩斯说着点燃烟斗，“你们这案子再清楚不过了，而我仅仅是出于个人好奇，问几个细节问题。不过，要是你不方便告诉我，那就由我来说好了，然后你们就会明白你们还能隐瞒住什么秘密了。首先，你们三个人一起从南非来玩这场游戏——你威廉森，你卡如瑟斯，还有伍德利。”

“头号谎言，”那老家伙说，“我是两个月前才和他们认识的，而且我从来没有去过南非，所以你可以把这谎言放进烟斗里一块儿烧了，你这爱管闲事的福尔摩斯先生！”

“他说的是真的。”卡如瑟斯说道。

“是啊，是啊，你们两个从远方来，尊敬的牧师阁下是我们的国产货。你们在南非认识了拉尔夫·史密斯，你们有理由相信他不会活很长时间了，同时也发现他侄女要继承他的遗产。怎么样——嗯？”

卡如瑟斯点点头，威廉森咒骂不止。

“毫无疑问，她是最近的亲属，而且你们知道那个老人不会立下遗嘱。”

“他既不识字，也不会写。”卡如瑟斯说道。

“所以你们俩就来到了英国，找到了这位姑娘。你们原来的计划是：一个人娶她，另一个人分一部分赃款。由于某种原因，伍德利被选中了做丈夫。什么原因呢？”

“我们在旅途中打牌，用那姑娘当赌注。他赢了。”

“我明白了。你把那姑娘聘请到你家中，好让伍德利去向她求爱。她看出他是个酒色之徒，坚决不愿和他来往。同时，你自己也爱上了那姑娘，这就打乱了你们的安排。你再也不能容忍让那恶棍来占有那位姑娘了。”

“是的，我是忍无可忍了。”

“你们大吵了一次，他一怒之下就走了，抛开你，开始打起自己的算盘来。”

“威廉森，我觉得这位先生似乎把我们要说的都说了。”卡如瑟斯苦笑着大声说道，“是的，我们吵了起来，他把我打倒在地。不过在这方面我们是势均力敌的。然后他就消失了，原来是认识了这个被免职的牧师。我发现他们一起在这地方住了下来，而这正是那姑娘去火车站必须经过的地方。从那以后，我就一直留意她，因为我知道有人要做出对她不利的事情。我常常与他们见面，目的是想弄清楚他们的打算。

“两天前，伍德利带着这封电报来到了我家，告诉我拉尔夫·史密斯已经死了。他问我是否还遵守原来定好的交易条件，我说我不答应。他问我是不是自己想娶那姑娘，然后把财产分一部分给他。我说我倒是非常愿意这样做，可她不愿意。他说：‘那我们先把她弄到手，过了一两个星期她或许就会改变看法。’我说我决不愿意动用武力，于是他就露出了那满口脏话的无赖本质，骂骂咧咧地走了，并且发誓一定要把她弄到手。她打算这个周末离开我，我弄到一辆轻便马车送她去车站，可总是放心不下，所以骑自行车赶来。然而，她已经动身了，还没等我追上她，祸事就发生了。我一看到你们两位先生把她乘坐的马车赶回来，就知道情况不妙。”

福尔摩斯站起来，把烟灰抖进壁炉。“我的感觉一直很迟钝，华生，”他说道，“当你告诉我说你看见你认定的骑车人在灌木丛中整理领带时，单是这一件事就足以向我说明一切了。不过，我们还是庆幸遇上了这样一件稀奇古怪、在某方面又是独一无二的案子。我看到车道上来了三名郡警察，真高兴那个小马夫也能跟他们一起来。看来，这小马夫和那有趣的新郎在今天早晨的小小历险中都没有到重伤。华生，凭你的医学才能，你可以去照料一下史密斯小姐，并且告诉她，等她身体康复了，我们将很高兴护送她去她母亲家。要是她还没有完全康复过来，那你就向她暗示一下，我们将向米德兰的一位年轻电学家发份电报。这或许能把她完全治愈。至于你，卡如瑟斯先生，我想你已经为自己参与这项罪恶的阴谋作了弥补。这是我的名片。如果在审判你的时候，我的证词对你有益，请随意使用好了。”

正如读者们大概已经觉察到的，在我们那接连不断的活动中，我常常感到很难收笔，很难把那些好奇的读者所关心的最终结果一一讲清。一个案子往往是另一个案子的序曲，而高潮一过，那些演员就会永远从我们忙碌的生活中消失了。不过，我还是在这个案子的手稿的结尾处发现了一段附注，上面记载着维奥莱特·史密斯小姐的确继承了一大笔遗产，现在是著名的莫顿和肯尼迪电气公司的合伙人之一——西利尔·莫顿的妻子。威廉森和伍德利因绑架和伤害罪分别被判处七年和十年徒刑。我没有得到卡如瑟斯结果如何的记载，不过我相信，既然伍德利是一个声名狼藉的十分凶险的恶棍，法庭是不会十分严重地看待卡如瑟斯所犯的伤害罪的，我想法官判他几个月的监禁已经足够了。

修道院公学

在贝克街的小小舞台，我们看见过很多非同寻常的人物从这里进场、退场，可我想不出有哪一次比那位有硕士、博士等学位的桑尼可罗夫特·哈克斯泰布的首次登场更为突然，更令人震惊的了。那张几乎印不下他全部学术头衔的名片刚刚送进来，他本人就紧跟着进来了。他身材高大、气宇轩昂，神情十分庄严，简直就是冷静和坚强的化身。但是门一关上，他竟然摇摇晃晃地走到桌子旁边，随后就瘫倒在地板上了，魁梧的身躯匍匐在壁炉前的熊皮地毯上，失去了知觉。

我们急忙站了起来，默默盯着这个庞大的躯体，显然，在他人生的海洋上他遇到了突如其来的致命的风暴。福尔摩斯急忙拿来一个枕头放在他的头下，我慌忙给他灌了点白兰地。他那阴沉而又苍白的脸上布满了忧愁的皱纹，眼睛紧闭着，眼窝发黑，嘴角松弛而下垂，胡须没有修剪乱七八糟地长着，头发也是乱蓬蓬的，全身散发出风尘仆仆的气息。

“华生，这是怎么回事？”福尔摩斯问道。

“疲劳过度，大概是饥饿和劳累所致。”我一边说，一边摸着他微弱的脉搏，感到他的生命正仿佛一线游丝。

“一张从英格兰北部的麦克尔顿到伦敦的往返火车票。”福尔摩斯从来人放表的口袋中掏出一张火车票说道，“现在还不到十二点，他显然一早就动身了。”

那双紧闭的眼睛动了动，灰色呆滞的眼睛望着我们。随后，来人挣扎着站了起来，羞愧得满脸通红。

“福尔摩斯先生，请原谅我的虚弱，我有些劳累过度。最好能给我一杯牛奶和一块饼干，那样我就好多了。谢谢。福尔摩斯先生，我亲自来这儿，就是请你和我一同回去。我担心电报很难让你相信这个案件十分紧迫。”

“等你恢复过来了……”

“我已经恢复了……真想不到我会这样虚弱。福尔摩斯先生，我希望你能和我一起坐下一趟火车到麦克尔顿去。”我朋友摇了摇头。

“我的同事华生医生可以告诉你，我们现在非常忙。我正在处理这桩费雷斯文件案，而阿贝加文尼的谋杀案很快就要开庭了。不是非常重要的案子，当前我是不会离开伦敦的。”

“重要！”我们的客人摊开双手叫着说，“难道你没有听说霍尔德尼斯公爵的独生子被绑架的事吗？”

“什么？就是那位前内阁大臣吗？”

“没错。我们想尽了各种办法不让新闻界知道，然而昨天晚上环球剧院有了一些谣言，我想这可能已经传到了你的耳朵里了呢。”

福尔摩斯急忙伸出他那细长的手臂，从他的许多本参考书中取出“H”卷。

“‘霍尔德尼斯，第六世公爵、嘉顿勋爵、枢密院顾问……’头衔真够多的！‘贝弗利男爵、卡斯顿伯爵……’我的天啊，多少头衔啊！‘自 1900 年起任哈莱姆郡的郡长。1888 年娶查尔斯·阿波多尔爵士的女儿埃迪丝。系萨尔特尔勋爵的继承人和独生子。拥有约二十五万英亩的土地。在兰卡夏和威尔士有矿产。地址：卡尔顿住宅区；哈莱姆郡，霍尔德尼斯庄园；威尔士，班戈尔，卡斯顿城堡。1872 年海军大臣，曾任首席国务大臣……’这个人肯定是女王陛下最伟大的臣民之一了！”

“最伟大的，恐怕也是最富有的。福尔摩斯先生，我知道你精通你的职业，并且愿意为了你的事业竭尽全力。不过，我可以告诉你，公爵大人亲自对我讲了，谁能告诉他，他的儿子在什么地方，将会得到五千英镑的巨款。如果还能说出绑架他儿子的人的姓名，就会再加一千英镑。”

“报酬实在太丰厚了，”福尔摩斯说道，“华生，我想我们该陪哈克斯泰布博士去一趟英格兰北部。哈克斯泰布博士，你先喝了牛奶，然后再告诉我究竟发生了什么事，什么时候发生的，怎么发生的。最后告诉我，你这位麦克尔顿附近的修道院公学的哈克斯泰布博士和此事有什么瓜葛，为什么在出事后的第三天——你下巴上未修剪的胡子说明是三天——会来要求我效微薄之力？”

我们的客人用过了牛奶和饼干，他的一双眼睛重现光彩，脸颊渐渐红润起来，这时他开始有力而清晰地叙述事情的经过。

“先生们，我先要告诉你们，修道院公学是一所预备学校，我是创始人也是校长。《哈克斯泰布关于贺拉斯之杂说》这本书或许能使你们想起我的名字。修道院公学可以说是英格兰最好的、最优秀的公学。列维斯托克勋爵、布莱克瓦特伯爵、卡瑟卡特·索姆斯爵士等都把他们的儿子托付给了我。三个星期前，当霍尔德尼斯公爵派他的秘书詹姆士·瓦尔德先生来告诉我，他要把他的独生子和继承人、十岁的小萨蒂尔勋爵托付给我时，我感到我的学校达到了鼎盛时期。万万没有料到这竟然是我一生中最悲惨厄运的前兆。

“五月一号，那个孩子来到了学校，那时正是夏季学期的开始。他是一个很讨人喜欢的孩子，很快就适应了我们的生活。我可以告诉你——我相信我说话一向是谨慎的，可在这样的情况下，再隐瞒什么就太荒唐了——他在家并不太快乐。公爵的婚姻生活并不平静，这是一个人人都知道的秘密，最后夫妻双方同意分居。公爵夫人现在在法国南部定居。这是不久前发生的事。我们知道这个孩子对于他的母亲怀有更为深厚的感情。他的母亲离开霍尔德尼斯府以后，他闷闷不乐，因此公爵愿意把他送到我的学校来。他来到学校才两个星期，便和我们很熟悉了，而且他显得非常快乐。

“人们最后一次见到他是在五月十三号的晚上，也就是星期一晚上。他的房间在二楼，要穿过一个大一点的房间才能进去。有两个孩子住在这个大房间里，他们什么也没有看见或听见，所以能够肯定小萨蒂尔不是从这儿出去的。他屋里的窗子开着，窗外有一棵粗常春藤连到地面。我们在地上没有发现脚印，但是可以肯定，这是唯一能够出去的途径。

“星期二早晨七点钟才发现他不在了。他的床有睡过的痕迹。他出去的时候已经完全穿好了衣服，就是他常穿的校服——黑色的伊顿上衣和深灰色的裤子。没有痕迹说明有人进过屋子，要是有喊叫和厮打的声音一定听得到，因为住在外面一间的年纪较大的孩子康特睡觉向来非常警觉。

“发现小萨蒂尔勋爵失踪后，我立刻召集全校点名，包括全体学生、教师和仆人。我们到这时才确信萨蒂尔勋爵并不是一个人出走的，德语老师海德格也消失不见了。他的房间在二楼顶头，和萨蒂尔勋爵的房间朝着同一个方向。他的床也有睡过的痕迹，可他显然没有完全穿好衣服就走了，因为他的衬衣和袜子还留在地板上。他无疑是顺着常春藤下去的，因为在他落地的草坪上，他的脚印清晰可见。他的自行车是放在草坪旁的一间小棚子里的，现在也不见了。

“海德格在我这儿已经有两年了。他带来的推荐信对他评价很高，但他是个忧郁、不爱说话的人，教师和学生们都不大喜欢他。我们根本查不到逃亡者的任何踪影。今天已经是星期四了，我们依然像星期二一样对此一无所知。我们当然立刻到霍尔德尼斯庄园询问过。庄园离学校只有几英里远，我们以为孩子也许突然想家，所以回去找他父亲了，可家里没有听到他的任何消息。公爵万分焦急，至于我，你们都已经看到了，焦虑和责任感已经让我筋疲力尽了。福尔摩斯先生，对于这件案子，我恳请你能全力以赴，因为你一生恐怕很难再遇上这样值得你去处理的案子了。”

福尔摩斯非常认真地听完了这位不幸的校长的叙述。他双眉紧锁，表明他已经在全神贯注地思考这个案子了，不需要任何劝说了，因为这个案子不仅报酬丰厚，而且复杂、非同一般，肯定也引起了他的兴趣。他拿出笔记本，在上面记下了几点情况。

“你应该早点来找我的，真是太疏忽了，”他严厉地说道，“现在出现了极大的障碍，才来找我进行调查。一个行家在常春藤的草坪上居然没有发现任何线索，简直太不可思议了。”

“福尔摩斯先生，这不能怪我。公爵大人绝对不愿引起任何流言蜚语。他担心他家庭的不幸会公之于众，他非常惧怕出现这种情况。”

“官方肯定已经做了一些调查吧？”

“是的，可结果令人大失所望。他们马上得到了一个线索，因为有人看见一个小孩和一个年轻人在附近的火车站乘坐早班火车。直到昨天晚上，我们才得到消息，这两人被跟踪到了利物浦，结果查明他们和这个案件没有任何关系。我又是失望又是无奈，在熬过了一个不眠之夜后，就坐早班火车来你这里了。”

“我估计在追查这条假线索的时候，当地的调查就放松了吧？”

“完全停下来了。”

“这样就浪费了三天的时间。这个案子处理得太不妥当了。”

“我感觉到了，是要承认这一点。”

“然而这个案子最后总得解决。我很愿意接手这个案子。你有没有查出这个失踪的孩子跟那个德语老师之间有什么关系？”

“没有一点儿关系。”

“孩子在这德语老师的班上吗？”

“不在，而且据我所知，他们之间从来就没有说过话。”

“这真是太奇怪了。这孩子有自行车吗？”

“没有。”

“有没有丢失别的自行车？”

“也没有。”

“你能肯定吗？”

“非常肯定。”

“那么，你并不认为是这位德语老师在深更半夜抱着孩子骑车出走吧？”

“当然。”

“那么你觉得这是怎么回事呢？”

“那辆自行车或许是个幌子。车有可能被藏在什么地方，然后这两个人步行走掉了。”

“很有可能，不过拿自行车来做幌子太荒唐了，不是吗？当时车棚里还有别的自行车吗？”

“有几辆。”

“要是他想制造出一个他们骑车出走的假象，难道他不会藏起两辆车吗？”

“我想他会的。”

“他当然会的。幌子这种说法解释不通，不过这个情节可以作为调查的良好开端。一辆自行车毕竟不是轻易可以藏起来或者毁掉的东西。还有一个问题。孩子失踪的那天有人来看过他吗？”

“没有。”

“他收到过什么信没有？”

“收到过，一封信。”

“是谁寄来的？”

“他父亲。”

“你平时拆他的信看吗？”

“不。”

“那你怎么知道信是他父亲寄来的呢？”

“信封上有他家的家徽，还有公爵特有的刚劲有力的笔迹。

而且，公爵也记得他写过信。”

“他在此之前什么时候还收到过信？”

“在收到这封信的前几天。”

“他收到过法国的来信吗？”

“从来没有。”

“你当然能明白我提这些问题是何用意。这个孩子或者是被人强行绑架走的，或者是他自愿出走的。如果是第二种情况，那么你能够想象得到，只有外界的唆使，才会让这样小的孩子做出这样的事情来。如果没有人来看他，那么这种唆使只能来自信件，所以我才想弄清楚谁和他通过信。”

“恐怕我帮不了多大忙。据我所知，唯一给他写信的只有他父亲。”

“而且恰恰在他失踪的当天给他写信。他们父子两人的关系亲密吗？”

“公爵大人无论和谁都谈不上亲密。他的心思完全用在了公众的重大问题上，根本无暇顾及一般的情感。但是就他本人来说，他对待这个孩子还是很好的。”

“可你说过孩子的感情是在他母亲一边吧？”

“是的。”

“是孩子自己说的吗？”

“不是。”

“那是公爵说的喽？”

“那更不是了！”

“那你怎么会知道呢？”

“我和公爵的秘书詹姆士·瓦尔德私下交谈过几次，是他告诉我萨蒂尔勋爵的感受的。”

“我明白了。顺便问一下，孩子出走后，公爵的最后一封信在他的房间里发现了没有？”

“没有，他带走了。福尔摩斯先生，我想我们该去尤斯顿车站了。”

“我要叫一辆四轮马车。一刻钟后，我们就准备妥当了。哈克斯泰布先生，如果你往回打电报，最好让你周围的人以为调查还在利物浦，或是在这个假线索使你们想得到的任何地方继续进行着。同时我要在你学校的附近悄悄做点工作，也许那里的气息还没有完全消散，华生和我这两条老猎狗能闻出点东西来。”

我们当晚到了哈克斯泰布博士那所著名的学校所在的皮克镇，这儿的空气凉爽，令人心旷神怡。我们到那里时，天已经黑了。大厅的桌上放着一张名片，管家对主人耳语了几句。博士朝我们转过身来，显得异常激动。

“公爵在这儿，”他说，“公爵和瓦尔德先生正在书房。来吧，先生们，我来介绍你们认识。”

这位著名政治家的照片我当然非常熟悉了，可是他本人与他的照片截然不同。他是一个个子高大的人，神色凝重，穿着考究，脸庞瘦长而憔悴，鼻子长得有点奇怪，又弯又长。他的脸色惨白，在长而稀疏的鲜红色的胡子的映衬下，显得更加可怕。他的胡子一直垂到雪白的背心上，背心的前面还有表链在闪闪发光。他站在哈克斯泰布博士的壁炉前的地毯正中间冷淡地看着我们，这就是他给我们的印象。他的身边站着一个很年轻的人，我猜到那就是私人秘书瓦尔德。他身材不高，长着一张表情生动的面孔，神色紧张而又警觉，一双淡蓝色的眼睛透露出睿智。他立刻用尖刻而又肯定的口气说起话来，开始了我们的交谈。

“哈克斯泰布博士，我今天上午来得晚了点，没能阻止你到伦敦去。我知道你的目的是请夏洛克·福尔摩斯先生来处理这起案子。哈克斯泰布博士，公爵大人感到非常吃惊，你竟然没有和他商量就采取了这一步骤。”

“这是我听说警察已经无法……”

“公爵大人绝对没有认为警察已经无法办理。”

“可是瓦尔德先生，那……”

“哈克斯泰布博士，你非常清楚公爵大人特别不愿意引起人们的流言蜚语。他希望知道此事的人越少越好。”

“这件事情很容易弥补，”惊恐万状的博士说道，“夏洛克·福尔摩斯先生可以明天一早坐火车返回伦敦。”

“博士，用不着，用不着，”福尔摩斯毫不介意地说道，“北部地区的空气令人感到非常舒适，使人精神振奋，所以我想在你们的草原住几天，好好地想想。住在你的学校还是住在村中旅店，当然由你来决定。”

我看得出，这位可怜的博士十分踌躇，倒是红胡子的公爵把他从窘境中解救了出来。公爵那低沉而响亮的声音听起来简直像晚饭时的钟声。

“哈克斯泰布博士，我同意瓦尔德先生的话，如果你事先和我商量一下就好了。不过，既然福尔摩斯先生已经知道了这件事，我们再不请他帮忙就太荒唐了。你完全用不着到旅店里去住，福尔摩斯先生。你要是来霍尔德尼斯庄园和我住在一起，我会非常高兴的。”

“谢谢你的好意。不过，为了调查，我想还是住在出事的现场更合适一些。”

“随便吧，福尔摩斯先生。当然了，你要想向瓦尔德先生或者我了解任何情况，只管提出。”

福尔摩斯说：“很可能会到你府上打扰你的。我现在只想问你一下，你对你儿子的神秘失踪有没有什么想法？”

“没有，先生。我什么想法都没有。”

“请原谅我提及使你痛苦的事，可我也是情非得已。你觉得公爵夫人是否跟这件事情有关系呢？”

这位大人物显得犹豫不决。

“我想不会。”他终于开口说道。

“另外一个最为明显的解释就是这个孩子遭到劫持，目的是为了索取赎金。有没有向你勒索这类事呢？”

“没有。”

“公爵大人，我还有一个问题。我了解到事发的当天你曾给你儿子写过一封信。”

“不是那一天，是在前一天。”

“正是。可他是在那一天收到的，是吗？”

“是的。”

“你信中有没有什么话使得他心里不安，促使他这样做呢？”

“没有，先生，当然没有。”

“信是你亲自寄的吗？”

公爵正要答话，却被他的秘书抢先打断了：“公爵大人没有亲自寄信的习惯。那封信和其他信件一起摆放在书房的桌子上，是我亲自放到信袋里去的。”

“你能确定那封信也在中间吗？”

“是的，我看到了。”

“公爵大人，你那天一共写了多少封信？”

“二三十封吧。我书信往来很多，可这一定与本案没有关系吧？”

“不一定。”福尔摩斯说道。

“至于我嘛，”公爵继续说道，“我已经建议警方把注意力放到法国南部去了。我已经说过，我不相信公爵夫人会唆使孩子做出这等荒唐的事情，不过这孩子有些自以为是，因此，在那位德语老师的唆使和帮助下，他有可能跑到公爵夫人那里去了。哈克斯泰布博士，我现在得回庄园了。”

我看得出，福尔摩斯还有一些其他的问题想问，但这位贵族不容商量的表情意味着这次会见已经结束了。他出于贵族的本能，明显感到和一位陌生人这样谈论自己的家庭私事是难以接受的，而且他也担心问题问多了会暴露出他极力掩盖的一些事实。

这位贵族和他的秘书走了之后，我的朋友立即开始紧急的侦查，他一贯是这样急迫的。

我们仔细检查了孩子的房间，结果一无所获，只是更加确信他只能从窗口逃走。德语老师的房间和物品也不能提供任何线索。他窗外一个常春藤枝杈因经受不起他的体重而折断了。借着提灯的亮光，我们看到草坪上他落下的地方有个脚后跟印。草丛中的这个痕迹是证明他令人难以理解的黑夜出逃的唯一物证。

夏洛克·福尔摩斯一个人离开了房间，直到 11 点之后才回来。他弄到一张这个地区官方的大地图，拿到我的房间里来，并把它铺在床上。他把灯放在地图中间，一面抽着烟一面看着，偶尔用烟味浓烈的烟斗指点着应该引起我们注意的地方。

“华生，我对这案子兴趣越来越浓厚了，”他说道，“这地图上有些地方肯定与这案子有关系。在刚开始办理的阶段，我希望你能注意到那些特殊的地形，它们也许和我们的调查密切相关。

“看这张地图。这深颜色的方块是修道院公学，我在这儿插上根针。这条线是大路，你可以看到它自东向西经过学校，也可以看到整整一英里内两头都没有岔路。假如这两个人是顺着大路走掉的话，那么只有这一条路。”

“一点儿也不错。”

“我们算是幸运，可以大致查清楚出事的当天夜里有谁走过这条路。在我放烟斗的这个地方，晚上十二点到早晨六点有一个乡村警察在站岗。你也能够看得出，这是东面的第一个交叉路口。那位警察说他一直就站在自己的岗位上，而且他可以肯定，孩子和大人如果从那里走过，肯定会被他看到的。我今晚和这个警察谈过话，觉得他完全是个值得信赖的人。这样就排除了走东面的可能性。

“我们现在来看看另一头。这儿有家叫‘红牛’的旅店，那天女主人碰巧生病了，派人去麦克尔顿请医生。医生因为出诊去了，因此第二天早晨才到。旅店的人一夜都没有睡觉，等待着医生的到来，其中有一两个人一直盯着大路。他们说没有人从那里经过。如果他们的话可靠，那么我们可以幸运地认为西头也没有情况，而且可以确定逃跑的人根本没有走大路。”

“可是那辆自行车呢？”我反问道。

“不错，我们很快就要谈到自行车了。我们还是先继续推理下去。如果他们没有走大路，那么肯定是穿过乡村向学校的北面或南面去了。这是毋庸置疑的。我们可以衡量一下这两种情况。

“你可以看到，学校的南面是一大块农田，分成小片，中间用石墙隔开。我认为这样的地方是根本不能骑自行车的。我们可以不用考虑南面了。我们再来看看北面。这儿有一片人称‘萧岗’的小树林，再往前走就是一大片起伏的荒原，也就是下吉尔荒原，绵延十英里，地势渐渐升高。荒原的一边就是霍尔德尼斯庄园，从大路走有十英里，穿过荒原却只有六英里。那儿是一块特别荒凉的平地，有几座农民的小棚子，他们在那儿养牛羊等家畜，还有睢鸠和麻鹬。除了这些，在你走到切斯特菲尔德大路之前什么也看不见了。另一边有一个教堂、几间农舍和一座旅店。再往远处去，山就变陡了，显然我们应该在北面调查。”

“但是那自行车呢？”我又问道。

“好，好！”福尔摩斯不耐烦地说道，“会骑车的人不一定非得需要大路才可以。这荒原上有很多交叉的小路，而且当时月亮正圆。哈！什么声音？”

外面响起一阵急促的敲门声，紧接着哈克斯泰布博士走进屋来。他手里拿着一顶蓝色的板球帽，帽顶上有白色的V形花纹。

“我们终于找到一点线索了！”他大声说道，“谢天谢地！我们终于查到这位少爷的去向了！这是他的帽子。”

“在哪儿找到的？”

“在吉卜赛人的大篷车上，他们曾在那片荒原上露宿过。他们是星期二走的。今天警察追到他们，在检查他们车子的时候，发现了这顶帽子。”

“他们怎么解释？”

“他们又是搪塞又是撒谎，说是星期二早晨在荒原上捡到的。他们知道他在哪儿，这些无赖！谢天谢地，现在警察把他们全部关了起来。法律的威力或者就是公爵的金钱，肯定会让他们说出他们知道的事情的。”

“这很好。”博士离开后，福尔摩斯说道，“这至少证实了我们的推理。我们必须沿着下吉尔荒原寻找线索。警方除了逮捕那些吉卜赛人之外，的确没有做什么。看这儿，华生！有一条水道横穿荒原。你看，地图上这儿标着呢。在有的地方这条水道变宽成了沼泽，特别是在霍尔德尼斯庄园和学校之间的一块地方。在这样干燥的天气里，在别处查找线索必定是一无所获，可这儿或许会留下一些蛛丝马迹。我明天一早来叫你，我们俩一起去试试，看能否给这个神秘的案件找出一线光明。”

天刚蒙蒙亮，我一睁开眼睛就看见福尔摩斯那瘦长的身子站在我的床边。他已经穿戴整齐，而且显然已经出去过了。

“我已经检查过了草坪和自行车棚，”他说，“还在‘萧岗’走了一趟。好了，华生，隔壁房间里已经准备好了可可。你动作麻利点，我们今天要做的事情多着呢。”

他的两眼炯炯有神，脸颊泛着兴奋的红光，就好像一位大师看到自己的杰作即将完成一样。与贝克街那个内向、面色苍白、终日沉思的福尔摩斯相比，眼前这位灵活机警的福尔摩斯如同换了一个人一样。当我看到他灵活的身体跃跃欲试的样子，我预感到等待我们的肯定是非常劳累的一天。

然而这一天的一开始，就令我们大失所望。我们满怀希望地大步越过富有泥炭的黄褐色的荒原，中间经过无数的羊肠小道，终于来到一片开阔的绿色沼泽地上，这正是把我们和霍尔德尼斯庄园隔开的那片潮湿地带。要是这个孩子回家了，他肯定要经过这里，而且他不可能不留下痕迹。但是这里既没有那个孩子的足迹，也看不到那个德国人的足迹。我的朋友带着阴沉的面容在湿地的边缘踱来踱去，急切地观察着湿地上的每片污泥。到处是羊群的蹄痕，在一二英里以外的一块平地上有牛的蹄印。其余的什么也没有了。

“赶快检查，”福尔摩斯说道，一面忧郁地看着起伏的广阔荒原，“前面还有一片湿地，两块湿地之间有条小道。看！看！看！这是什么？”

我们走上一条很窄的黑油油的小道。在小道的中间，湿润的泥土上，明显地印有自行车的轨迹。

“啊哈！”我叫了起来，“我们找到了。”

但是福尔摩斯摇摇头，并没有露出高兴的表情，而是显得迷惑不解、有所期待的样子。

“当然是自行车，却不是那一辆。”他说道，“我熟悉四十二种不同的轮胎留下的痕迹。你看，这种轮胎是加厚的，一定是邓洛普牌的。海德格的轮胎是帕尔默牌的，有条状花纹。数学老师爱维林对这一点非常确定。因此这不是海德格的自行车留下的痕迹。”

“是不是那孩子的车呢？”

“有可能，只要我们能证明这孩子有过一辆自行车，可这一点我们完全无法证明。你看，这道车痕是一个从学校方向骑车来的人留下的。”

“会不会是朝学校方向去的呢？”

“不，不，我亲爱的华生。车胎压出来的痕迹，当然是承担重量的后轮深一些。你看，在好几个地方后轮的车印和前轮的交叉，并且盖住了前轮较浅的车印，毫无疑问是从学校来的。这和我们的调查或许有关，或许无关，但我们先不用急着往前去，还是返回去看看吧。”

我们返回去，走了几百码，来到一块沼泽地，自行车的轨迹就消失了。我们沿着小路继续走，来到了另外一个有泉水的地方。在这里，我们又发现了自行车的车印，但差不多被牛蹄印遮盖住了。再往前就没有痕迹了，那一条小道一直通向“萧岗”，也就是学校后面的那片小树林。车子一定是从小树林里出来的。福尔摩斯坐在一块大石头上，手托着下巴。我抽了两支烟，他才动弹。

“是啊，是啊，”他最后开口说道，“一个狡猾的人为了要留下人们不熟悉的车印，当然有可能会把自行车的轮胎换了。我是十分乐意和一个能想得出这种办法的罪犯打交道的。我们先把这个问题放在一边，还是回去注意那片湿地吧，因为那里还有不少地方没有察看呢。”

我们继续对荒原那片湿地的边缘进行全面地察看，很快就得到了良好的结果。就在沼泽地的低洼处有条泥泞的小道，福尔摩斯走近它时，高兴地喊了起来。小道的中央有一条像是一捆电线拧在一起的痕迹，正是帕尔默牌的轮胎。

“这一定是海德格先生了！”福尔摩斯欣喜万分地喊道，“华生，看样子我的推论是正确的。”

“祝贺你！”

“不过摆在我们面前的路还很长。请不要踩到小道上去，我们现在跟着车印走，我想不会很远了。”

我们继续往前走，发现这片荒原穿插着许多小块湿地。自行车的车印虽然不时隐没，但依然可以找到。

“不知道你是否注意到了，”福尔摩斯说，“骑车人无疑是在赶速度。你看这车印，前后两个轮胎一样清楚。这只能说明骑车人把全身所有的重量都压在自行车车把上，好比一个人在进行最后冲刺一样。啊！他摔倒了。”

在自行车留下的痕迹上，有宽的、形状不规则的斑点，延续几码远。然后有几个脚印，随后车印又出现了。

“车是向一边滑倒的。”我说道。

福尔摩斯捡起一束被压坏的金雀花。让我感到毛骨悚然的是，朵朵黄花上都溅满了深红色的污点。小道上、石楠灌木上也到处都是已经凝固了的血迹。

“糟糕！”福尔摩斯说道，“糟糕！华生，走开，别增加多余的脚印！我该怎么解释呢？他受伤跌倒了，站了起来，重新上车，接着往前走。但是没有另一辆自行车的车印。这儿倒是有牛羊的蹄印。他不会被牛抵死了吧？不可能！可是我也看不出来其他任何人的脚印。华生，我们还要往前走。有这血迹和这自行车印给我们带路，他一定逃不了。”

这一次的追踪并不长。轮胎的印子开始在潮湿而光滑的小路上急剧地打弯。我朝前面望了一眼，突然一眼看到在密密的荆豆丛中有件金属物品闪烁发光。我们跑过去从里面拖出了一辆自行车，轮胎正是帕尔默牌的，有一只脚踏板弯了，车身前半部溅满了血点和一道道的血痕，非常恐怖。灌木丛的另一边有一只鞋子露在外面。我们跑过去，发现这位不幸的骑车人就躺在那里。他身材高大，留着大胡子，戴着眼镜，眼镜的一面镜片已经不见了。造成他死亡的原因是头部遭到致命的一击，部分颅骨都碎了。他在受了这样致命的创伤后仍能继续骑车，足见这个人具有旺盛的生命力和不同常人的勇气。他穿着鞋子，但是没有穿袜子，敞开的外衣里面露出一件睡衣。毫无疑问，这就是那位德语老师了。

福尔摩斯恭敬地把那尸体翻了过来，非常仔细地检查起来，然后他坐下来沉思了一会儿。他那紧皱的眉头表明，这个可怕的发现对于我们的调查并没有多少推动。

“华生，我现在都不知道下一步该怎么办了。”他终于开口说道，“我的想法是继续调查下去，因为我们已经花费了这么多时间，所以再也不能白白浪费掉哪怕是一个小时的时间了。另一方面，我们必须把发现尸体这件事报告给警察，并且要让人看护好这个可怜人的遗体。”

“我可以送个便条回去。”

“可是我需要你陪同我，协助我。等等！那儿有一个人正在挖泥煤。把他叫过来，让他去找警察。”

我把那农民叫了过来，福尔摩斯写了张便条，让这个受惊的人把它交给哈克斯泰布博士。

“我说，华生，”他说道，“我们今天上午发现了两条线索。一条是帕尔默牌的轮胎，而且由此我们获得了刚才发现的情况。另一条线索是安装着邓洛普牌加厚轮胎的自行车。在开始调查这条线索前，我们还是先好好考虑一下，看哪些情况是我们确实掌握的，以便充分利用这些情况，从而把本质的东西和偶然的东西分开。

“首先我希望你能明确这个孩子一定是自愿走掉的。他从窗户下来之后，不是他一个人便是和另外一个人一起走掉了。这一点是毫无疑问的。”

我表示同意。

“那么，我们来谈谈这位不幸的德语老师。孩子出走的时候衣服是完全穿好了的，因此他肯定清楚他要做什么。但是德语老师出走的时候却没有穿袜子，因此他一定是临时行动的。”

“的确是的。”

“他为什么要出走呢？因为他从卧室的窗口看到了那个孩子跑了，因为他想赶上去把他追回来。他抄起他的自行车去追这孩子，在追的过程中遇害了。”

“应该是这样的。”

“下面就是我推论的最为关键部分。一个成人追赶一个孩子自然是跑着去追，他知道他能追得上。但是这位德语老师并没有这样做，而是骑上了自行车。我听说他车骑得很好，如果他没有看到这个孩子出走时有某种能迅速跑掉的工具，他是不会这样做的。”

“是因为另外一辆自行车。”

“我们继续设想一下当时的情况。在离学校五英里的地方，他遭到了不幸，不是被子弹打死的，虽然连小孩都会开枪。请注意，而是被一只强壮的手臂凶残地一击。那么孩子在出走的过程中一定有同伴，而且出逃的速度很快，因为一位骑车高手骑了五英里才追上他们。我们检查了惨案发生的现场，结果发现了什么呢？只发现了几个牛羊的蹄印。我还在现场周围兜了一大圈，五十码之内没有其他任何小道。另外一个骑车人可能与谋杀本身没有关系，而且那里也没有人的脚印。”

“福尔摩斯，”我大声喊道，“这是不可能的事。”

“对极了！”他说道，“你这句话说得太对了。按照我的推论这是不可能的，所以我的推论肯定有地方出错了。你已经看出来了。你能指出是哪个地方错了吗？”

“他会不会跌倒的时候摔碎了颅骨？”

“在湿地上可能吗，华生？”

“我实在想不出来。”

“不要这么说，比这更难的案子我们也处理过了。我们至少已经有了很多材料，问题是如何把它们利用起来。走吧，既然我们已经充分利用了帕尔默轮胎这条线索，现在来看看邓洛普加厚轮胎这条线索能给我们带来什么结果。”

我们找到那辆自行车的车印，跟着它走了一段路，可没过多久荒原便上升变成了斜坡，坡上长满了长长的石楠灌木。我们还越过了那条水道。自行车印这条线索到此终结了，因为在邓洛普轮胎印终止的地方，我们看到左边几英里的地方耸立着霍尔德尼斯庄园那雄伟的尖顶，前面则是一个地势低洼、隐约可见的小村子，而自行车完全可能去其中的任何一处。这正是地图上标着的切斯特菲尔德大路。

我们来到一家外观可憎而又肮脏的客栈，客栈的门上挂着一块招牌，上面画着一只正在搏斗的公鸡。这时福尔摩斯突然呻吟了一声，一下子扶住了我的肩膀以免摔倒。这种让人毫无办法的踝骨扭伤，他以前已经有过一次。他艰难地跳到门前，一个皮肤黝黑的、年纪较大的人正在那儿蹲着，嘴里叼着一支黑色的泥制烟斗。

“你好，卢宾·黑斯先生。”福尔摩斯说道。

“你是谁？怎么会如此准确地说出我的名字？”那个乡下人应了一句，一双狡猾的眼睛射出怀疑的目光。

“你头上的招牌上写着呢，谁是一家之主非常容易就看出来了。我想你的马厩里没有马车之类的东西吧？”

“没有。”

“我的脚几乎不能落地。”

“那就不要让它落地吧。”

“可是我无法走路。”

“那你就跳吧。”

卢宾·黑斯先生的态度非常无礼，可福尔摩斯却若无其事地对待。

“你听我说，朋友，”他说道，“我现在确实有困难。我并不介意怎么走。”

“我也不介意。”怪僻的店主说道。

“我有要紧的事。如果你能借给我一辆自行车，我愿意给你一镑金币。”

店主竖起了他的耳朵。

“你要往哪里去？”

“去霍尔德尼斯庄园。”

店主用讽刺的眼光看着我们沾满泥土的衣服说道："你们是公爵的人吧？"

福尔摩斯宽厚地笑了笑。"不管怎么说，他见到我们会高兴的。"

"为什么？"

"因为我们给他带来了有关他失踪的儿子的消息。"

店主显然吃了一惊。

"什么？你们有他的消息了？"

"听说他在利物浦，快找到了吧？"

店主那张胡子拉碴的、阴沉的脸上，表情再一次迅速地变化着。

他的态度突然变得和蔼了。

"我不像大多数人那样祝福他是有道理的，"他说道，"因为我曾经是他的马车夫的头儿，而他待我非常凶狠。就是他，听信了那个骗人的谷物销售商人的话，连一句像样的话都没有说，就把我解雇了。不过，听到小主人在利物浦的消息，我还是非常高兴的。我帮你们把这消息送到公爵府上去吧。"

"谢谢你，"福尔摩斯说道，"我们得先吃点东西，然后再请你把自行车拿来。"福尔摩斯拿出一镑金币。

"朋友，我已经跟你说过了，我没有自行车。我借给你们两匹马骑到公爵家去吧。"

"好的，好的，"福尔摩斯说道，"我们先吃点东西后再说吧。"

石板盖起来的厨房里只剩下我们两个人的时候，我吃惊地发现福尔摩斯扭伤的踝骨一下子就好了。这时夜幕即将降临，我们清早出来直到现在还没有吃过东西，所以我们吃饭花了些时间。福尔摩斯陷入了沉思之中，有一两次走到窗户旁边，呆呆地望着外面。在远处角落里有座铁匠炉，一个邋遢的孩子正在工作，另外一边就是马厩。有一次福尔摩斯刚从窗户边走回来坐下，立即又大声喊叫着从椅子上立起身来。

“天啊，华生，我相信我搞清楚了！”他嚷道，“是的，是的，肯定是这样的。华生，你记得今天看见过的牛蹄印吗？”

“记得，有好几处呢。”

“在哪儿？”

“哦，到处都有。那块湿地上，小道上，以及在可怜的海德格被害的附近。”

“对极了。那么，华生，你在荒原上看见了多少头牛呢？”

“我好像没有看见牛。”

“华生，我们一路上都看到了牛蹄印，可是在整个荒原连一头牛也没有看见。非常奇怪，是不是？”

“是的，确实是很奇怪。”

“华生，你现在好好回忆一下，在小道上你看到过那些牛蹄印吗？”

“是的，看见过。”

“你是否还记得，那些牛蹄印有时是这样的，他用一些面包屑排列成这样的形状：:::::，有时是这样的—— :.:.:.:.，偶尔像这样——.·.·.·.，你还记得吗？”

“我不记得了。”

“可是我还记得，这一点我可以发誓。要是有时间的话，我们回去核实一下。我当时没有得出结论，真是太大意了。”

“那你的结论呢？”

“又能走、又能跑、又能飞奔的牛只能是一头神牛。华生，一个乡下酒店老板绝对不可能想出这样的骗局。解决这个问题看起来已经没有障碍了，只是那个孩子还在铁匠炉那里。我们溜出去，看看能发现什么。”

摇摇欲坠的马棚里有两匹鬃毛蓬乱、未经梳理的马。福尔摩斯抬起其中一匹马的后蹄看了看，大声笑了起来。“马掌是旧的，但是是新钉上去的——旧马掌，新掌钉。这个案子可算是经典之作。我们到铁匠炉那里去看看吧。”

那个孩子继续干着他的活，并不搭理我们。我看到福尔摩斯从右到左扫视着散落在地上的一堆烂铁和木块。突然我们听到身后传来脚步声，原来是店主来了。他眉头紧皱，眼睛里露出凶光，黝黑的面孔由于恼怒而发胀。他手里拿着一根包着金属头的木棍，气势汹汹地朝我们走来，我立马抓紧了口袋里的手枪。

“你们这些该死的侦探，”他吼叫道，“在这儿干什么？”

“我说，卢宾·黑斯先生，”福尔摩斯冷冷地说道，“可能你是担心我们在这儿找出什么东西来吧？”店主极力控制住自己，咧开狰狞的大嘴假笑了一声，这比他眉头紧皱还要狰狞。

“我铁匠炉这儿随你们搜查好了。”他说，“不过，先生，没有得到我的许可就这样查东找西的可不行。你们最好还是尽快付账，越早离开这儿，我会越高兴。”

福尔摩斯说：“好吧，黑斯先生，我们没有恶意。我们看了一下你的马，不过我想还是走着去算了。我估计路程不太远吧？”

“到公爵庄园的大门最多不过两英里，就是左边的那条路。”他瞪着一双恶狠狠的眼睛一直看着我们，直到我们走出他的视线。

我们并没有走多远，因为一过拐弯处，当店主人看不见我们的时候，福尔摩斯立刻停住脚。

他说：“正像孩子们所说的那样，住在旅店里是暖和的。一离开那旅店，似乎每走一步我都感到更冷一些。不行，不行，我绝不能离开那里。”

“我确信，”我说道，“这个卢宾·黑斯知道所有的事情。我还从来没有见过比他更坏的恶棍。”

“哦，他给你这样的印象吗？那里有马，有铁匠炉。是的，这个‘斗鸡’旅店是一个很有意思的地方。我们还是悄悄地再看一看吧。”

我们的背后是一个斜长的山坡，上面散落着大块大块的灰色石灰石。我们离开大路往山上走去，这时我抬头朝霍尔德尼斯庄园的方向望了一眼，正好看见一个骑自行车的人正疾驰而来。

“快蹲下，华生！”福尔摩斯边说边用手按了一下我的肩膀。我们刚蹲下身子，那个人就从我们身边的大路上疾驰而过。在飞扬的尘土中，我看到了一张激动而苍白的脸——脸上每一条皱纹都流露出惊恐的神态，张着嘴，眼睛茫然地盯着前方。这个人像是我们前一天晚上见过的那位衣冠楚楚的詹姆士·瓦尔德的一幅漫画肖像。

“是公爵的秘书！”福尔摩斯叫了起来，“快点，华生，我们去看看他干什么。”

我们赶紧爬过一块块石头，没过多长时间就到了一个可以看见旅店大门的地方。瓦尔德的自行车靠在大门边的墙上。客栈里没有人走动，窗户上也见不到任何面孔。太阳慢慢落到了霍尔德尼斯庄园高耸的尖顶的后面，夜幕慢慢降临了。朦胧中，我看到客栈马厩里，一辆轻便马车上的两盏灯点亮了；不一会儿，听到了马蹄的“嗒嗒”声，轻便马车驶上了大路，朝着切斯特菲尔德方向飞驰而去。

“华生，你看这是怎么回事？”福尔摩斯低声问我。

“好像是逃跑。”

“我只看到轻便马车上坐着一个人。这个人肯定不是詹姆士·瓦尔德，因为他还站在门口呢。”

黑暗中突然出现了一片红色灯光，灯光中显露出那位秘书的黑影。他伸长了脖子朝四周的暗处窥探着，显然是在等什么人。终于，路上传来了脚步声，灯光下立刻出现了第二个人的身影，门一关，一切又陷入了黑暗之中。五分钟后，二楼的一间房间里点亮了一盏灯。

"'斗鸡'旅店的习惯真是奇怪。"福尔摩斯说道。

"酒吧在另一边。"

"正是。这些人是大家常说的私人住客。詹姆士·瓦尔德先生这么晚了在这黑窝里到底要干什么，来这儿和他见面的那个人又是谁？来吧，华生，我们必须冒险一次，把这件事调查得更清楚一些。"

我们悄悄来到大路上，接着偷偷溜到旅店的门口。那辆自行车依然靠着墙。福尔摩斯划亮一根火柴照自行车的后轮。火光照亮加厚邓洛普牌车胎时，我听到他小声地笑了一声。我们头顶上就是亮着灯的窗子。

"华生，我必须往里看看。要是你弯下腰并且扶着墙，我想我就可以看见了。"

接着，他的脚就踩到了我的肩膀上，不过他还没有来得及站直就马上下来了。

"好了，我的朋友，"他说道，"我们这一天工作的时间够长了。我想我们要收集的材料都弄到手了。回学校还要走很长的一段路呢，我们最好立即动身。"

我们疲惫不堪地走过了荒原。一路上他几乎没有开口讲话，到达学校时他也没有进去，而是接着往麦克尔顿火车站走去，在那里发了几份电报。夜已经很深了，我听见他在安慰哈克斯泰布博士，因为博士正为那位老师的死亡而悲痛万分。后来他走进我的屋子里，依然如同一早出发时那样精力充沛。

“我的朋友，一切顺利，”他说道，“我保证明天晚上以前我们就可以解决这桩神秘案件了。”

第二天上午十一点钟，我和我朋友已经走在了霍尔德尼斯庄园那条著名的紫杉林荫路上。仆人领着我们穿过富丽堂皇的伊丽莎白式门厅，来到公爵大人的书房。我们在那儿看见了詹姆士·瓦尔德先生，文雅而又有礼貌，然而他诡秘的眼睛和颤抖的面容上，仍然隐藏着昨天晚上那种极度恐惧的痕迹。

“你们是来见公爵大人的吗？非常遗憾，公爵身体很不舒服，不幸的消息使他一直很不安。我们昨天下午收到了哈克斯泰布博士发来的一封电报，告诉了我们你们的发现。”

“瓦尔德先生，我必须见公爵。”

“可是他在卧室。”

“那我就去他的卧室。”

“我想他已经入睡了。”

“那我就把他叫醒。”

福尔摩斯冷静而坚决的态度使这位秘书明白，跟他争辩是没有用的。

“好吧，福尔摩斯先生，我去告诉他你来了。”一个小时后，那位大人物出现了。他脸色惨白，耸着双肩。我觉得他好像比前一天苍老了许多。他庄严地和我们寒暄之后，就在书桌旁坐了下来，发红的胡子一直垂到桌上。“什么事，福尔摩斯先生？”他说道。

但是，我朋友的目光却盯着站在公爵椅子旁边的秘书身上。“公爵大人，我想如果瓦尔德先生不在场，我可以谈得随便一点。”

秘书的脸色变得更苍白了，而且恶狠狠地朝福尔摩斯瞪了一眼。“要是公爵你愿意……”

“是的，是的，你最好先出去一下。好了，福尔摩斯先生，你想说什么呢？”

我的朋友一直等到秘书出去，把门关好了。

“事情是这样的，公爵大人，”他说道，“我的同事华生医生和我得到哈克斯泰布博士的许诺，说案子解决之后是有报酬的。我希望能听到你亲口证实一下。”

“那当然，福尔摩斯先生。”

“要是我没有听错的活，谁要是能告诉你你儿子在什么地方，就可以得到五千英镑。”

“一点儿没错。”

“如果能说出扣押你儿子的人的名字，另外还有一千镑。”

“没错。”

“这一项不仅包括带走你儿子的人的名字，而且也包括那些共谋扣压他的人们的名字，是吗？”

“是的，是的。”公爵不耐烦地大声说道，“福尔摩斯先生，只要你把活干得漂亮，没有理由让你抱怨待遇低的。”

我的朋友带着贪婪的神情，搓着他那双干瘦的手。这让我感到非常吃惊，因为我知道他向来生活俭朴。

“我好像看见你的支票簿就放在桌子上。”他说道，“请你给我开张六千英镑的支票。最好你再划上平行线[①]，我的代理银行是‘城乡银行牛津街分行’。”

公爵一脸的严肃，挺直了身子坐在椅子上，冷冷地看着我的朋友。“你是不是在开玩笑，福尔摩斯先生？这可不是能开玩笑的事。”

“公爵大人，我一点儿也没有开玩笑的意思，我现在是最认真不过的了。”

“那么，你是什么意思呢？”

“我的意思是，我已经挣到了这笔报酬。我知道你的儿子在哪儿，而且至少也知道了几个绑架他的人。”

公爵的红胡须在苍白可怕的面孔上显得越发红得吓人。

“他在什么地方？”他喘着气说道。

“他在，或者说昨天晚上在离你庄园大概两英里处的‘斗鸡’旅店。”

公爵瘫坐在椅子上。

---

① 划上平行线：这样做意味着只能在银行转账而不能支取现金。——译者注

“你要控告谁呢？”

夏洛克·福尔摩斯的回答让人大吃一惊。他快步走了过去，按着公爵的肩膀。“我控告的就是你。”他说，“公爵大人，现在麻烦你开支票吧。”

我永远也不会忘记公爵的表情，他双手紧握从椅子上跳了起来，像是一个掉进深渊的人。然后他又用贵族式的极大自我控制力才坐了下来，把脸埋在两手中。好几分钟他没讲话。

“你知道多少情况？”他头也不抬地问道。

“我昨晚看见你和他们在一起了。”

“除了你朋友之外，还有别人知道吗？”

“我对谁也没有说过。”公爵用颤抖的手拿起笔，打开支票簿。

“福尔摩斯先生，我说话是算数的。虽然你了解的情况对我非常不利，我还是给你开支票。我当初提出这个报酬的时候，没有想到事情会发生变化。不过，福尔摩斯先生，你和你朋友都是谨慎的人，是吗？”

“我不太理解公爵大人的意思。”

“福尔摩斯先生，我明白地告诉你吧。要是只有你们两个人知道这件事，那么就没有理由让这件事传出去。我想付给你们的总数是一万二千英镑，对吧？”

可是福尔摩斯笑着摇了摇头。“公爵大人，我想这件事恐怕没有这么容易解决。学校老师的死亡不能不考虑吧？”

“可是詹姆士对此一无所知，你不能让他来担负这个责任。这是那个凶残的恶棍干的，而詹姆士只是不幸雇用了这个人。”

“公爵，我的意见是这样的，当一个人犯下一桩罪行的时候，对于由此而引起的另一桩罪行，他也负有道义上的责任。”

“福尔摩斯先生，从道义上来说，无疑你是对的，但是从法律的角度并不能这么看。一个不在谋杀现场的人不应该受到惩罚，何况他也和你一样对谋杀深恶痛绝。他一听说杀了人，就很快向我坦白了，而且惊恐万状、极度后悔，并立刻和杀人犯断绝了所有的关系。福尔摩斯先生，你一定得救救他，一定得救救他！我告诉你，你一定得救救他！”公爵再也控制不住自己了，他在屋内踱来踱去，面部抽搐着，并且两手握拳在空中舞动着，最后他好不容易才控制住自己，在书桌旁坐了下来。“我赞赏你的行动。你没有与任何人讲这件事，而是先来我这里。”他说道，“至少我们可以商量怎样尽量制止可恶的流言。”

“是的，”福尔摩斯说道，“公爵大人，我想你我之间只有开诚布公才能达成这一点。我想尽最大的努力来帮助你，但要想做到这一点，我必须仔细地了解所有的情况。我明白你说的是瓦尔德先生，我知道他并不是杀人犯。”

“那个杀人犯已经逃跑了。”

夏洛克·福尔摩斯拘谨地笑了笑。

“公爵大人，你可能没有听到过我享有的小名声，否则你不会想到轻易就把我瞒过去了。根据我的报告，卢宾·黑斯先生昨天晚上十一点已经在切斯特菲尔德被逮捕了。我今天早晨离开学校之前，收到了当地警长的电报。”

公爵仰身靠在椅子背上，吃惊地盯着我的朋友。

“你好像有超人的能力。”他说道，“照你这么说，卢宾·黑斯已经被抓起来了？我非常高兴知道了这件事，但愿这不会影响詹姆士的命运。”

“你的秘书？”

“不，先生，是我的儿子。”

这次轮到福尔摩斯大吃一惊了。

“公爵大人，坦率地讲，我根本不知道这一点。我想请你说得明白一些。”

“我对你一点儿也不隐瞒。我同意你的意见，在这样的绝境中，只有彻底坦率地说明一切才是上策。是詹姆士的愚蠢和嫉妒，把我们引到了这样的绝境中。福尔摩斯先生，我很年轻的时候，以一生只有一次的热情恋爱过。我向那位小姐求婚，但她拒绝了，因为她担心婚姻会影响我的前途。要是她还活着，我肯定是不会和别人结婚的。她死了，留下了这个孩子。为了她，我抚育和培养这个孩子。我不能向人们承认我们的父子关系，但是我让他接受最好的教育，并且在他长大以后，把他留在了身边。他无意中弄清楚了事情的真相，并且一直以此来要挟我。他知道我非常厌恶流言蜚语，因此也随意制造出丑闻来要挟我。我那不幸的婚姻和他留在我这里有一定的关系，特别是他一直憎恨我的年幼的合法继承人。

“你一定会问，在这样的情况下，我为什么还要让詹姆士留在我家中？那只是因为在他的面孔上我看到他母亲的面孔，为了他母亲的缘故，我承受的痛苦是永远没有终结的。她所有的可爱之处——詹姆士都能使我联想或者回忆起来。我无法让他走，但是我又担心他会伤害阿瑟，也就是萨蒂尔勋爵。为了安全，我把他送到了哈克斯泰布博士的学校。

“詹姆士和黑斯这家伙有来往，因为黑斯是我的佃户，而詹姆士是收租人。黑斯是个十足的恶棍，可是说来也怪，詹姆士和他成了最好的朋友。他总是喜欢结交下流朋友。詹姆士决定绑架萨蒂尔勋爵的时候，就利用了这个人的帮助。你们都记得在出事的前一天，我给阿瑟写过一封信。詹姆士打开信，塞了一张便条进去，让阿瑟在学校附近的一个叫‘萧岗’的小树林里见他。他用了公爵夫人的名义，这样孩子就来了。那天傍晚，詹姆士是骑自行车去的——我告诉你的这些情况都是他亲口向我供认的——在小林子中会见阿瑟。他对阿瑟说，他母亲很想见他，并且正在荒原上等着他，只要他半夜再到小林子去，便会看见一个人骑着马，那个人会把他带到他母亲那儿去。可怜的阿瑟落入了圈套。阿瑟按时赴约，看见黑斯这家伙，还牵着一匹小马。阿瑟上了马，两个人便一同出发了。好像有人在追赶他们，这些情况是詹姆士昨天才听说的，黑斯用他的棍子打了追赶的人，这个人由于伤势过重死去了。黑斯把阿瑟带到他的旅店，把他关在楼上的一个屋间里，由黑斯太太照看着。她是一个善良的女人，但是完全受她凶残的丈夫的控制。

“福尔摩斯先生，上面说的就是我两天前第一次见到你时的情况。我当时了解的并不比你多。你可能会问，詹姆士这样做的动机是什么。我只能说，他憎恨我的继承人是不合情理的，并且也是疯狂的。在他看来，他才是我全部财产的继承人，而且他特别痛恨使他不能继承财产的法律。当然，他还有一个明确的目的，就是急切想让我打破法律规定，而且他认为我有权力做到这一点。他准备跟我做笔交易——我要想得到阿瑟，就必须打破法律规定，在遗嘱上写明把遗产都留给他。他知道得很清楚，我决不会请警察来处罚他。我是说他原本会跟我谈这笔交易的，但他实际上并没有这样做。因为事情变化得实在太快了，他没有时间实现他的计划。

“他那邪恶的计划之所以没有成功，是因为你们发现了海德格的尸体。詹姆士听到这消息后吓坏了。昨天这消息传来时，我们正在这间书房里坐着。哈克斯泰布博士发来了一封电报，詹姆士显得极度忧伤和激动，使我肯定了我原本就曾有过的怀疑。我给他施加了一点压力，他就主动交代了一切。然后他恳求我把这秘密保持三天，好给他罪恶的同谋一个保命的机会。我对他的哀求让步了——我总是对他让步的。他立刻赶到‘斗鸡’旅店去通知黑斯，并资助他逃跑。我白天去不了那里，因为那样肯定会引起人们的议论。因此，天刚黑我就赶去看望我亲爱的阿瑟。我发现他安然无恙，只是被他所亲眼目睹的暴行吓得万分惊恐。为了遵守我的诺言——虽然也违背我的意愿，我同意让孩子在那儿再待三天，由黑斯太太照顾。显然向警察报告孩子在那里而不说谁是杀人犯是不可能的，而且我也看得很清楚，杀人犯受到惩罚不可能不牵连我不幸的詹姆士。福尔摩斯先生，你要我坦率，我相信你的话，所以我毫无隐瞒地把所有的一切都告诉你了。你是不是也会像我一样坦率呢？”

“我会的，”福尔摩斯说，“公爵大人。我首先要说明，在法律面前你处于很不利的地位。你宽恕了重罪犯，并且帮助杀人犯逃跑，因为我不能不怀疑，詹姆士·瓦尔德资助他同谋逃跑的钱是从公爵大人那里得来的。”

公爵点头表示承认。

“这的确是件非常严重的事情。公爵大人，在我看来，你更应受到指责的是你对你小儿子的态度。你让他在虎穴里继续待了三天。”

“他们严肃地做了保证。”

“这种人的保证能算得了什么呢？你不能保证他不会再次被绑架。为了迁就你有罪的长子，你让你无辜的幼子处于本不应该遭受的危险之中，这是毫无道理的行为。”

这位高傲的霍尔德尼斯公爵不习惯在自己的家中受到这样的指责，血一下子涌上了他高高的额头，但他出于良知一声不吭。

“我可以帮助你，但必须有一个条件，就是请你按铃把马车夫叫来，按我的意思给他下个命令。”

公爵什么也没说，按了一下电铃。一个仆人走了进来。

“你一定非常高兴，”福尔摩斯说道，“小主人找到了。公爵的意思是马上派辆马车到‘斗鸡’旅店把萨蒂尔勋爵接回来。”

“现在，”等到兴冲冲的仆人离开后，福尔摩斯说道，“我们既然已经把握住了未来，对于曾经发生的事情就可以宽容一点。我不代表官方，所以只要正义得到伸张，我没有理由把我知道的一切都说出去。关于黑斯我不想说什么，绞刑架在等着他，我也不会去救他。我不知道他会说出什么来，不过我相信公爵大人能够使他明白，保持沉默对他是有好处的。警方会认为他绑架孩子只是为了获得赎金。如果他们自己查不出来，我没有理由要他们把问题看得更为复杂。不过，我得提醒你，公爵大人，詹姆士·瓦尔德先生如果继续留在你的家中，只会带来不幸。”

“我明白这一点，福尔摩斯先生。我们已经决定，让他永远离开我，去澳大利亚谋生。”

“这样的话，公爵大人，我建议你和公爵夫人尽力和好，恢复你们中断了的关系。因为你自己说过，你婚后的不幸，是由詹姆士造成的。”

“福尔摩斯先生，这件事我也已经安排好了。我今天上午给公爵夫人写了一封信。”

“如果是这样的话，”福尔摩斯站起身来说道，“我和我的朋友可以庆幸，我们这次短暂的北部之行收获颇丰。还有一件小事，希望你能解释一下。黑斯这家伙给马钉上了冒充牛蹄印的铁掌。这样不同寻常的一招是不是从瓦尔德先生那里学来的？”

公爵站着想了一会儿，脸上露出非常惊讶的神情。然后，他打开一扇门，把我们带进了一间装饰得像博物馆似的大房子里。他带着我们来到角落里的一个玻璃柜前，指给我们看上面的铭文。

“这些铁掌，”铭文上写道，“是从霍尔德尼斯庄园的壕沟里挖出的，为马蹄铁，但底部打成连趾形状，以使追赶者失去目标。据推测，此乃中世纪久经沙场的霍尔德尼斯男爵们所有。”福尔摩斯打开柜子，用手指沾了些水，摸了一下铁掌。他的手指上留下了一层薄薄的新泥土。

“谢谢你，”他把玻璃柜子关好，说道，“这是我在这北部看到的第二件最有意思的东西。”

“那么第一件呢？”

福尔摩斯收起支票，小心地放到笔记本里。他珍惜地轻拍一下笔记本，并说道：“我是一个穷人。”然后把本子放进了内衣口袋的最深处。

黑彼德

1895年，不管是在精神上还是在身体上，我朋友都处于最佳状态。他那与日俱增的名声，使他要办的案子越来越多。哪怕我只要是暗示一下迈进我们贝克街小小寒舍的某些著名人物，都会被指责为不够谨慎。福尔摩斯像所有伟大的艺术家一样，只为事业而生活。除了霍尔德尼斯公爵一案外，我很少见他为自己无法估量的功绩索取丰厚的报酬。他是如此地清高，或者说是任性，常常拒绝帮助那些有钱有势的人，因为这些人的案子不能引起他的兴趣；而与此同时，为了一个普普通通的当事人，他却可以一连用上几个星期的时间，专心致志地研究案情，只要案件离奇动人，能够发挥他的想象力，并考验他的智谋。

在1895年这难忘的一年中，福尔摩斯处理了一系列稀奇古怪、矛盾丛生的案子，其中包括调查红衣主教托斯卡突然死亡案件（这是在教皇陛下特别指示下办理的），以及逮捕那位臭名昭著的养金丝雀的威尔逊（这为伦敦东区除掉了一个祸根）。紧接着这两个案子的是伍德曼李庄园的惨案，也就是彼德·卡里船长之死的离奇案件。但要是不把后面这桩非同寻常的案件算进来的话，那么夏洛克·福尔摩斯先生的破案记录就称不上完整。

那是七月的第一个星期。我朋友常常不在我们的住所，所以我知道他手头肯定有什么案子。那几天，有几个长相粗鲁的人来拜访，并询问巴斯尔船长，于是我意识到福尔摩斯一定是隐姓埋名在工作。他有很多的假名，以便不让人知道他那令人生畏的身份。福尔摩斯在伦敦不同的地方最少有五个小住处，可以在这些地方改变自己的身份。他从来没有向我提及他正在办理的案子，我也不习惯追问他。终于有一天，我真正猜出了他的调查目标，不过使用的方式却是非常奇特的。吃早饭以前他就出去了，我坐下来吃饭的时候，他迈着大步回到屋内，戴着帽子，腋下夹着一根像伞一样的有倒刺的短矛。

“天啊，福尔摩斯！”我叫了起来，“你就这样带着那玩意儿在伦敦到处逛来逛去的吗？”

“我跑到一家肉店又跑了回来。”

“肉店？”

“是啊，而且现在胃口棒极了。我亲爱的华生，早餐前锻炼一下肯定是大有好处的。不过我敢打赌，你猜不出我是如何锻炼的。”

“我也懒得猜。”

他一面倒咖啡一面低声笑着。

“如果你刚才在阿拉迪斯肉店的后面，就会看到天花板的钩子上挂着一头死猪，一位穿着衬衫的绅士正用这件武器狠命地戳它。这个精力旺盛的人就是我。我很高兴我没有花多大力气一下子就把猪刺穿了。你是否也想试一试？”

“绝对不想试！可你为什么要这样做呢？”

“因为我觉得这与伍德曼李的疑案多少有些关系。啊，霍普金斯，我昨晚收到了你的电报，一直在恭候你的大驾。进来一起吃早饭吧。”

我们的客人看上去非常机警，三十岁左右的样子，身穿素雅的花呢衣服，但保持着那种穿惯了制服的笔挺的风度。我立刻认出他是斯坦莱·霍普金斯，福尔摩斯对之寄予了厚望的年轻警探。而这位年轻人由于福尔摩斯能够运用科学方法进行侦破，因而对这位著名侦探家怀着学生般的仰慕和尊重。霍普金斯愁容满面，带着黯然的表情坐了下来。

“不用了，先生，谢谢。我到这儿来之前已经吃过早饭了。我昨天来伦敦汇报，晚上就没有回去。”

“你有什么可汇报的？”

“失败，先生，彻底的失败。”

“没有一点儿进展吗？”

“没有。”

"天啊！我一定要查一查这个案子。"

"福尔摩斯先生，要是你能查办这个案子，我真是太高兴了。这个案子本来是我的一次好机会，而我却毫无进展。看在上帝的分上，去那儿帮帮我吧。"

"好，好，我刚好已经看过了目前所有的材料，包括那份侦查报告。顺便问一下，你怎样看待在犯罪现场发现的那个烟丝袋？那上面有没有线索呢？"

霍普金斯好像吃了一惊。

"先生，那是死者自己的烟丝袋，里面有他名字的缩写字母。烟丝袋是用海豹皮做的——他生前是个捕海豹的老手。"

"可是他没有烟斗。"

"是的，先生，我们没有找到烟斗。他的确很少抽烟，不过他可能是为朋友们准备的一些烟丝。"

"显然是。我之所以说到这一点，是因为要是由我来处理这个案子，我会倾向于把这烟丝袋作为我侦查的起点。不过，既然我朋友华生医生对这起案子一无所知，我也不反对再听一遍这个案子发生的经过。你不妨把主要情况扼要地讲给我们听听。"

斯坦莱·霍普金斯从口袋里掏出一张纸条。

"我这儿有份年谱，可以说明死者彼德·卡里船长的一生。他生于 1845 年，现年 50 岁，在捕捉海豹和鲸鱼方面可谓不畏艰险，而且非常成功。1883 年，他当上了丹迪港的捕海豹船

‘海上独角兽’号的船长，一连几次出海都收获颇丰。到了第二年，也就是 1884 年，他告别了海上生活。在这之后，他旅行了几年，最后在苏塞克斯郡靠近弗雷斯特住宅区的地方，买下了一个叫伍德曼李的小庄园，并在那里住了 6 年，直到上周遇害。

“这个人有一些非常特殊的地方。在日常生活中，他算得上是一个严格的清教徒，沉默寡言，也比较阴郁。他家里有妻子，一个 20 岁的女儿和两个女仆。女仆经常更换，因为他家的气氛很压抑，有时简直让人无法忍受。这个人时不时地会喝得烂醉如泥，一醉就成了十足的恶魔。人们都知道，他有时半夜把妻子和女儿赶出屋子，打得她们在院子里四处乱跑，直到全村的人都被她们的尖叫声惊醒。

“有一次教区牧师到他家中指责他不良的行为，居然被他痛打一顿，因此他还被传讯。简而言之，福尔摩斯先生，你要想找一个比彼德 · 卡里更蛮横的人是相当困难的，我听说他当船长的时候性格也是这样的。他这一行的人都叫他黑彼德。给他起这个名字，不仅因为他皮肤黝黑，留着黑色的大胡子，而且还因为他周围的人都惧怕他那令人胆寒的性格。不用说，邻居们没有一个不怕他的，没有一个不对他敬而远之的。而且对于他这样悲惨的下场，我没有听到有谁说过一句惋惜的话。

“福尔摩斯先生，你一定在那份调查报告中了解到，这个人有一间小木屋——你的这位朋友可能还没有听说过这点。他在离家几百码远的地方建了一座小木屋，总把这木屋叫作‘小船舱'，并且每天晚上都睡在里面。这是一个单间小房，长16英尺宽10英尺。钥匙放在他自己的口袋里。他自己铺床，自己收拾屋子，而且决不允许任何人迈进木屋的门槛。屋子的四壁都有小窗户，上面挂着窗帘，窗户从来没有打开过。有一扇窗户正对着马路，晚上里面亮着灯时，人们常相互对它指指点点，猜测黑彼德在里面做什么。福尔摩斯先生，我们在调查中得到的几点明确的情况就是由这扇窗户得来的。

"你应该还记得，在出事的前两天，有一位名叫斯雷特的石匠，在凌晨一点钟时从弗雷斯特住宅区走来，路过这个小屋时，他透过树丛朝亮着灯的窗户望了一眼。他发誓说，清楚地看到窗帘上映出一个人头部的侧影，并且说这个人肯定不是他所熟悉的彼德·卡里，因为他熟悉彼德。这个人留着胡子，但他的胡子很短，而且向前翘着，与船长的胡子大不一样。石匠是这样说的，不过他当时已经在酒店里待了两个小时，而且马路与窗户也有一段距离。再说，他说的是星期一的事情，而谋杀是星期三发生的。

"到了星期二那天，彼德·卡里又发了一次极其可怕的脾气。他喝得酩酊大醉，凶暴得像一头吃人的野兽。他在他家的附近转来转去，他的妻子和女儿听到他回来了，早就慌忙溜走了。他在深夜里回到了小木屋。第二天凌晨约在两点钟的时候，他的女儿听到小屋的方向传来吓人的惨叫，因为他女儿总是开着窗户睡觉。他喝醉的时候时常大喊大叫，所以没有人在意。

有个女仆早晨七点钟起来时，看到木屋的门开着，但是由于太怕黑彼德了，所以一直到中午才有人敢走过去看看他到底怎么了。人们朝开着的屋门里瞥了一眼，映入他们眼帘的景象把他们吓得面如灰土，急忙跑回村去。不到一小时，我就到了现场，接过了这个案子。

“福尔摩斯先生，你知道我通常是非常冷静的，但我可以告诉你，当我把头探进那小木屋时，我也吓了一大跳。成群的苍蝇嗡嗡地叫个不停，墙壁和地板看上去就像一个屠宰场。他把这小木屋叫作‘船舱’，那也确实像个船舱，因为你在里面会感觉自己就像在一艘船上一样。屋子的一头有一张床铺，一个船上用的储物箱，另外还有地图和图表，一张‘海上独角兽’号的油画，一个架子上还摆放着一排航海日志，一切完全像人们在一个船长的舱里所看到的那样。他本人就在那屋子的正中间，他的面孔带着人在痛苦中死去的那种扭曲的样子，花白的大胡子由于痛苦而往上翘着。一支捕鱼钢叉穿透了他宽阔的胸膛，深深地插进他背后的木墙上。他像是在硬纸板上钉着的一只甲虫。显然他发出了那声痛苦的吼叫就死去了。

“先生，我熟悉你的方法，也运用了那些方法。在屋里的东西移动之前，我仔细地检查了屋外的地面和屋里的地板，没有发现任何脚印。”

“你是说你没有发现脚印？”

“先生，我可以向你保证，没有一个脚印。”

“我的好霍普金斯，我办过很多案子，但是还没有碰到过由什么飞行动物作的案。只要罪犯有两条腿，就必定会留下浅浅的脚印、踏过的擦痕以及东西移动过的不明显的痕迹，一个运用科学方法的侦探完全可以看得出来。简直难以想象，在那么一间溅满血迹的屋子竟然会找不到任何一点可以帮助我们的线索。不过，从你的调查中我可以看出，有些东西你没有仔细地检查。”

这位年轻警长听到我朋友这番话后，显得有些窘迫。

“福尔摩斯先生，我那时没有找你真是太蠢了，可是现在后悔也没有用了。是的，屋里的确有一些东西值得特别注意。其中之一是那把用于谋杀的鱼叉，是从墙上的一个架子上拿下来的。架子上还有两把鱼叉，旁边有一个位置是空着的。鱼叉的木柄上刻着‘SS，海上独角兽号，丹迪港’。由此可以推断，凶手是在愤怒之下抓起手边最近的武器行凶的。考虑到凶杀发生在凌晨两点，而且彼德·卡里还穿着衣服，这说明他与凶手是约好了见面的，桌上的一瓶罗姆酒和两只用过的杯子也可以证明这一点。”

“不错，”福尔摩斯说，“我想这两个推测都合乎情理。屋里除了罗姆酒之外还有其他的酒吗？”

“有，储物箱的上面有个小酒柜，里面摆着白兰地和威士忌。不过这对我们来说并不重要，因为这些细酒瓶都是满的，肯定没有人喝过。”

“即便是这样，它们还是比较重要的。”福尔摩斯说道，“不过，还是先请你讲讲你认为与本案有关的其他物品的情况吧。”

“桌上放着那个烟丝袋。”

“放在桌子的什么地方？”

“桌子的中间。烟丝袋是用未加工的带毛的海豹皮做的，用一条皮绳可以扎住。烟丝袋翻口的里面有‘P.C.’字样，袋子里有半盎司水手们抽的味道浓烈的烟丝。”

“太好了！还有什么？”

斯坦莱·霍普金斯从口袋里掏出一个褐色封面的笔记本，本子的外面已经磨损了，里面的纸张也发黄了。笔记本的第一页上写着“J.H.N.”和“1883”。福尔摩斯把笔记本摆在桌上，非常仔细地检查起来，霍普金斯和我则从两侧越过他的肩膀看着。笔记本的第二页上印有“C.P.R.”三个字母，后面几页都是数字。接着出现的标题有“阿根廷”“哥斯达黎加”“圣保罗”等大项，每一项的后面都有几页符号和数字。

“你是怎么看待这些的？”福尔摩斯问道。

“看起来好像是交易所证券的报表。我想‘J.H.N.’应该是一个经纪人名字的缩写，‘C.P.R.’可能是他的客户。”

“看看‘C.P.R.’是不是加拿大太平洋铁路？”福尔摩斯说道。

斯坦莱·霍普金斯一面低声责骂着自己，一面用拳头猛击自己的大腿。

“我真是太笨了！”他叫道，“正好是你所说的。那么我们只要解开‘J.H.N.’这个名字的缩写就可以了。我已经查过交易所的老报表，发现 1883 年交易所内外所有经纪人中没有一个人的名字缩写字母与这个一样。可我总觉得这是我手头掌握的最重要的线索。福尔摩斯先生，你得承认有这种可能性，这几个字首是现场的第二个人名字的缩写，换句话说也就是杀人犯的。我还认为，这个记载着大笔证券的笔记本的发现，正好给我们指出了谋杀的动机。”

福尔摩斯脸上的表情说明，这一新的事态进展完全出乎他的意料。

“我完全赞同你的两个观点，”他说道，“我承认这本在最初调查中没有提到的笔记本使我原来的看法发生了变化。我原来对这起案子的看法完全没有考虑到这个笔记本的存在。你有没有想办法调查一下笔记本里提到的那些证券？”

“我们正在交易所调查，但是我想这些南美公司股票拥有者的全部名单全都在南美，肯定要过几个星期之后才能查出这些股票的下落。”

福尔摩斯正在用放大镜仔细检查笔记本的封皮。“这儿有点脏了。”他说道。

“是的，先生，那是血迹。我刚才应该说过，我是从地板上捡起来的。”

“血迹是在笔记本的上面还是下面？”

“是在挨着地板的那一面。”

“这当然证明笔记本是在案发之后掉下来的。”

“正是这样，福尔摩斯先生。我当时也是这样考虑的，而且我还猜想笔记本肯定是凶手仓皇逃跑中掉下来的，因为它掉在离门口不远的地方。”

“我想死者的财产中一定没有找到这些证券吧？”

“没有。”

“有没有理由怀疑这是一桩杀人抢劫案呢？”

“没有，先生。屋里所有的东西好像都没有被动过。”

“天啊，这真是件很有意思的案子。那里还有把刀子，是吗？”

“有一把带鞘的刀子，还在刀鞘里。刀子就在死者的脚边，卡里太太证明那是她丈夫的东西。”

福尔摩斯沉思了片刻。“那么，”他最后开口说道，“我想我应该亲自去检查一下。”

斯坦莱·霍普金斯高兴地叫了起来。“谢谢你，先生。这真是让我如释重负啊。”

福尔摩斯对着这位警长摆摆手。“一个星期前这本来是一件很容易的工作，”他说道，“不过现在过去还不至于无功而返。华生，如果你能腾出点时间陪我一起去，我将十分高兴。霍普金斯，你去叫辆四轮马车，我们一刻钟后就可以出发，前往弗雷斯特住宅区了。”

我们在路边的一个小驿站下了车，匆匆穿过几英里长的一片森林的遗址。这片树林曾经被称为“不可逾越的森林地带”“英国的堡垒”，是曾经抵挡萨克森侵略者达六十年之久的大森林的一部分。森林中大部分的树木已经被砍伐去炼铁，因为这里是英国第一个钢铁厂的厂址。现在，钢铁业已经被吸引到了矿产丰富的英国北部去了，只有荒凉的小树林和坑坑洼洼的地面表明人类过去的功绩。绿色的山坡上有一块空地，上面有一座长而低的石头房屋，从那里延伸出一条小道，弯弯曲曲地穿过田野。靠近大路有一间小屋，小屋的三面被矮树丛围着，屋门和一扇窗户对着我们。这就是谋杀的现场。

斯坦莱·霍普金斯带着我们走进这所房子，并把我们介绍给一位面容憔悴、头发灰白的妇女——被害人的遗孀。她那布满深深皱纹的消瘦的脸庞，红红的眼窝，以及眼睛深处流露出的恐惧的目光，都说明她长年所经受的苦难和虐待。陪着她的是她的女儿，一个面色苍白的金发姑娘。姑娘对我们说，她很高兴她父亲死了，而且她祝福那个把她父亲戳死的人，她的眼睛闪耀着反叛的光芒。

黑彼德把自己的家搞得太不像样，当我们走出屋子来到阳光下时，都有一种如释重负的感觉。然后我们沿着一条穿过田野的小路向前走，这条小路是死者生前踩出来的。

小木屋可算是最简单的住房，四周是木板墙，房顶也是木头的，靠门有扇窗户，另一扇窗户在尽头的地方。斯坦莱·霍普金斯从口袋里掏出钥匙，弯腰正要开锁，忽然停了下来，脸上露出警觉的表情，有些吃惊。

“有人撬过锁。”他说道。

他说得一点儿没错。木头上有刀痕，油漆上被划过的地方露出了白色，而且似乎是刚刚被撬的。福尔摩斯一直在检查窗户。

“有人还想要从窗子进去。不管他是谁，反正他失败了，没有进到里面。这个人一定是个倒霉的盗贼。”

“这真是太不寻常了。”我们的警长说道，“我可以发誓，昨天晚上这里没有这些痕迹。”

“也许是村里某个好奇的人干的。”我提醒道。

“这不太可能。村里人几乎没有谁敢走到这里来，更不要说偷着进去了。福尔摩斯先生，你怎么看呢？”

“我认为我们是非常幸运的。”

“你是说这个人还会来吗？”

“可能性很大。这个人来的时候，原本以为门是开着的。他试着用一把很小的折刀把门弄开，但是没有能够进去。那么他会怎么办呢？”

“带上更适用的工具第二天晚上再来。”

“我也是这么认为的。我们如果不在这儿等着他，那就是我们的错了。现在，先让我看看小屋的里面的情形。”

谋杀的痕迹已经被清理掉了，但屋里的家具仍然和案发那天夜里的情形一样。整整两个小时，福尔摩斯专心致志地依次检查了每一件物品，不过他脸上的神情表明他的检查收获不大。在耐心检查的时候，他有一次停了一会儿。

“霍普金斯，你从这个架子上拿走过东西吗？”

“没有，我什么也没有动过。”

“一定有东西被拿走了，架子上这个角落的灰尘比别处要少一些。可能是一本平放着的书，也可能是个小盒子。好了，好了，我没什么事情可做了。华生，我们去这美丽的树林里走走吧，享受几个小时的鸟语花香。霍普金斯，我们今天晚上在这里碰面，看看能不能和昨晚来访的那位先生短兵相接。”

夜里十一点多的时候，我们才布置好小小的埋伏。霍普金斯主张让小木屋的门开着，但是福尔摩斯认为那样会引起这位陌生人的怀疑。门上的锁是很简单的那种，只要有一把结实的刀子就可以把它打开。福尔摩斯还建议说，我们应该在屋外而不是在屋里等，应该在屋后窗户下的灌木丛里等。这样，要是来人点灯，我们就能够监视他，看看他深夜悄悄来访到底要干什么。

守候的时间又长又乏味，但有一种历险的感觉，就好像猎人在水池旁守候着，准备捕捉来饮水的动物一样。黑暗中悄悄地向我们走来的是什么样的野兽呢？是一头伤人的猛虎，只有和它尖锐的牙齿以及锋利的爪子进行艰苦的搏斗以后才能捕到呢，还是一条躲躲闪闪的豺狼，只对那些懦弱和毫无防备的人才构成威胁呢？

我们蹲在灌木丛里，一声不响地等待着一切可能发生的事。刚开始引起我们警觉的是晚归的村民的脚步声和村里传来的说话声，但这些不相干的声音相继消失了。我们的四周一片寂静，只是偶尔传来的远方教堂的钟声告诉我们夜晚的进程，还有细雨落在我们头顶树叶上的簌簌声。

钟声已经敲过了两点半，正是黎明前最黑暗的时候，突然从大门那里传来一声低沉而尖锐的滴答声，我们全都吃了一惊。有人走上了小道。接着又是很长时间的沉寂，我正开始怀疑那只是一场虚惊，突然从木屋的另一侧传来了悄悄的脚步声，接着又传来了金属的摩擦声和碰撞声。来人正在撬锁。这次或是他的技术有了长进，或是他的工具更好一些，因为忽然听到啪嗒一声，然后是门枢的嘎吱声。有人划亮了一根火柴，紧接着稳定的烛光照亮了屋内。我们透过薄纱窗帘，紧盯着屋内的情景。

这位夜间来客是个身体瘦弱的年轻人，黑色的胡须把他惨白的脸衬托得更加苍白。他大概二十出头的样子。我还从来没有见过像他这样担惊受怕的人，因为他的牙齿显然在打冷战，他的四肢全在颤抖。他的衣着像个绅士，穿着诺福克式的上衣和灯笼裤，头戴便帽。

我们看到他惊恐地打量着四周，然后把蜡烛头放在桌上，走到一个角落，从我们的视线中消失了。他拿着一个大本子又走了回来，那是架子上排成一排的航海日志中的一本。他倚着桌子，一页一页地飞快地翻阅着，直到翻出他要找的项目。他握紧拳头做了一个愤怒的手势，然后合上本子，放回原处，并且吹熄了蜡烛。他还没有来得及转身走出这间小屋，霍普金斯的手已经抓住了这个人的领子。当他明白是被捕了的时候，我听到他大声叹了一口气。

我们重新点燃了蜡烛。在侦探的看管下他浑身抖个不停，蜷缩起来。他坐在储物箱上，不知所措地看看这个人，又望望那个人。“好了，我的伙计，”斯坦莱·霍普金斯说道，“你是谁？来这儿想干什么？”

那人振作了一下精神，强作镇定地看着我们。“我想你们是侦探吧？”他说，“你们以为我和彼德·卡里船长的死有牵连吧？我可以发誓我是清白无辜的。”

霍普金斯说：“这一点我们会弄清楚的。先告诉我们你的名字。”

“我叫约翰·霍普莱·内立根。”

我看见福尔摩斯和霍普金斯迅速交换了一下眼色。“你在这儿干什么？”

“我可以信赖你们吗？”

“不，不行。”

“那我为什么要告诉你们呢？”

“如果你不回答，审讯时可能会对你不利。”

年轻人有些发窘。“好吧，我告诉你们，”他说道，“干吗要隐瞒呢？可是我真不愿意让从前的流言蜚语又重新流传开来。你们听说过道生和内立根公司吗？”我从霍普金斯的脸上看出他从未听说过，但是福尔摩斯却显得兴致盎然。

“你是说那两个西部银行家吗？”他说道，“他们亏损了一百万英镑，毁了康沃尔郡一半的家庭，然后内立根失踪了。”

“不错。内立根是我父亲。”我们终于得到了一点确切的情况，可是一个避债潜逃的银行家与被自己的鱼叉钉在墙上的彼德·卡里船长之间，依然有很大的距离。我们都全神贯注地听这位年轻人讲下去。

“那件事情主要和我父亲有关，道生当时已经退休了。那时我虽然只有十岁，却能感觉到这件事带来的耻辱和恐惧。人们一直说我父亲把所有的证券偷走了，然后逃跑了。可事实并非如此。我父亲坚信，只要给他一些时间，把证券变成现款，一切都会好起来的，债权人的钱一分也不会少。逮捕我父亲的传票还没来得及签发，他就坐小游艇动身去了挪威。我还记得在临走前的那天晚上，他向我母亲告别的情景。他给我们留下一张他带走的证券的清单，并且发誓说他会回来澄清他的名声，信任他的人是不会受到连累的。可他从那以后就杳无音讯了，人和游艇都消失得无影无踪。我和我母亲都相信，他和游艇以及他带走的那些证券，全都沉到了海底。但是，我们家有位忠实的朋友，也是一位生意人。他不久前发现，我父亲带走的证券有一部分又重新出现在伦敦市场上。你们能够想象得出我们是多么地惊讶。我花了几个月的时间来追查这些证券的来源，在经历了许多波折和困难之后，最终发现这些证券的最初卖主是彼德·卡里船长，也就是这座木屋的主人。

“当然，我对这个人做了一些调查。我查明他掌管过一艘捕鲸船，这只船就在我父亲渡海去挪威的时候，正好从北冰洋返航。那年秋季风暴很多，南方的大风不断吹来。我父亲的游艇很有可能被风吹到北方，在那儿遇见了彼德·卡里船长的船。如果事情真是这样，那么我父亲怎么样了呢？不管怎么说，要是我能从彼德·卡里船长这儿弄清楚这些证券是怎么出现在市场上的，这便可以证明我父亲没有出售这些证券，而且在他拿走它们的时候，也不是想要自己发财。

“我来苏塞克斯想见这位船长，可就在这个时候发生了可怕的凶杀。我从案情调查报告中看到了关于这间小屋的描述，得知这只船的航海日志还保存在屋里。我突然想到，如果我能够看到 1883 年 8 月在‘海上独角兽’号上发生的事，我也许可以解开我父亲失踪之谜。我昨晚想弄到那些航海日志，但是没有能打开门。今晚我又来试了一下，而且成功了，然而我发现航海日志中 8 月份的那几页被撕掉了。就在这时候，我被你们抓住了。”

“就这些吗？”霍普金斯问道。

“是的，就是这些。”他说的时候目光游移闪躲。

“你没有别的要告诉我们吗？”

他犹豫了一下。“没有了。”

“昨天晚上之前，你没有来过吗？”

“没有。”

“那么你怎么解释这个呢？”霍普金斯举起那本笔记本大声说道。笔记本的第一页上有这个人名字的字母缩写，封面上还有血迹。这个可怜的人一下子垮掉了。他用手捂着脸，全身发抖。“你是从哪里找到的？”他痛苦地说道，“我不知道。我还以为我把它放旅馆里了呢。”

“够了！”霍普金斯严厉地说道，“不管你还有什么要说的，你到法庭上去说吧。现在你跟我一起去警察局。福尔摩斯先生，我非常感谢你和你朋友来这儿帮助我，不过现在看来，让你们跑一趟真是没有必要，因为没有你们我也能够成功地解决这个案子。不过尽管这样，我依然非常感激。我们已经在勃兰布莱特旅店为你们订了房间，现在我们可以一道去村里了。”

我们第二天早晨回到伦敦时，福尔摩斯问我：“华生，你是怎么看待这件事情的？”

“我看得出你不是很满意。”

“不，华生，我非常满意。不过我并不欣赏斯坦莱·霍普金斯的方法。我对斯坦莱·霍普金斯感到很失望，我原本希望他能够处理得更好一些。一个侦探总是应该探索一下是否有第二种可能性的，并且提防的确有这种可能性。这是刑事案件调查中的首要原则。”

“那么这件案子的第二种可能性是什么呢？”

“就是我自己一直在调查的线索。也许我们据此什么都得不到，我很难说，但至少我要一直查到底。”

在贝克街有几封信在等着福尔摩斯。他抓起一封拆开，发出了一阵胜利的笑声。

“华生，好极了！第二种可能性有了发展。你有电报纸吗？给我写两封电报：‘莱特克利夫大街，海运公司，萨姆纳。派三个人来，明早十点到。——巴斯尔。’这就是我在那个地方用的名字。另外一封是：‘布立克斯顿，洛德街 46 号，警长斯坦莱·霍普金斯。请于明早九点半来吃早饭。若不能来，回电。——夏洛克·福尔摩斯。’好了，华生，这起讨厌的案子已经纠缠我整整十天了。我现在终于可以让它从我面前彻底消失。我相信明天我将会听到最后的结果。”

斯坦莱·霍普金斯在我们约好的时间准时来了，我们一起坐下来享用赫德森太太准备的丰盛的早餐。这位年轻的警长由于办案成功而兴高采烈。

“你真的认为你的方法是正确的吗？”福尔摩斯问道。

“我找不到比这更完满的解决办法了。”

“可是我觉得这个案子还没有完全了结。”

“福尔摩斯先生，你的话让我感到很意外。还有什么没有了结的呢？”

“你的结果能够解释所有的疑点吗？”

“当然。我查明这个年轻的内立根是在案发的当天住进勃兰布莱特旅馆的。他去那里的借口是打高尔夫球。他的房间在旅馆的一楼，所以出入非常方便。就在当天晚上，他去了伍德曼李，在小木屋见到了彼德·卡里，他们发生了争吵，他就用鱼叉刺死了他。然后，他为自己的所作所为感到惊恐不安，于是逃出了小木屋，匆忙之中遗落了笔记本。这笔记本是他带来询问彼德·卡里那些不同证券时要用的。你可能注意到了，有些证券上打了勾，而绝大多数没有。那些打了勾的证券是在伦敦市场上被追查出来的，剩下的那些据推测仍在彼德·卡里手里。按照内立根自己的说法，他急于找到那些证券，以便还给他父亲的债权人。他逃走之后，有几天不敢靠近那小木屋，但是他最后还是强迫自己回到小木屋，因为他要获得他所需要的信息。事情不是非常简单，也非常明显吗？”

福尔摩斯笑着摇了摇头。“霍普金斯，在我看来，里面只有一个漏洞，那就是这一切完全不可能。你有没有试过用鱼叉去刺穿动物的身体？没有？喔，喔，我亲爱的先生，你必须格外注意这些细节。我朋友华生医生可以告诉你，我曾经用了整整一个上午做这个练习。那可不是件容易的事，需要一只强壮有力、久经训练的胳膊。那致命的一击力道非常大，叉头深深地扎进了木墙。你认为这位贫血的年轻人能够掷出这样凶猛的一击吗？是他与黑彼德深更半夜一起共饮罗姆酒吗？两天前出现在窗帘上的侧影是他吗？不，不，霍普金斯，我们要找的是另一个人，一个比他要强壮有力的人。”

警长的面孔在福尔摩斯讲这番话的时候拉得愈来愈长。他的希望和雄心全部破碎了，不过不经过斗争他是不会轻易放弃他的立场的。

“福尔摩斯先生，案发的那天晚上内立根在场，这一点你总不能否认吧？笔记本能够证明这一点。即便你挑出毛病，我的证据依然能够让陪审团满意。再说了，福尔摩斯先生，我已经抓住了我认定的罪犯，而你说的那位可怕的人在什么地方呢？”

“我想他就在楼梯那儿。”福尔摩斯神色庄重地说道，“华生，我觉得你最好把枪放在容易拿到的地方。”他站起来，把一张写好的纸条放在一张靠墙的桌子上。然后说道：“我们准备好了。”

门外刚才传来了一阵粗野的说话声，这时赫德森太太开门进来说，有三个人要见巴斯尔船长。

“让他们一个个地进来。”福尔摩斯说道。

第一个进来的人个子矮小，有着红色的脸颊，长着雪白、蓬松的连鬓胡子，样子有些滑稽。

福尔摩斯从口袋里掏出一封信。“叫什么？”他问。

“詹姆士·兰卡斯特。”

“非常抱歉，兰卡斯特，船上人员已经满了。这里有半个金镑，谢谢你来这里。请到这间屋子里去等几分钟。”

第二个进来的人细长、干瘦，头发稀疏，两颊深陷，他叫休·帕廷斯，也没有被雇用。他同样得到半个金镑，被命令到一边去等待了。

第三个进来的人长相非常奇特。一张哈巴狗似的凶恶面孔镶在一团蓬松的头发和胡须中，两只毫无畏惧的黑眼睛在一对下垂的浓眉下闪闪发亮。他敬了个礼，像水手一样站在一边，手里转动着他的帽子。

“叫什么？”福尔摩斯问。

“帕特里克·凯恩斯。”

“叉鱼手吗？”

“是的，出过二十六次海。”

“我想是在丹迪港吧？”

“是的，先生。”

“愿意跟一艘探险船出海吗？”

“是的，先生。”

“要多少钱？”

“每月八镑。”

“可以立刻出海吗？”

“一收拾好东西就可以。”

“带证件来了吗？”

“带了，先生。”他从口袋里掏出一卷有油迹的旧表格来。福尔摩斯接过来看了一眼就还给了他。

“你正是我要找的人，那边的桌上有合同。你签个字，事情就算定了。”

这位水手蹒跚着穿过房间，拿起了笔。“是在这儿签字吗？”他一面弯腰去看桌上的东西一面问。福尔摩斯扑到他身上，双手掐住他的脖子。

“这样就行了。”他说。

我听到金属的撞击声和一声吼叫声，那吼叫声如同被激怒的公牛发出的一般。转眼间福尔摩斯和那个水手在地上滚打在一起。这个人的力气太大了，要不是霍普金斯和我冲过去帮忙，即使福尔摩斯敏捷地给他戴上了手铐，他还是很快会把福尔摩斯制伏的。直到我把冰凉的枪口对准他的太阳穴的时候，他才意识到反抗是徒劳的。我们用绳子绑住他的脚踝，然后才气喘吁吁地站了起来。

“非常对不起，霍普金斯，”福尔摩斯说道，“炒鸡蛋恐怕已经凉了。不过，一旦想到你圆满地解决了你的案子，你的早饭一定会吃得更香一些。”

斯坦莱·霍普金斯惊讶得说不出话来。“福尔摩斯先生，我真不知道说什么好。”他红着脸，脱口说道，“我感到自己好像从一开始就在闹笑话。我现在明白了我永远不该忘记我是学生，你是老师。即使现在我已经看见了你所做的一切，可我还是不明白你是怎么做的，也不明白它的意义所在。”

“好了，好了，”福尔摩斯宽厚地说道，“吃一堑，长一智。你这次的教训就是，永远不能忽略第二种可能性。你把全部的注意力都集中在那个年轻的内立根身上，根本没有想到谋杀彼德·卡里的真正凶手——帕特里克·凯恩斯。”

那位水手沙哑的声音打断了我们的谈话。

“你听我说，先生，”他说道，“你们这样对待我，我一点也不抱怨，但是我希望你们说话要确切。你说我谋杀了彼德·卡里，但我说我杀了彼德·卡里，这可有很大的区别。可能你们不相信我说的话，可能你们认为我只是在编故事。”

“一点儿也不，”福尔摩斯说道，“你有什么话就尽管说吧。”

“不用很长时间就能说完的，而且我发誓我说的一切都是真话。我很了解彼德·卡里，当他抽出刀子时，我抓起鱼叉朝他掷了过去，因为我知道不是他死就是我亡。他就是这样死的。你们可以把这说成是谋杀。不管怎么样，让黑彼德的刀子扎进我的心脏，或者是让绞索套住我的脖子，对我来说没有区别。”

“你怎么到这里来的呢？”福尔摩斯问道。

“我给你们从头讲吧。让我坐下来，这样讲话方便些。事情发生在1883年的8月。彼德·卡里是‘海上独角兽’号的船长，我是后备叉鱼手。我们正离开北冰洋的大块碎冰往回行驶，是顶风航行，猛烈的南风一直刮了一个星期。我们救起了一只被风吹到北边来的小船。船上只有一个人，而且以前从来没有出过海。我们船上的水手们以为他的大船沉没了，他乘这只小船要去挪威海岸。我猜他船上的水手全都淹死了。一句话，我们把这个人救到了船上。他和我们的头儿在舱里谈了很长时间。

这个人随身带来的行李只有一只锡制的箱子。据我所知，这个人的名字从来没有人提过，而且他第二天晚上就不见了，好像从来没有上过我们的船一样。传出话来说是，这个人不是自己跳海了，就是被海浪卷到海里去了。只有一个人知道他出了什么事，那个人就是我。因为我亲眼看见，在深夜第二班的时候，船长捆住了他的双脚，把他扔到了船栏杆外边。又走了两天，我们便看见瑟特兰灯塔了。

“这件事我没有告诉任何一个人，我想等着看看会出现什么结果。我们回到苏格兰后，这件事情很容易就被掩饰了过去，也没有人再问。一个陌生人意外地死了，谁也没有必要去打听。彼德·卡里不久就不再出海了，好几年之后我才知道他在哪儿。我猜想他是为了那铁箱子里的东西才干出了杀人的勾当的，而且我以为他现在可以给我一笔钱让我闭嘴。

“我通过在伦敦遇见过他的一位水手知道了他的下落，于是就想去他那里敲他一笔。第一天晚上他还很通情达理的，准备给我一笔钱，让我一辈子不用再出海。我们说好两天之后把事情办完。我再去的时候，发现他已经喝得大醉，而且脾气很坏。我们坐下来喝酒，聊着过去的事。他喝得越多，我发现他的脸色越不对。我一眼看见了挂在墙上的鱼叉，我想在我完蛋以前也许用得着它。后来，他对我发起火来，又啐又骂，眼睛露出要杀人的凶光，手里拿着一把大刀。他还没有来得及把刀从鞘里拔出来，我的鱼叉已经刺穿了他。天啊！他那一声惨叫！他的面孔在我眼前模糊起来。我站在那里，浑身都是他身上溅出来的血。我等了一会儿，看到没有任何动静，便又鼓起了勇气。我四处看了看，见到架子上放着那只铁箱子。不管怎么说，我和彼德·卡里都有权利得到这只箱子，于是我就拿着它离开了小屋。愚蠢的是我把烟丝袋落在了桌子上。

“我现在要告诉你们一件最古怪的事。我刚走出小屋，就听见有人走来。于是我就躲到了灌木丛中。一个人鬼鬼祟祟地走了过来，进了小屋，像撞见了鬼一样喊叫了一声，撒腿就拼命跑，一会儿就不见踪影了。我不知道他是谁，也不知道他要干什么。我自己则走了十英里，在顿布立吉威尔斯上了火车，来到了伦敦。没有任何一个人知道。

“当我检查那个箱子的时候，我才发现箱子里没有钱，只有一些证券，但我又不敢卖。我没有能把黑彼德控制在自己手中，现在被困在了伦敦，身上一个子儿也没有。我只剩下了我的手艺。我看到雇用叉鱼手的广告，给的报酬又高，所以就去了海运公司，他们把我派到了这儿。这就是全部事实。我再说一遍，法律应该感谢我，因为我帮他们省下了一根麻绳钱。”

“你讲得很清楚。”福尔摩斯说着站起身来点上烟斗，“霍普金斯，我看你应该马上把这个囚犯送到安全的地方去。这个房间不适合做牢房，再说帕特里克·凯恩斯先生占的空间也太大了些。”

“福尔摩斯先生，”霍普金斯说，“我真不知道该怎样感谢你。直到现在我还是不清楚你是怎么破的案。”

“只不过从一开始我就幸运地抓住了正确的线索。如果我早知道有那本笔记本，也很可能像你一样被它引入歧途。但是我所听到的一切都把我往一个方向上引导。那惊人的力气，使用鱼叉的技巧，罗姆酒，装着粗制烟丝的海豹皮烟丝袋——这一切都让人想到一个水手，一个捕过鲸鱼的水手。我相信烟丝袋上名字的缩写字母“P.C.”完全是个巧合，不会是彼德·卡里，因为他几乎不抽烟，木屋里也没有找到烟斗。你是否还记得我问过你，木屋里有没有白兰地和威士忌，你说有。有多少没有出过海的人在有这些酒的时候，还会喝罗姆酒呢？所以我确信凶手是个水手。”

“你是怎么找到他的呢？”

“我亲爱的先生，这就是个极其简单的问题了。假如凶手是水手，那肯定是和他一起在‘海上独角兽’号上待过的人。据我所知，黑彼德从来没有上过其他的任何船只。我给丹迪港打了电报，三天后就弄清了1883年‘海上独角兽’号上全部水手的名字。当我看到名单中有帕特里克·凯恩斯时，我的侦察就几乎接近尾声了。我估计他可能在伦敦，并且希望能离开英国一段时间。于是，我在伦敦东区住了几天，编造出了一个北冰洋探险队，提出极其优厚的条件招募叉鱼手，在巴斯尔船长的手下干活——就有了这结果！”

“太妙了！”霍普金斯叫道，“太妙了！”

“你要尽快释放内立根。”福尔摩斯说道，“我觉得你应该向他道歉。那只小箱子也必须还给他，当然，彼德·卡里卖掉的那些证券是找不回来了。霍普金斯，外面有出租马车，你可以把这个人带走了。如果审判时需要我出庭，我和华生的地址是在挪威的某个地方——详细地址我以后会写信告诉你。”

密尔沃顿

我现在所讲的事情发生在很多年以前，尽管如此，我提起来还是战战兢兢。因为在很长时间里，哪怕是最小心谨慎、非常有分寸地把事实讲出来，都是不可能的。不过，既然本案所涉及的主要人物已经不再受人间法律的制裁，我只要做一些适当的保留，就能把这个案件讲述出来，而不至于伤害到什么人。这个案件在夏洛克·福尔摩斯和我自己的职业生涯中可称得上是最独特的一个。如果我略去了日期和其他能使人追溯到事情真相的情节，敬请读者原谅。

一个冬日的傍晚，天寒地冻。我和福尔摩斯按照惯例出去散了会儿步，六点左右才回到寓所。福尔摩斯打开灯，灯光照出桌上有一张名片。他瞥了一眼，厌恶地哼了一声，把它扔到了地板上。我把名片捡起来，看到上面写着：

查尔斯·奥古斯特斯·密尔沃顿

代理人
艾培多尔塔
罕姆斯德区

“这个人是谁？”我问道。

“伦敦最坏的人，”福尔摩斯回答说，一面坐下来把腿伸到壁炉前，“名片背后写了什么吗？”

我把名片翻过来，念道：“六点半来访——查·奥·密。”

“哼！那他就要来了。华生，当你在动物园中站在蛇的面前，看着这种蜿蜒爬行的带毒动物，看着它吓人的眼睛和邪恶的扁脸，你一定会有一种皮肤发紧、全身不自在的感觉吧？密尔沃顿给我的感觉就是这样。我干这一行以来和五十多个杀人犯有过来往，可其中最坏的一个也没有像他那样让我有这么厌恶。然而我又不得不跟他打交道，事实上，今天就是我邀请他来的。”

“可他到底是干什么的呢？”

“告诉你，华生，他是敲诈勒索这一行首屈一指的人物。男人，特别是女人，一旦有隐私和牵涉到名誉的事情落到了他的手中，那就只有请上帝帮忙了！他带着一张笑脸，却有着一副铁石般的心肠，对他们无情地敲骨吸髓，直到把他们全部榨干。这个人有几分天才，本可以在某个更体面的行业中大展拳脚的。他的方法是这样的：让人们知道，他愿意出高价钱买下可以要挟有钱有势的人的信件。他不仅从不可靠的男女仆人手里得到这些东西，而且更多地从上流社会的流氓手里弄到，这些人常常能骗得轻信女人的感情和信任。他做买卖绝不小气，我偶然听说他付给一个仆人七百英镑，只是为了买一张有两行字的便条，结局是导致了一个贵族家庭的毁灭。市面上的一切都会传到密尔沃顿那里。我们这座大城市里有几百个人一听到他的名字就会吓得面无血色。谁也不知道他会在什么时候下手，因为他太有钱了，也太狡猾了，决不属于那种见好就收的人。他会把一张王牌留在手中好多年，目的是在能赢到最大赌注时把它打出去。我刚才说他是伦敦最坏的人，那么我现在要问你，一个发脾气时打老婆的暴徒怎么能跟这个人相提并论呢？为了往自己早已鼓囊囊的钱袋里再塞点钱，他可以有条不紊而又从容不迫地去折磨人的心灵。”

我很少听见我朋友如此激动地说话。

我说：“可是总有什么法律能制裁这家伙吧？”

“理论上说有，但是实际上却做不到。比方说，要是一个女人控告他，让他蹲几个月的监牢，而她自己的名誉紧接着就被毁掉，这对她又有什么好处呢？所以，那些受害者都不敢反击。要是他敲诈一个无辜的人，我们一定可以把他抓住，可他狡猾得像个魔鬼。不，不，我们必须另想些办法来对付他。”

“那他来这儿干吗？”

“因为一位当事人把她不幸的案子交给了我。这个人就是有名的贵族小姐爱娃·布莱克威尔，上个季度进入社交界的最美丽的女士。她两个星期后就要嫁给多弗考特伯爵。这个恶魔弄到了几封轻率的信——轻率的，华生，仅仅如此——信是写给一个年轻的穷乡绅的。但是，这些信足以破坏这个婚姻。如果不给他一大笔钱，密尔沃顿就会把信送给伯爵。我受委托见他，并且尽我的能力把价钱压低。"

就在这时，街上传来了马蹄声和车轮声。我朝楼下望去，看见一辆气派非凡的双驾马车在楼前停了下来，车上明亮的灯光照着一对栗色骏马的光润腰身。仆人打开车门，一个矮小强壮、身上穿着粗糙的黑色羊皮大衣的男人从车上走了下来。很快这个人就来到了我们的屋里。

查尔斯·奥古斯特斯·密尔沃顿大约五十岁，一个显得很聪明的大脑袋，一张光滑的圆鼓鼓的脸上始终挂着冷笑，两只灵活的灰眼睛在金边大眼镜后面闪闪发亮，脸上带点匹克威克先生的那种仁慈，但是那虚伪的假笑，以及眼里射出的锐利而又不安分的寒光却让这种印象不攻自破。他的声音也像他的表情那样，既温和又稳重。他一面向前走着，一面伸出又小又胖的手，口里低声说他第一次来没有见到我们很感遗憾。福尔摩斯没有理睬那只伸出来的手，并且毫无表情地看着他。密尔沃顿的微笑着的嘴咧开了一些。他脱下他的大衣，放在一个椅子背上精心叠好，然后坐了下来。

"这位先生是谁？"他用手朝我的方向一指，说道，"这样做谨慎吗？合适吗？”

“华生医生是我的朋友和同事。”

“太好了，福尔摩斯先生。我是为了你的当事人才这样问的。这件事情实在太微妙了……”

“华生医生已经知道这件事了。”

“那我们就谈正事吧。你说你代表爱娃小姐，那么她是否已经授权你接受我的条件呢？”

“你的条件是什么？”

“七千英镑。”

“有别的选择吗？”

“我的好先生，我真不愿意谈论这一点。如果在十四号我没有收到钱，那么在十八号也就一定不会有婚礼。”他脸上扬扬得意的笑容让人更加难以忍受。

福尔摩斯沉思了一会儿。“我觉得，”他终于说道，“你似乎太自以为是了一点。我当然非常清楚这些信的内容，我的当事人一定会按照我的建议去做的。我要劝她把这一切告诉她的未婚夫，相信他会宽宏大量的。”

密尔沃顿咯咯地笑了起来。“你显然不了解伯爵是什么样的人。”他说道。

从福尔摩斯困惑的表情中，我可以清楚地看出他确实不了解。“这些信会造成什么样的危害呢？”他问。

“危害很大很大。”密尔沃顿回答道，“这位小姐的信写得很讨人喜欢，不过我可以向你保证，多弗考特伯爵是不会欣赏这些信件的。既然你的看法不一样，我们就不用再多说什么了。这只不过是一笔买卖而已。如果你认为把这些信件交给伯爵对你的委托人最为有利，那么付出那样一大笔钱把它们买回去当然是太傻了。”他站起身来去拿他的黑色羊皮大衣。

福尔摩斯又气又恼，脸色发白。“等一下，”他说道，“你的结论下得太快了。这是一个很微妙的问题，我们当然应该尽力避免丑闻的发生。”

密尔沃顿又坐回到椅子上。“我早就知道你会明白的。”他嘀咕道。

福尔摩斯继续说下去：“你应该知道，爱娃小姐并不富有。我向你保证，两千英镑就会让她倾家荡产，你开的价钱完全超出了她的能力范围。因此，我请求你重新考虑你的要求，按我提出的价格把信退还回去。我可以保证你得到她所能支付的最高价钱。”

密尔沃顿笑得更开心了，并且诙谐地眨着眼睛。

“我知道，你说的这位小姐的财产情况的确是这样的。”他说道，“但是你也要知道，一位女人结婚的时候也是她的亲朋好友为她效劳的最好时机。他们可能在犹豫该买什么样的结婚礼物好，但我可以保证，买下这一沓信要比买下伦敦所有的美味佳肴给他们带来的快乐还要多。”

“这是办不到的。”福尔摩斯说道。

“我的天啊，我的天啊，多么不幸啊！”密尔沃顿一面大声说着，一面掏出一个厚厚的笔记本，“女士们要是不做些努力的话，我就不得不感到她们太不明智了。请看这个！”他举起一封便笺，信封上印有家徽，“这封信属于——也许在明天早晨以前我不应该说出这个名字，但到那时这封信就会落到这位女士的丈夫手中，而这只不过是因为她不肯把她的那些钻石换成纸币，拿出其中极少的一部分出来。这实在是太遗憾了！你还记得迈尔丝小姐和多尔金上校突然解除婚约的事吗？就在他们准备举行婚礼的两天前，《晨报》上登出了一小段文字，说婚礼取消了。什么原因呢？听起来可能令人难以相信，只要一千二百镑这么个区区小数，问题本来能够得到圆满解决。这是不是太可惜了？而现在我发现你，一个明晓事理的人，竟然在你委托人的前途和名誉岌岌可危的时候讨价还价。福尔摩斯先生，你真让我吃惊。”

“我说的是实情，”福尔摩斯回答道，“她没法弄到这笔钱。对你来说，接受我提出的这笔不小的数目，比毁掉这位女人的一生不是更好吗？毁掉她的一生对你又有什么好处呢？”

“福尔摩斯先生，这你就错了。事情传出去间接地对我有很大的好处，我还有八九件差不多的事情快要到办理的时间了。要是她们得知我拿爱娃小姐做了反面教材，我想她们应该会更理智一些。你明白我的意思了吗？”

福尔摩斯从椅子上跳了起来。

“华生，站到他身后去！别让他出去！先生，现在让我们来看看你那笔记本里的东西。”

密尔沃顿像老鼠一样蹿到了屋子的一边，背靠墙站着。

“福尔摩斯先生，福尔摩斯先生，”他说着翻开上衣的前襟，露出藏在里面口袋里的一把大左轮手枪的枪柄，“我早已经料到你会有这种意外之举。这种情况我常常遇到，可这又有什么用呢？我实话告诉你，我是全副武装的，而且完全准备用枪的，因为我知道法律会保护我的。此外，要是你以为我会把全部信件放在笔记本中带来，那就大错特错了。我不会做这种傻事的。先生们，我今天晚上还要见一两个人，而且到罕姆斯德区也很远。”他走过来拿起大衣，手放在枪上，转身朝门口走去。我拿起一把椅子，可见福尔摩斯摇了摇头，便又把它放下了。密尔沃顿微笑着鞠了一躬，眨着眼睛，走出了屋子。不一会儿，我们听到马车“砰”的关门声和滚滚的车轮声。

福尔摩斯一动不动地坐在火炉边，双手深深地插在裤口袋里，下巴垂到胸前，凝视着发光的余烬。整整半个小时，他一动不动，默不作声。然后，他带着主意已定的姿态站了起来，走进他的卧室。过了一会儿，从里面出来一个不修边幅的年轻工人，留着山羊胡子，一副潇洒倜傥的样子。下楼前，他在灯上点燃了泥制的烟斗。“华生，我过一会儿回来。”说完他就消失在夜幕中了。我知道他已经开始了与查尔斯·奥古斯特斯·密尔沃顿的较量，但我做梦也没有想到这场较量竟会采取如此特殊的形式。

一连几天，福尔摩斯整天穿着这身衣服进进出出。不用说，他的时光是在罕姆斯德度过的，而且收获很大。可是至于他做了些什么，我却一无所知。最后，在一个风雨交加的夜晚，他终于回来了。外面狂风呼啸，雨落在窗子上啪啪作响。他卸掉了化装，坐在火炉前，像往常一样默默地开心地笑了。

“华生，你是否认为我快要结婚了？”

“当然不会。”

“那我让你高兴一下，我订婚了。”

“亲爱的朋友，祝贺！”

“和密尔沃顿的女仆。”

“天啊，福尔摩斯！”

“华生，我需要情报。”

“可你做得太过头了吧？”

“这是必须要走的一步。我装扮成一个生意很好的管道工，名字叫艾斯柯特。每天晚上我和她一起散步、聊天。天啊，都谈了些什么啊！不过我弄到了我想知道的一切情况。我现在对密尔沃顿家已经了如指掌。”

“福尔摩斯，可那姑娘呢？”

他耸耸肩。

“我亲爱的华生，这是没办法的事。既然桌上的赌注这么大，你只能尽量出牌了。不过我非常高兴地告诉你，我有一个情敌，我一转身他肯定会把我挤掉。今晚的天气多好啊！”

“你喜欢这种天气啊？”

“这种天气很适合我办事。华生，我准备今天晚上闯入密尔沃顿的家。”他的这句话是用十分坚决的语气慢慢说出来的，我不禁倒吸一口凉气，浑身打战。如同黑夜一道闪电立刻照亮了野外的每一个角落，我一眼就看出了此举可能产生的每一个后果：被发现、被抓住、光荣的事业以不可挽回的失败和耻辱而告终，我朋友将听任这个可恶的密尔沃顿的摆布。

“福尔摩斯，看在上帝的分上，想想你在干什么吧！”我叫了起来。

“我亲爱的朋友，所有的一切我都考虑过了。我从不鲁莽行事，要是还有别的办法，我不会断然采取这种冒险的行动。我们仔细而客观地分析一下。我想你会认为这样做在道义上是无可厚非的，其实，深夜闯入他家和强行拿走他的本子没有区别——拿他的本子你还准备帮我呢。”

我在心里盘算了一下。

“是的，”我说道，“只要我们拿走那些用于非法用途的东西，我们的行动在道义上就是正当的。”

“非常正确。既然这在道义上是无可指摘的，那么我只要考虑个人风险问题。假如一位女士迫切需要一位先生的帮助，这位先生是不应该过多地考虑个人安危的。”

“你会被人误解的。”

“是的，这是风险的一部分，可是也没有其他办法可以拿回那些信件。那位可怜的小姐没有什么钱，也没有可以信赖的亲人。明天就是最后一天，除非我们今晚能弄到那些信件，否则这个恶棍就会说到做到，使这位小姐身败名裂。因此，我要么让我的当事人听天由命，要么打出这最后一张牌。华生，我跟你说实话，这是我和密尔沃顿之间的生死决斗。你也已经看到了，他赢了第一回合，但是我的自尊和荣誉一定要我战斗到底。”

“我真不愿意这样做，可我想我们也没有别的办法。”我说，“什么时候出发？”

“你不用去了。”

“那你也不能去。”我说道，“我已经说过要去——这一生我还没有说话不算数的。你如果不让我去，我向你发誓，我就立刻坐马车到警察局去告发你。”

“你帮不了我。”

“你怎么知道？你又不知道会有什么事情发生。不管怎么说，我已经打定了主意，有自尊心、注重声誉的不只是你一个人。”

福尔摩斯显得有些不高兴，但是终于还是舒展开了眉头，拍了拍我的肩膀。

“好了，好了，我的好伙计，就这么办吧。我们在同一屋檐下一起生活了好几年，如果再蹲在同一座牢房里，那就更有意思了。华生，实话跟你说，我一直有个想法，就是我如果是罪犯，肯定是很有效率的。这是我在这方面难得的一次机会。你看！”他从抽屉里拿出一个整洁的皮袋子，打开来亮出里面几件发亮的工具，“这是最高级最上等的盗窃工具，镀镍的撬棒，镶着金刚石的玻璃刀，万能钥匙，以及对付现代文明所需要的各种新东西。我这儿还有在黑暗中使用的灯。一切都准备好了。你有走路不出声的鞋吗？”

“我有一双橡胶底的网球鞋。”

“好极了！有面具吗？”

“我可以用黑绸布做两个。”

“我看得出来，你做这种事情是很有天赋的。很好，你做假面具。走之前我们吃点现成的东西。现在是九点半，十一点钟我们要赶到教堂区。从那儿走到艾培多尔塔需要一刻钟的时间，我们午夜之前就可以动手。密尔沃顿十点半准时睡觉，而且睡得很熟。不管怎么说，我们在两点之前就可以口袋里装着爱娃小姐的信件回到这里。”

福尔摩斯和我穿上夜礼服，看上去像两个看完了戏回家的人。我们在牛津街叫了一辆双轮马车去罕姆斯德区的一个地方。到了之后，我们付了车费，扣上外衣的纽扣，因为天很冷，狂风好像要把我们吹透。我们沿着荒地的边缘走着。

“这件事要非常谨慎地对待，”福尔摩斯说道，“这些信放在那家伙书房里的一个保险柜里，书房就在他卧室的外面。不过，和所有会照料自己的壮汉一样，他睡觉睡得很死。我的那位未婚妻阿加莎说，仆人们把叫不醒主人当作笑话讲。他有个忠心耿耿的秘书，白天从不离开书房，这就是我们晚上来的原因。他还有一条凶猛的狗，总在花园里到处转悠。前两天晚上我和阿加莎约会到很晚，她把狗锁了起来，好让我顺利地出去。就是这座房子，院子里的这座大房子。进大门，然后往右穿过月桂树。我们最好在这儿把面具戴上。你看，没有一扇窗子里有灯光，一切都很顺利。”

我们戴着黑绸面具，看上去像是伦敦最凶猛好斗的两个歹徒一样。我们悄悄走近这所宁静而又阴森的房子。房子的一侧有一个铺了瓷砖的阳台，沿着阳台有几个窗户和两扇门。

“那就是他的卧室。”福尔摩斯低声说道，“这扇门正对着书房。这儿对我们最合适，可是门又上着闩又锁着，要进去就会弄出很大的声音。到这边来。这儿有间花房，门对着客厅。”

这地方也上了锁，但福尔摩斯割去了一圈玻璃，然后伸手从里面开了锁。我们一进去，他就关上了门，这样我们从法律的角度来说已经成了罪犯。花房里温暖的空气和异国花草的浓郁的芳香迎面袭来，弄得我们都喘不过气来。他在黑暗中抓住我的手，带着我穿过一排排的灌木丛。我们的脸擦着灌木的叶子。福尔摩斯精心培养，练就了在黑暗中看清事物的特殊能力。他一只手依旧抓着我的手，然后用另一只手开了一扇门。我好像感到我们进了一间大房间，而且不久前有人还在里面抽过雪茄烟。他在家具之间摸索着往前走，又开了一扇门，我们进去后又把门关上。我伸出手去，摸到墙上挂着几件外衣，我知道我是在过道里。我们穿过这条过道后，福尔摩斯又轻轻打开右手边的一扇门。里面有什么东西向我们扑来，我的心一下子跳到了嗓子眼上。当我察觉到那是一只猫时，我又差点儿笑出声来。屋子里面生着火，而且空气里烟味很重。福尔摩斯踮着脚走了进去，等我跟进去后，他轻轻地关上了门。我们已经进入了密尔沃顿的书房，对面有个门帘，通向他的卧室。

炉火烧得很旺，照亮了屋子。在靠近门口的地方，我看见有个发亮的电灯开关，但即使我们开灯安全，现在也没有必要。壁炉的一边有面厚厚的窗帘，遮住了我们从外面看见的观景台。壁炉的另一边是通向阳台的门。屋子的中间有一张书桌，桌子旁边是一把闪闪发光的红皮转椅。书桌的对面有一个大书柜，顶上有座雅典娜的半身大理石雕像。在书柜和墙中间的角落里，有一个高高的绿色保险柜，擦得发亮的铜把手反射着炉火的光。福尔摩斯悄悄走过去，看了看保险柜。然后他轻手轻脚地走到了卧室的门口，站在那里侧着头凝神地听了一会儿。没有任何声音从里面传出来。这时我突然想到，最好从外面的门撤退，便走过去检查这扇门。我惊喜地发现它既没有上锁也没有插门闩。我碰了一下福尔摩斯的胳膊，他把戴着面具的脸转向那个方向。我看到他吓了一跳，显然他和我都没有料到这一点。

“这不对劲，”他把嘴贴近我的耳朵说道，“我不明白这是怎么回事。不管怎样，我们要抓紧时间。”

“要我做什么？”

“你守在门边。要是听见有人来，就从里面把门闩上，我们可以顺原路出去。要是他们从另外一边来，假如我们的事情已经办完了，就可以从这扇门出去；假如事情还没有办完，我们可以躲在窗帘后。懂了吗？”

我点点头，站到了门边。刚才那种害怕的感觉消失了，现在有一种强烈的愿望激荡着我的心。这种感觉是在我们身为法律的捍卫者的时候，从来没有体验过的。我们这次行动的目的是崇高的，无私而带有骑士意味的感觉，我们的对手则是邪恶的，所有这一切都增加了我们这次冒险的乐趣。我不仅没有任何犯罪的感觉，反而在冒险中感到高兴和振奋。我带着几分羡慕，看着福尔摩斯打开他的工具袋，像正在进行复杂手术的外科大夫那样，冷静、科学、准确地选择他的工具。我知道福尔摩斯有开保险柜的特别爱好，我也理解面对那个绿色怪物时他所感受到的喜悦，正是这条巨龙吞噬了许多美丽女士的名声。福尔摩斯把大衣放在一把椅子上，卷上夜礼服的袖口，拿出两把手钻、一根撬棒和几把万能钥匙。我站在中间的门旁，两眼盯着其他的两个门，防备出现紧急情况。尽管如此，万一情况发生时应该做些什么，我并不清楚。福尔摩斯全神贯注干了半小时，像个熟练的机械师一样放下一件工具，又拿起另一件。最后，我听到“咔嗒”一声，保险柜宽宽的绿门开了。我一眼看到里面有许多纸包，每一包都捆着，用火漆封着，上面还写着字。福尔摩斯拿出一包来，但在闪烁的火光下看不清上面的字。他掏出在黑暗中使用的小灯，因为密尔沃顿就在隔壁的房间里，打开电灯太危险了。突然，我看到他停了下来，凝神倾听，然后眨眼间关上了保险柜门，拿起大衣，把工具塞在口袋里，奔到凸窗的窗帘后，并且做了个手势让我也跟过去。

我到了他那里，才听到使他警觉起来的声音。房子的什么地方有声音。远处传来"砰"的关门声，然后是迅速走近的沉重的脚步声，夹杂着含混不清的低低的说话声。脚步声是从屋外的走道传来的，到了门口停了下来。门开了。紧接着"咔嗒"一声电灯打开了。门又关上了，刺鼻的雪茄烟味直扑向我们的鼻孔。然后，在离我们几码远的地方有人在不断地走来走去。最后脚步声停了下来，椅子"咯吱"响了一下。随后听到钥匙在锁中"啪嗒"一声，还有纸张的沙沙声。

我刚才一直没敢朝外看，现在我轻轻地分开面前的窗帘往外窥探。我感到福尔摩斯的肩膀紧紧地压着我的肩膀，知道他也在看。密尔沃顿又宽又圆的后背就在我们伸手可及的地方。显然我们对他的行动完全判断错误了。他根本就没有在卧室，而是在房子另一侧的吸烟室或是台球室里抽烟，那儿的窗户我们刚才没有看见。他的脑袋又圆又大，就在我们视线的正前方，头发已经灰白，一块秃了的地方在灯光下显得很亮。他仰靠在红漆椅子上，两条腿伸出，一支雪茄烟斜叼在他嘴上。他穿一件紫红色军服式的吸烟服，领子是黑绒的。他手里拿着一沓很厚的法律文件，懒散地读着，嘴里吐着烟圈儿。他这种平静而舒适的姿态看样子不会马上结束。

福尔摩斯悄悄地抓住我的手，使劲地握了一下给我信心，好像这种情况他能对付，而且他的心情也很稳定。从我这个角度很容易就能看到保险柜的门没有关好，密尔沃顿随时可能发现，但我不知道福尔摩斯是否也看到了。我心中主意已定，如果我从密尔沃顿凝视的姿态上看出保险柜引起了他的注意，我就马上跳出去，用大衣蒙住他的头，把他按住，其余的事就交给福尔摩斯去办。但是密尔沃顿一直没有抬头。他懒散地拿着文件，一页一页地翻阅着律师的申辩。我想，等他看完文件抽完烟以后，他总会回卧室的。但是，还没等他看完文件抽完烟，事态就有了意外的发展，把我们的思路引到了另外一个方向。

我注意到密尔沃顿有好几次看表，有一次还有些不耐烦地站起来又坐下。不过，我根本就没有想到在这种意想不到的时候他会有约会，一直到我听到外面阳台上传来轻微的响声。密尔沃顿放下文件，在椅子上坐直了身子。那微弱的声音又传了过来，接着传来了轻轻的敲门声。密尔沃顿站起来去开门。

他毫不客气地说道："哦，你迟到了将近半小时。"

原来门没有上锁、密尔沃顿深夜仍然没有入睡就是因为这个。我听到有女人衣服的沙沙声。刚才当密尔沃顿的脸转向我们这边的时候，我已经把窗帘中间的缝合上了，但是这时我又小心翼翼地再次把它打开。密尔沃顿已经又坐了下来，嘴角上仍然叼着雪茄烟。在明亮的电灯光下，只见他的面前站着一位身材苗条的女士。那位女士的皮肤黝黑，脸上戴着面纱，下巴上系着斗篷。她呼吸急促，柔软身体的各个部位似乎都因为情绪激动而颤抖着。

“我说，”密尔沃顿说道，“亲爱的，你让我一晚上没有好好休息。我希望你没有让我白白等待。你别的时间来不行吗？”

这个女人摇了摇头。

“好吧，你不能来就不能来吧。要是伯爵夫人是个不好对付的女主人，那么你现在有机会报复她了。上帝祝福你。你为什么颤抖？对了，振作一点。我们现在来谈正事吧。”他从书桌抽屉里拿出来一个笔记本，“你说你有五封信，其中包括达尔波特伯爵夫人的。你想卖，我想买，这很好。现在只剩下价钱要谈了。当然我得先看看这些信。假如真是好东西——我的天啊，是你？”

这个女人没有说一句话，她揭开了面纱，解开了斗篷。出现在密尔沃顿面前的是一张美丽、清秀、黝黑的脸庞，曲鼻梁，又浓又黑的眉毛下是一双坚定的、闪闪发亮的眼睛，薄薄的嘴唇上挂着一丝危险的微笑。

“是我，”她说，“一个被你毁掉了一生的女人。”

密尔沃顿大笑了起来，但是恐惧使他的笑声发抖。他说：“你太固执了。你为什么要逼我走极端呢？我向你保证，我甚至连一只苍蝇都不会伤害，可是每个人都有自己的生意要做，我也没有办法啊。我要的价钱是你完全能付得起的，然而你却不愿意付。”

“于是你就把那些信送给了我丈夫，一个世界上最高尚的人，我连给他系鞋带都不配。那些信伤透了他那高贵的心，他死了。你记得最后那个晚上，我从那扇门进来，恳求你发发慈悲，而你却只是当面讥笑我，就和现在一样。你那颗懦弱的心却让你的嘴唇发抖。是的，你绝没有想到会在这儿再看到我，但正是那天晚上教会了我怎样单独面对面地见你。好了，查尔斯·密尔沃顿，你还有什么要说的？”

“别以为你可以吓唬我。”他站起来说，“我只要喊叫一声，就能把我的仆人叫来把你抓起来，但是我可以宽恕你克制不住自己的怒气。你怎么来的就怎么出去，我也不想再说什么了。”

这个女人把手放在胸前站在那里，薄薄的嘴唇上仍然挂着可怕的笑容。

“你再也不能像毁了我的一生那样去毁掉别人的生活了，你也不能像绞杀我的心一样去绞杀更多人的心了。我将为这世界除掉你这头毒兽！你这恶狗，吃这一枪，一枪，一枪，一枪，再一枪。”

她掏出一把发亮的小手枪，子弹一颗颗地打进密尔沃顿的身体，枪口离他的前胸不到两英尺。他猛地抽搐了一下，接着向前倒在了桌子上。他猛烈地咳嗽着，伸手去抓桌上的文件。然后他挣扎着站了起来，又中了一枪，便滚倒在地上了。“你把我打死了。”他大叫了一声，然后躺着就一动不动了。她又看了他一眼，然后又用她的脚跟向他朝上的脸上踢了一下，见他没有任何动静了，响起了一阵沙沙的衣服摩擦声，接着夜晚的冷空气吹进这间闷热的屋子，复仇者已经走了。

我们当时即使出面干涉，也挽救不了密尔沃顿的性命。不过，当那女人把子弹一颗一颗地射进密尔沃顿蜷缩的身体里时，我是打算跳出去的，但福尔摩斯冰凉的手把我的手腕紧紧地抓住了。我很清楚他的意思：这事与我们没有关系，正义惩罚一个恶棍，我们不应忘记自己的责任和目的。那个女人刚一出屋，福尔摩斯就以极快的速度轻轻地走到另一扇门边。他把锁上面的钥匙转了一下。就在这时，房子里传来说话声和匆匆的脚步声。枪声已经惊醒了房子里所有的人。福尔摩斯非常冷静地走到保险柜前，抱起一大捆扎好的信件，把它们全都扔进了壁炉。他抱了一次又一次，一直到保险柜空了为止。这时有人转动门把手并且敲门。福尔摩斯迅速地回头看了一下，那封预报密尔沃顿末日来临的信，仍然摆在桌子上，信上溅满了他的血迹。福尔摩斯把它也扔进了熊熊的火焰中。他拔下通到外面的一扇门上的钥匙，我们一前一后出了门，然后从外面把门锁上了。他说：“华生，这边走。我们可以翻过花园的围墙。”

我真不敢相信警报会传得这么快。我回头看了一眼，只见整栋房子已经是灯火通明。前面的大门开了，人们正沿着马车道跑过去。整个花园里吵吵嚷嚷的全都是人。当我们从阳台上出来的时候，有个家伙喊了一声“抓人”，并且紧紧地跟随着我们。福尔摩斯看起来对这里非常熟悉，迅速地穿过小树丛。我紧跟在他身后，追赶我们最紧的一个家伙的喘息声我都能听见。挡在我们前面的是一堵六英尺高的墙，但福尔摩斯一下就跳了过去。正当我跳上去要翻墙时，追在我后面的家伙伸手抓住了我的脚踝，我踢开他的手，爬过扎满玻璃片的墙头。我脸朝下跌在矮树丛中，福尔摩斯立刻把我扶了起来。我们一起飞快地跑过宽阔的罕姆斯德荒地。

一直跑了大概有两英里的路程，福尔摩斯才停了下来，仔细地听了一下。我们身后一片寂静。我们已经把追赶我们的人甩掉了，终于平安了。

上面这段不同寻常的冒险发生后的第二天，我们刚刚吃过早饭，正在抽烟，就见苏格兰场脸色严肃的雷斯垂德先生被仆人引进了我们小小的客厅。

“早上好，福尔摩斯先生。”他说，“你现在是不是很忙？”

“还没有忙到没有时间听你说话。”

“我想如果你手头没有什么特别的事情，你也许愿意帮助我们解决昨天晚上发生在罕姆斯德区的一桩非常奇特的案子。”

“喔，”福尔摩斯说，“是什么样的案子呢？”

“谋杀——一起最惊心动魄、最不同寻常的谋杀案。我知道你对这类案件很感兴趣，要是你能到艾培多尔塔去一下，给我们提些建议，我将感激不尽。这不是件普通的案子。我们监视密尔沃顿先生已经有一段时间了，说实话，他可不是什么好人。人们都知道他拿些文字材料敲诈勒索。这些文字材料已经全部被杀人犯烧掉了。屋里贵重物品一件也没有动，因此凶手们一定是有地位的人，他们的目的是为了阻止这些材料传到社会上去。”

“凶手们？”福尔摩斯问道，“不止一个人？”

“是的，凶手有两个人，他们差一点被当场抓住。我们有他们的脚印，知道他们的外貌特征，十有八九能把他们查出来。第一个家伙动作敏捷，第二个家伙被花匠的学徒抓住后才挣脱的。此人中等身材，身体健壮，方下巴，粗脖子，留着胡子，戴着面具。”

“这太含糊了，”夏洛克·福尔摩斯说，“听起来简直像是在描述华生！”

“是的，”警长打趣地说道，“这真有点像是在描述华生。”

“雷斯垂德，我恐怕是帮不了你。”福尔摩斯说道，“事实上，我知道密尔沃顿这个家伙，而且认为他是伦敦最危险的人物之一。我认为有些犯罪是法律无法管辖的，因此从某种程度上来讲，私人报复是正当的。不，不必再说了，我已经决定了。我的同情是在犯人的一面，而不是在被害者的一面，所以我不会去办理这个案子。”

对于我们亲眼所见的这起杀人惨案，福尔摩斯没有再向我提起过，但我发现他一上午都在沉思。他那空洞的眼神和心不在焉的样子，让我觉得他像是在竭力回忆什么。午饭吃到一半的时候，他突然跳了起来，大声说道：“天啊！华生，我想起来了！戴上帽子！我们一起去！”

他以最快的速度走出贝克街，沿牛津街一直走到快到摄政广场的地方。左手边一家商店的橱窗里摆满了当时著名人物和美人的照片。福尔摩斯凝视着其中的一张，我顺着他的目光望去，看到一位穿着朝服的、庄严的王室妇女，头上戴着高高的镶着钻石的冕状头饰。我看着那微微弯曲的鼻子，那浓浓的眉毛，端正的嘴巴，以及刚毅的小小的下巴。当我读到她丈夫——一位伟大的贵族和政治家——古老而高贵的头衔时，我屏住了呼吸。我的目光和福尔摩斯的相遇，他将一根手指放在嘴唇前示意，要我保持沉默。

六座拿破仑半身像

苏格兰场的雷斯垂德先生晚上会到我们这儿来坐坐，这已经是习以为常的事了。福尔摩斯欢迎他的到来，因为这能够使他了解到警察总部在做些什么。福尔摩斯还总是用心地听这位探长讲述他手头正忙着的案子的细节，并且在不干涉办案过程的情况下，偶尔也根据自己丰富的知识和经验，不时向对方提一些建议和意见。

这天晚上，雷斯垂德聊完了天气和报纸上的新闻后，便默默不语地抽着烟。福尔摩斯紧紧地盯着他。

“手头有什么不同寻常的案子？”他问道。

“哦，没有，福尔摩斯先生，没有什么特别的案子。”

“那就讲给我听听吧。”

雷斯垂德大声笑了起来。“好吧，福尔摩斯先生，没有必要否认我心里的确有事。可这事太荒唐了，我都不知道要不要来打扰你。不过话又说回来，这件事情虽小，却极其怪诞。我知道你对这类稀奇古怪的事情非常感兴趣。不过在我看来，这件事情和华生大夫的职业关系倒更紧密一些。”

“是疾病吗？”我问道。

“至少可以说是一种疯病，一种奇怪的疯病。你们肯定想象不到，在这么多年后的今天，居然还有人对拿破仑恨之入骨，看到他的塑像就要砸碎。”

福尔摩斯身子往椅子背上一仰。

“这事确实和我无关。”他说。

“对啊，我也是这样说的。但是，当这个人为了打碎别人的拿破仑塑像而闯入别人家时，这就不再是医生的事情了，而是我们警察的事了。”

福尔摩斯又坐直了身子。

“闯入别人家？这倒很有趣，把细节说出来听听。”

雷斯垂德掏出笔记本，打开看了几页，以免讲的时候遗漏了什么。

“四天前有人来报了第一个案子。”他说道，“事情发生在莫斯·哈德逊的商店里，这是一家专门出售图片和塑像的商店。店员刚离开柜台一小会儿，就突然听到有什么东西打碎的声音。他赶紧跑回去，发现一座和其他艺术品一起摆在柜台上的拿破仑石膏半身像已经被人砸碎在地上了。他跑到大街上，虽然有几个行人说他们看到一个人跑出商店，但他们既没有看到这个人，也没有办法指认这个无赖。这起事情看上去像是时常发生的那种毫无意义的流氓行为。事情如实报告给了巡警。这座石膏像最多只值几先令，所以整个事件像是恶作剧，不值得专门调查。

“但是第二个事件却要严重得多，而且也奇怪得多。事情发生在昨天晚上。

“在肯宁顿大街上，离莫斯·哈德逊的商店只有几百码远的地方，还住着一位著名的医生。这位医生叫巴尼科特，泰晤士河南岸一带找他看病的人特别多。他的住宅和主要诊所在肯宁顿大街，不过在两英里外的下布利克斯顿街还有一个分诊所和药房。这位巴尼科特大夫是拿破仑忠实的崇拜者，家里摆满了关于这位法国皇帝的书籍、画像和遗物。不久前，他从莫斯·哈德逊的商店里买了两座拿破仑的半身石膏像，它们是法国雕塑家笛万的一件名作的复制品。他把其中一座放在肯宁顿街住宅的大厅里，另一座放在下布利克斯顿街诊所的壁炉架上。巴尼科特医生今天早晨下楼时大吃一惊，发现昨天晚上有人闯进了他的住宅，不过除了大厅里那座石膏像外，并没有其他别的东西被偷窃。石膏像被拿到屋外，在花园的墙上摔得粉碎。”

福尔摩斯搓着双手。

“这确实非常奇怪。”他说道。

“我认为你会对这件事感兴趣的，不过我还没有讲完。巴尼科特大夫十二点要赶到他的诊所。当他到达那里的时候，他发现诊所的窗户在夜里被人打开了，屋里到处是另一座拿破仑半身像的碎片，你可以想象到他该有多吃惊。半身像的底座也被打成了碎片。在这两件事中，我们没有找到任何线索可以查出干出这种恶作剧的罪犯，或者说是疯子。福尔摩斯先生，你现在已经清楚这些事实了。”

“事情的确很古怪，当然也很荒诞。”福尔摩斯说道，“我问你，巴尼科特医生的房间里被打碎的两座半身像，和莫斯·哈德逊商店里被打碎的那座，是不是一模一样？”

“都是用同一个模子制作的。”

“这一点说明了那个人那样做，并不是出于对拿破仑的痛恨。我们想想，在伦敦城里有成千上万个这位皇帝的塑像，那些反对偶像崇拜的人，无论是谁，都不会恰恰选择三座同一模型制作的塑像动手，这并不合乎情理。”

“是的，开始我也像你这样想过。”雷斯垂德说道，“但是这个莫斯·哈德逊是伦敦那一个区唯一的塑像供应商，这三座塑像在他的商店里放了很长时间。所以，尽管像你所说的在伦敦有几万个塑像，不过很有可能这三个是那一区仅有的拿破仑塑像。所以，这个地区的疯子就从这三个着手。华生大夫，你怎么看呢？”

“偏执狂的表现是多种多样、数不胜数的。有一种表现曾被法国心理学家称为‘偏执的意念’，患者只是在某些细微事情上有缺陷，而在其他方面则完全正常。假如一个人读了太多关于拿破仑的书，或者他的家庭遗传给他当时战争所造成的某种心理缺陷，他都有可能形成某种‘偏执的意念’。然后在这种偏执意念的影响下，他会干出一些疯狂的事情来。”

“我亲爱的华生，这种说法讲不通，”福尔摩斯摇摇头说道，“因为‘偏执的意念’影响再大，也不会使这位有趣的偏执狂患者找出这些半身像在什么地方。”

“那么你怎么解释呢？”

“我不想去解释。我只是注意到这个人的行为虽然奇怪，但还是可以找到某种规律的。比如，在巴尼科特医生家的大厅里，因为任何一点响动都会把全屋子的人吵醒，所以半身像是先拿到外面再打碎的；而在诊所，因为那里没有惊动别人的危险，所以他在原地就把塑像打碎了。这件事看起来无关紧要，不过想想我以前办过的一些案子，开头都显得很不起眼，我便不敢把任何事情说成是无关紧要的。华生，你应该还记得阿贝内蒂家那件可怕的事情最开始是怎么引起我的注意的吧？不过是看出热天芹菜在黄油里陷得多深罢了。所以，雷斯垂德，我不能对于你的三个破碎的半身像一笑置之，如果你让我知道这一连串奇异事件的新进展，我会深深感谢你的。”

我朋友想要了解的这起事情发展得比他想象的要快，也悲惨得多。第二天早晨，我正在穿衣服，福尔摩斯敲门走了进来，他手里拿着一份电报。他大声念给我听：

请立刻到康辛顿区彼特街 131 号来。雷斯垂德。

“这是怎么回事？”我问。

“不知道——一切皆有可能。不过我猜想肯定是塑像那件事情的新进展。如果是那样，我们这位砸碎塑像的朋友又在伦敦其他地区行动了。桌上有咖啡，华生，我已经叫了一辆马车，就停在门口。”

半小时后，我们来到了彼特街。这条小巷子死气沉沉的，靠近伦敦一个最繁华的地区。131 号是一排整齐而且实用的房屋中的一座。马车驶近时，我们发现房子前面的栅栏外挤满了一群好奇的人。福尔摩斯吹了声口哨。

“天啊！这至少是件谋杀案，否则伦敦的报童是不会停下来的。看那个人拱着双肩、伸长脖子张望的样子，肯定是暴力犯罪。华生，这是怎么回事？最上面的台阶被冲洗了，而剩下的台阶是干的。哦，脚印倒是不少！雷斯垂德在前面的窗子那里，我们马上就会弄清楚是怎么回事了。”

警长表情严肃地迎接了我们，把我们带进客厅。一位非常邋遢、还穿着法兰绒晨衣的老者正情绪激动地在客厅里来回走动着。雷斯垂德向我们介绍说，他是房子的主人，中央报刊辛迪加的贺拉斯·哈克先生。

“又是拿破仑半身像的事情。”雷斯垂德说道，“福尔摩斯先生，昨晚你好像对这件事很感兴趣，而现在事情已经变得极其严重，所以我想你应该非常高兴来现场看看。”

“那么，严重到了何种程度呢？”

“严重到了谋杀的程度。哈克先生，请你把发生的事情如实地向这两位先生讲述一下。”

穿着晨衣的老人愁眉苦脸地朝我们走了过来。

“事情太奇怪了。”他说道，“我这一生都是在收集别人的新闻，而现在我自己有了一条真正的新闻，我心里却极度不平静，什么也说不上来。如果我是作为新闻记者来到这儿的，我就会采访我自己，就能为晚报写出两栏报道。可是现在，我正一遍遍地把这重要的消息讲述给各种不同的人，自己却毫无作为。不过，夏洛克·福尔摩斯先生，我听说过你的名字，要是你能解释这件怪事，那么我讲给你听也就不是毫无用处的了。”

福尔摩斯坐下来静静地听着。

“事情好像完全围绕着我四个月前买回来的拿破仑半身石膏像。这个半身像是我从哈定兄弟商店里专门为这个房间买回来的，非常便宜。这家商店就是海耶大街车站旁的第二家。由于我是搞新闻工作的，所以熬夜到凌晨是常有的事，今天也不例外。凌晨三点钟的时候，我正坐在楼上的书房里，突然楼下有声音传了过来。我侧耳倾听了一会儿，但是声音消失了，所以我还想着是从外面传来的呢。然后，又过了五分钟的样子，我听到了一声非常凄惨的喊叫。福尔摩斯先生，那是我听见过的最凄惨的喊叫声，我一辈子都会记得的。我当时吓呆了，有一两分钟一动不动，然后，我抓起壁炉通条下了楼。我走进这间屋子，一眼就发现窗户大开着，并且马上注意到壁炉架上的半身像不见了。我真搞不明白，小偷为什么要拿走这样的东西，因为这只是个石膏像，根本不值钱。

“你也看出来了，不管是谁想从这扇开着的窗户出去，他只要迈一大步就可以跨到门前的台阶上。这个小偷一定就是这么做的。于是，我打开门，摸黑走到外面，可是我差点儿被躺在那儿的一个死人绊倒在地。我跑回屋拿了盏灯，才看到那个可怜的家伙躺在地上，喉咙上有个大洞，周围是一大摊血。他仰面朝天地躺在那里，膝盖弯曲着，嘴张得大大的，样子实在可怕极了。我做梦都不会忘记他的。我赶紧吹了一下警哨，后来发生的事情我就不知道了。我肯定是晕倒过去了。等我醒过来的时候，我已经在大厅里了，这位警察就站在我的旁边。”

“那么被杀的人是谁呢？”福尔摩斯问道。

“没有什么东西能够证明他的身份。”雷斯垂德说道，“你可以在停尸房看到他的尸体，但直到现在我们也没有从上面查出什么线索。这个人不到三十岁，个子很高，皮肤晒得黝黑，身体强壮。他身上的衣服破破烂烂的，可看上去也不像是个工人。他身边的一摊血里还扔着一把牛角折刀。我不知道这把刀到底是杀人的凶器呢，还是死者的遗物。死者的衣服上没有名字，他的口袋里只有一个苹果，一根绳子，一张花一先令可以买到的伦敦地图，还有一张照片。这是照片。”

照片显然是用小照相机拍摄的快照。照片上的人尖嘴猴腮，眉毛浓重，看上去非常机灵，脸的下半部奇怪地向外凸出着，像是狒狒的面孔。

福尔摩斯仔细地看了照片后问：“那座半身像怎么样了？”

“在你们来到之前我们得到了消息。塑像在坎姆登街一所空房子的花园里找到了，而且已经被摔得粉碎了。我现在正要去那里看看。你们要一起去吗？”

“当然。不过我要先在这里检查一下。”福尔摩斯检查了地毯和窗户，“这个人不是腿很长，就是动作非常灵活。”他说道，“窗子外面离地面有一定的高度，所以跳上窗台再打开窗户并不容易，不过跳出去就相对容易多了。哈克先生，你要和我们一起去看看打碎的塑像吗？”

这位新闻界人士情绪低沉地坐到写字台旁。

“虽然我相信今天的第一批晚报已经印发了，而且刊登着这件事的细节，不过我还是要尽力写点东西出来。”他说，“我命该如此！你们还记得顿卡斯特看台坍塌的事情吗？我当时是站在看台上唯一的一名记者，我的报纸也是唯一没有报道那条新闻的一家，因为我当时受惊过度，一个字也写不出来。现在动笔写发生在我自己家门口的谋杀案也已经太晚了。”

我们走出那间屋子的时候，听到他的笔在稿纸上唰唰地写了起来。

发现塑像碎片的地方离这所房子仅仅几百码远。我们到这时才第一次见到这座法国皇帝的塑像，尽管它引起了这位不知名的家伙的毁灭性的疯狂和仇恨。塑像已经被摔得粉碎，细小的碎片散落在草地上。福尔摩斯捡起几块碎片，仔细地检查着。从他专心致志的神情和意味深长的神态来看，我相信他终于找到了一个线索。

“怎么样？”雷斯垂德问。

福尔摩斯耸了耸肩。

“我们前面的路还很长，”他说，“不过——不过，我们已经掌握了一点可以入手的情况。在这个罪犯眼中，一个微不足道的半身塑像比一条人命还要值钱。这是一点。另外，要是说他唯一的目的就是要砸碎塑像，那么他既不在屋里，也不在屋子旁边把它砸碎，这不是件奇怪的事情吗？”

“也许他当时遇见另外那个人就六神无主了，连他自己都不知道自己在干什么了。”

“嗯，很有可能。不过我要提醒你特别注意这所房子所在的位置，塑像就是在这所房子的花园里被摔碎的。”

雷斯垂德看了看四周。“这是一所空房子，所以他知道在花园里没有人干扰他。”

“不错，但是街的那一头还有一所空房子，他必定先经过那一所房子才能到这里来。既然他拿着半身塑像每向前走一步都会使被人发现的危险增大，那么他为什么不在那里把它摔碎呢？”

“我答不上来。”雷斯垂德说。

福尔摩斯指指我们头顶上的路灯。“他在这儿可以看清自己干什么，在那儿却不能。这就是理由。”

“真的！的确是这样的。”警长说道，“我现在想起来了，巴尼科特大夫家的塑像也是在离灯光不远的地方被摔碎的。福尔摩斯先生，对于这个情况该怎么解释呢？”

“记住它，把它写在备案录里，以后我们可能会碰上与此事有关的情况。雷斯垂德，你认为下一步该怎么办呢？”

“在我看来，弄清案子最好的办法就是查清死者的身份。这并不困难。等我们查清楚了他的身份，查清了他有哪些熟人，我们就有一个很好的开端。从而可以查明他昨晚在彼特街做什么，以及在哈克先生家遇见他并且杀死他的这个人是谁。你认为呢？”

“这是不错，不过这不是我处理这个案子的办法。”

“那么，你会怎么做呢？”

“哦，你完全不必受我的影响。我建议我们分别按照自己的思路行事，以后我们可以交换意见，这样就可以互相取长补短。”

“好！”雷斯垂德说道。

“如果你回彼特街，见到哈克先生，就请转告他，我认为昨天晚上闯入他家的是一个危险的杀人狂，而且有仇视拿破仑的疯病。这对他写文章会有帮助的。”

雷斯垂德的眼睛盯着他。

“这不是你的真实想法吧？”

福尔摩斯笑了。

“不是吗？也许我不这么想。不过，我相信这会让哈克先生以及中央新闻社的订户们感兴趣。好了，华生，还有很多很复杂的工作等着我们今天去处理呢。雷斯垂德，我希望今晚六点钟能在贝克街见到你。在这段时间里，我要先保留一下在死者口袋里发现的这张照片。要是我的判断没错，今晚应该会请你协助我们去冒点小风险。晚上见，祝你顺利！”

夏洛克·福尔摩斯和我一起步行来到海耶街，在哈定兄弟商店停了下来。一位年轻的店员告诉我们，哈定先生要到下午才来，而他自己是新来的，对情况不了解。福尔摩斯的脸上流露出失望和烦恼的表情。

“好吧，我们不可能期望事事如意呀，华生。”他终于开口说道，“既然哈定先生要到下午才来，我们也只能到那时再来了。你肯定也已经看出来了，我正想法追查这些半身像的来源，看看它们遭此厄运是不是有什么特殊的原因。我们现在去肯宁顿大街找莫斯·哈德逊先生，看看他能不能给我们一点启发。”

我们坐了一个小时的马车，来到了这位艺术品商人的商店。哈德逊先生身材矮小强壮，面色红润，只是脾气急躁。

“是的，先生，就在我们柜台上摔碎的。”他说，“哪个流氓都可以闯进来打碎我们的东西，那我们纳税还有什么用呢？不错，先生，巴尼科特大夫那两座塑像是我卖给他的。太不像话了，先生。我看一定是无政府主义者干的，只有无政府主义者才会到处去砸碎塑像。你问我是从哪里进的这些塑像吗？我不明白这与砸碎塑像有什么关系。好吧，如果你一定想知道，我就告诉你，我是从斯蒂普尼区教堂街的盖尔德公司进的货。这家公司近二十年来在这一行一直名气很大。我进了多少个？三个，两个加一个是三个。两个卖给了巴尼科特大夫，另外一个在光天化日之下就在我的柜台上被人砸碎了。我认识照片上这个人吗？不，我不认识。哦，不，也可以说我认识。嘿，这不是贝波吗？他也许是意大利人，到处干点零活，也在我店里干过。他会雕刻，会镀金，会做框子，还会做些别的零活。这家伙是上星期离开的，从那以后没有人提到过他。我不知道他从哪儿来的，也不知道他上哪儿去了。他在这儿的时候干得不错。打碎半身像的时候，他已经走了两天了。"

从商店出来之后，福尔摩斯说："我们从莫斯·哈德逊这儿只能了解到这么多情况。我们查明了在肯宁顿和康辛顿案子中都有这个贝波，单凭这一点，坐了十英里的马车还是值得的。华生，我们现在要去这些半身塑像的源头，也就是斯蒂普尼区的盖尔德公司。如果我们在那里得不到一些有用的信息，那才怪了呢。"

我们飞速穿过伦敦的一些繁华的地段：林立的旅馆、戏院、图书馆、商业区和海运公司云集的地区，最后来到了一个位于泰晤士河畔有十多万人口的城镇。这里的分租房屋里住满了欧洲来的流浪者，并且弥漫着他们的气息。在一条先前是伦敦富商们居住的宽阔街道上，我们找到了要找的雕塑工厂。工厂外面有个非常大的院子，里面堆满了石碑之类的东西。工厂里面有一间很大的屋子，里面大约有五十个工人，有的正在雕刻，有的正在做模子。经理是位金色头发的高个子德国人。他很有礼貌地接待了我们，并清楚地回答了福尔摩斯提出的每一个问题。他查过记录后告诉我们，用笛万的大理石拿破仑塑像大约复制了几百座石膏像，但是一年前卖给莫斯·哈德逊的三座和卖给哈定兄弟的三座可能是同一批货。这六座和别的塑像不会有任何不同。他实在想不通为何有人要砸碎它们——他甚至觉得这种事情非常荒唐。他们的批发价是每座塑像六先令，但零售商可以卖到十二先令以上。复制品是从大理石头像的前后分别做出模片，再把两个半面模片连在一起，便构成一个完整的头像。这种工作常由意大利人担当，他们就在这间屋内工作，然后把半身像拿到过道的桌子上晾干，然后再存放起来。他能告诉我们的，就是这些了。

但是，这位经理见到照片时，表情立刻发生了很大的变化。他的脸气得发红，一双日耳曼人的蓝眼睛上的眉头紧皱着。

“啊，这个恶棍！”他大声叫道，“不错，我非常了解他。我们公司一直名声很好，只有一次警察来过这里，就是因为这家伙的缘故。那是一年多以前的事情了。他在街上用刀子捅了另一个意大利人，他刚到车间，警察紧跟着就来了，就是在这儿把他抓走的。他的名字叫贝波。我不知道他姓什么。我雇用了这样一个品行不端的人，是自找麻烦。不过他很会干活儿，是个好手。”

“给他定了什么罪？”

“被捅的人没有死，所以他被关了一年就出来了。我相信他现在已经出来了，但他没敢再在这里出现。我们这儿还有他的一个表弟，他肯定能告诉你他在什么地方的。”

“不，不，”福尔摩斯大声说道，“千万不要对他的表弟提起这件事，一个字也不要提。拜托了。这件事非常重要，我越往下调查越感到事态的严重性。刚才你查看记录的时候，我注意到那些塑像是去年七月三日卖出的。你能否告诉我贝波是什么时候被逮捕的？”

这位经理说：“我看一下工资账就可以告诉你大概的日期。”他翻过几页后接着说道：“是的，最后一次发给他工钱是在五月二十号。”

“谢谢你。”福尔摩斯说道，“我想我不必再耽误你的时间，给你添麻烦了。”他最后再次叮嘱经理不要把我们来调查的事跟任何人讲，我们便又动身往回走了。

一直忙到下午很晚的时候，我们才匆匆忙忙在一家餐馆吃了午饭。餐馆门口有个报童在喊叫着：“康辛顿凶杀案，疯子杀人。”报纸上的内容表明哈克先生的文章终于见报了。报上用了两栏，把整个事情大肆渲染了一番，文字生动华丽。福尔摩斯把报纸立在调味品架上，边吃边看。有一两次他咯咯笑出声来。

“华生，这就对了，”他说，“你听这段：我们高兴地告诉大家，专家对本案的看法没有分歧。因为经验丰富的官方侦探雷斯垂德先生和著名的破案专家夏洛克·福尔摩斯先生都得出了相同的结论，即这一系列以悲惨结局而告终的荒诞事件，完全是由于某人精神失常而并非精心策划的谋杀。只有用精神失常才能解释整个事件。

“华生，只要你懂得怎样利用，报纸就可以成为非常宝贵的工具。要是你吃完了，我们就赶回康辛顿，看看哈定兄弟商店的经理对这件事有什么要说的。”

这家大商店的创建人是一个干瘦的小个子，精明强干，能说会道。

“是的，先生，我已经看过晚报上的消息了。哈克先生是我们的顾客，几个月前我们卖给了他那座半身像。我们总共从斯蒂普尼区的盖尔德公司订了三座这样的半身像，现在都卖出去了。卖给谁了？查查销售账目就可以马上告诉你。是的，在这儿记着呢。一座卖给了哈克先生，一座卖给了契斯威克区金链花街的约沙·布朗先生，还有一座卖给了瑞丁区下丛林街的桑德福特先生。没有，你给我看的这张照片上的人，我从来没有见过。如果看见过的话，是很难忘记的，因为很难见到比他更丑的人了。我们的店员中有没有意大利人？有的，先生，搬运工和清洁工中有好几个意大利人呢。他们要是想偷看销售账本并不困难，我认为没有必要把账本藏起来。是啊，是啊，这真是一件非常奇怪的事，要是你调查出来了结果，希望你能告诉我一声。”

哈定先生说这番话的时候，福尔摩斯记下了一些情况。我看出他对事态的发展是非常满意的。但是他没有说什么，只是说我们如果不赶快回去，就会误了和雷斯垂德的约会。他说得没错，当我们赶到贝克街时，那位侦探早已经到了，正在屋里极不耐烦地走来走去。他那严肃的表情表明他这一天的工作成效很大。

“怎么样？”他问，“福尔摩斯先生，有什么发现吗？”

“我们忙了整整一天，不过收获颇丰。”我朋友回答道，“我们见到了零售商和批发制造商，我现在可以查清每一座半身像的来源和去向了。”

“半身像！”雷斯垂德嚷道，“好了，好了，夏洛克·福尔摩斯先生，你可以用你的办法，我不应该反对，不过我认为我这一天的收获比你要大。我查出了死者的身份。”

“真的？”

“而且也查出了犯罪的原因。”

“太棒了！”

“我们有个叫萨弗伦·希尔的侦探，专门负责意大利区。死者的脖子上挂着天主教徒的信物，再加上他皮肤的颜色，我们认为他可能是从欧洲南部来的。希尔警官一看到尸体就认出了他。这个人叫彼德罗·维努奇，来自那不勒斯，是伦敦有名的暴徒，还与黑手党有联系。你知道，黑手党是个秘密政治组织，通过谋杀来实现他们的信条。现在你可以看到案情渐渐明朗起来了。另外那个人可能也是意大利人，而且也是黑手党成员。他可能违反了黑手党的纪律。彼德罗在跟踪他，口袋里装的就是那个人的照片，带着照片为的是不杀错人。他跟着那个人，看到他进了一桩房子，便在外面等他，结果在扭打中自己丢了性命。夏洛克·福尔摩斯先生，怎么样？”

福尔摩斯赞赏地鼓起掌来。

“妙极了！雷斯垂德，妙极了！”他大声说道，“不过我还是没到听你解释那些半身像被打碎的原因。”

“半身像！你总是忘不了那些半身像。那毕竟只是小事一桩，小偷小摸，最多关上六个月。我们调查的是件谋杀案，我可以告诉你，我已经掌握了所有的线索。”

“那下一步呢？”

“很简单。我要和希尔一起去意大利区，找到照片上的那个人，然后以谋杀罪逮捕他。你跟我们一起去吗？”

“我不想去。我想我们可以更容易达到目的。我不能确定，因为事情完全取决于——取决于一个我们根本无法控制的因素。但是希望很大——可以说有三分之二的把握——如果你今晚和我们一起去，我能帮你捉住他。”

“在意大利区吗？”

“不是，我想更有可能在契斯威克区找到他。雷斯垂德，如果你今晚和我一起去契斯威克区，我保证明天陪你去意大利区，耽误一个晚上不要紧的。我们要等到十一点钟才出发，而且很有可能到早晨才会回来，所以现在睡上几个小时对我们大家都有好处。和我们一起吃晚饭吧，雷斯垂德，然后你就在沙发上休息。华生，请你叫一个送快信的人来，我有一封重要的信要马上送出去。”

说完，福尔摩斯就走上阁楼，去翻阅旧报纸的合订本。过了很长时间，他才走下楼来。他对我们两个人什么也没说，但是眼睛里却流露出胜利的光芒。这个复杂的案件几经周折，我自始至终都在注视着福尔摩斯侦缉中所采取的方法。虽然我还不能看清我们要达到的目的，可是我非常清楚福尔摩斯在等待这个荒诞的罪犯去偷另外两座半身像。我记得其中有一个是在齐兹威克区，毋庸置疑，我们此行的目的就是要当场抓到他。所以，我不得不钦佩我朋友的机智，他在晚报上塞进了一个错误的线索，使得那个人认为他可以继续作案而不受惩罚。因此，福尔摩斯让我带上手枪的时候，我一点儿也不吃惊。他自己拿了装好子弹的猎枪，那是他最心爱的武器。

十一点钟的时候，一辆四轮马车停在了门前。我们坐上马车来到了哈默史密斯桥对面的一个地方。到那里后，我们告诉车夫在那儿候着，接着步行了一会儿，就来到了一条偏僻的大道。大道的两旁都是一栋栋漂亮的房子，每栋房子又有单独的花园。借着街灯的亮光，我们找到了写有“金链花别墅”的门牌。主人显然已经休息了，因为周围一片漆黑，只有大厅门上的气窗透出一圈暗淡的光线，照在花园的小道上。把花园和大道隔开的木栅栏在园里投下一片深深的阴影，我们正好躲在这片阴影中。

“恐怕我们需要等很长的时间。”福尔摩斯悄声说道，“谢天谢地，今天晚上没有下雨。我们又不能靠抽烟来打发时间。不过，我非常有把握我们能成功的，所以吃点苦也是值得的。”

出乎意料的是，我们等待的时间并不像福尔摩斯所预料的那么长，而且结束的方式也很突然和奇怪。事先没有一点声音预示有人到来，花园的大门一下子就被推开了，一个灵活的黑人像猴子一样迅速而敏捷地冲到花园的小道上。我们看到那个人影飞快地穿过气窗投在地上的亮光，消失在房子的黑影中。接着任何声音也没有了，我们屏住了呼吸。突然，传来了一阵轻微的“嘎吱”声——窗户正被人推开。“嘎吱”声消失了，接着又是长时间的沉寂——那家伙正在进屋。我们看见屋里有一道微弱的光线猛然闪了一下。他寻找的东西显然不在那里，因为我们看到灯光在第二个窗帘上亮了一下，然后又在第三个窗帘上闪了一下。

“我们到那扇开着的窗户那里去，等他爬出来时，就可以抓住他。”雷斯垂德低声说道。

但是我们还没有来得及动身，那个人又出现了。当他经过气窗亮光照着的那块地方时，我们看到他腋下夹着一件白色的东西。他鬼鬼祟祟地看了看四周，街上空无一人，一点儿声音也没有，这给他壮了几分胆。他背对着我们，放下手中的东西。接着就听到一声清脆的“啪嗒”声，跟着是一连串的“嘎嘎”声。这个人专心致志地忙着自己的事，根本没有听到我们蹑手蹑脚穿过草地时的脚步声，福尔摩斯像猛虎一样扑到他身上，雷斯垂德和我立即一人抓住他的一只手腕，给他戴上了手铐。当我们把他转过来时，我看到一张尖嘴猴腮的丑脸，正是照片上的那个人。他的脸在抽搐，一双眼睛在恶狠狠地瞪着我们。

但福尔摩斯注意的并不是我们抓到的人。他蹲在台阶上，正仔细地检查着这个人从屋里拿出来的东西。那是一座拿破仑的半身像，和我们那天早晨看到的一样，并且也同样被摔成了碎片。福尔摩斯把每块碎片拿到灯光下仔细地查看，但每一片都和别的碎片一样，并没有什么特别之处。他刚检查完，屋里大厅的灯就亮了。门打开了，屋主人——一位和蔼、肥胖的人——穿着衬衫和长裤出现在我们面前。

“我想你是约沙·布朗先生吧？”福尔摩斯说道。

“是的，先生。你一定是夏洛克·福尔摩斯先生吧？我收到了送快信的人送来的那封信，然后便完全按你说的去办了。我们从里面锁死了所有的门，等待着事态的发展。我很高兴看到你们抓住了这个流氓。先生们，请你们进来吃些东西。”

但是雷斯垂德急于把犯人送到安全的地方去，所以没过几分钟就把那辆出租马车叫了过来，我们四个人便动身去伦敦了。

我们的犯人一言不发，双眼从乱蓬蓬的头发后面凶狠地瞪着我们。有一次，我的手离他较近，他便像饿狼一样猛地扑了过来。我们在警察局对他进行了搜查，他身上除去几个先令和一把刀身很长的刀子之外，什么也没有。刀把上有新的血迹。

“没关系，”雷斯垂德说，“希尔侦探对这些流氓很熟悉，会查出他的姓名的。你看，我用黑手党来解释肯定没错。不过，福尔摩斯先生，我还是非常感谢你这样巧妙地把他捉拿归案，只是我还不大明白这究竟是怎么回事。”

“现在已经很晚了。”福尔摩斯说，“再说，还有一两点没有查明白，而这个案子绝对值得让人一直查到底的。如果你明天晚上六点钟来我家，我可以向你证明，即使现在你也没有完全弄清楚这件案子的意义。这个案子有些地方很有特点，在犯罪史上可以说是绝无仅有的。华生，要是我同意让你继续记录我办的一些案子，我敢说这件拿破仑半身像的离奇案子肯定能使你的记载增色不少。”

第二天晚上大家见面的时候，雷斯垂德已经掌握了这个犯人的详细情况。犯人的名字叫贝波，姓氏不详。在意大利区他是个出名的不务正业的家伙。他擅长雕刻，曾过着老老实实的日子，但是后来他走上了邪路，进过两次监狱，一次是因为偷东西，另一次是因为他刺伤了他的一个同乡。他能说一口流利的英语。他砸碎这些半身像的原因还没有调查清楚，因为他拒绝回答这方面的问题，不过警方已经发现这些塑像很可能是他亲手做的，因为他在盖尔德公司做的就是这种工作。

尽管这些情况基本上我们已经都知道了，但福尔摩斯还是很有礼貌地听着。我因为非常了解他，所以可以明显地看出他的心思不在这里，而且我还察觉到在他惯有的表情下，交织着不安和期待。这时门铃响了。他猛地从椅子上坐了起来，两只眼睛闪闪发亮。很快楼梯上传来了脚步声，一个脸色红润、长着花白连鬓胡子的老人被领了进来。他右手拎着一只老式的旅行袋，进屋后把它放在了桌子上。

“夏洛克·福尔摩斯先生在这儿吗？”

我朋友微笑着点点头，说道：“我想你是瑞丁区的桑德福先生吧？”

“是的，先生。很抱歉，我来晚了点，火车不大方便。你给我写信，提到我买的半身塑像。”

“是的。”

“这是你的信。你在信上说：‘想买一座笛万的拿破仑塑像的复制品，愿意用十镑买下你手头的那一座。’是这样的吗？”

“是的。”

“我收到你的来信感到非常意外，因为我不明白你是怎么知道我有这样一座塑像的。”

“你当然会感到意外，不过原因非常简单。哈定兄弟公司的哈定先生说，他们把最后一座卖给了你，并且把你的地址给了我。”

“噢，原来是这样。他告诉你我花了多少钱吗？”

“没有。”

“我虽然不是太富有，却是一个诚实的人。我买这座塑像只花了十五先令。我想在我拿走你的十镑之前应该让你知道这一点。”

“桑德福先生，你的顾虑说明了你的诚实。不过既然我已经说定了这个价钱，就不会再改变了。”

“福尔摩斯先生，你很慷慨。我按你的要求，已经把塑像带来了。在这儿！”他打开袋子，把塑像放到桌上。于是，我们终于看到了一座完整的拿破仑像。在此之前我们看到过的全都是碎片。

福尔摩斯从口袋里掏出一张纸条和一张十镑的钞票，放在了桌子上。

“桑德福先生，请你当着这两位证人的面在这张条子上签名，这只是表明你把与这座塑像有关的一切权利全都转让给了我。我是个循规蹈矩的人，谁也无法预料以后会发生什么样的事情。谢谢你，桑德福先生。这是你的钱，祝你晚安。”

我们的客人走了之后，福尔摩斯的动作引起了我们的注意。他从抽屉里拿出一块干净的白布，铺在桌子上。然后他把新买的半身像放在白布中间，最后拿起猎枪，照着拿破仑塑像的头顶猛地砸下去，塑像被打得粉碎。福尔摩斯急切地在塑像的碎片中寻找着。不一会儿，他得意地大叫一声，举起一块碎片，上面嵌着一个圆圆的深色物体，就像布丁上的葡萄干。

“先生们，”他大声说道，“请允许我向你们介绍著名的鲍吉亚斯黑珍珠。”

雷斯垂德和我一下子愣住了，随后我们几乎同时地鼓起掌来，就像是看到了一出精彩戏剧的高潮一样。福尔摩斯苍白的脸颊上泛起了一片红晕，然后像戏剧大师接受观众的喝彩一样朝我们鞠躬致谢。只有在这种时刻，他才会暂时停止理性的思考，流露出喜欢掌声和赞赏的人之常情来。朋友的惊奇和赞扬竟然深深地打动了这样一个蔑视世俗荣誉、特立独行、沉默寡言的人。

“不错，先生们，”他说，“这是世界上现存的最著名的黑珍珠。

“我的运气真是不错，居然能通过一系列的推理，从珍珠失踪的地方——科隆那王子在达柯尔饭店的卧室——一直追查到斯蒂普尼区盖尔德公司制作的六座拿破仑半身像中的最后一座。雷斯垂德，你一定还记得这颗价值连城的珠宝失踪时引起的轰动吧，当时警方费了九牛二虎之力，结果也以失败而告终。他们还曾征求过我的意见，但我也无能为力。当时怀疑的对象是王妃的女仆，一个意大利人，她在伦敦有个弟弟，但是我们没有能查出他们之间有什么联系。女仆的名字叫卢克莱齐亚·维努奇，我能肯定两天前被杀害的彼德罗就是她的弟弟。我查了一下旧报纸上的日期，发现珍珠正好是在贝波因斗殴被捕的两天前失踪的。贝波是在盖尔德公司的厂房里被捕的，当时厂里制作的正是这些塑像。你们现在可以明白事情发展的来龙去脉了，只是你们的思路与我的正好相反。贝波当时已经把珍珠弄到手了，可能是从彼德罗那里偷来的，也有可能是彼德罗的同谋，甚至可能是彼德罗和他妹妹的中间人。真实情况究竟是什么，对我们来说是无关紧要的。

“重要的是他把这颗珍珠据为己有了，而当他把这颗珍珠藏在身上时，警察正在追捕他。他跑到他工作的工厂，清楚自己只有几分钟的时间把这颗无价之宝藏匿起来，不然就会被警察搜出来。当时这六座拿破仑石膏像正放在过道里晾干，其中的一座还是软的。贝波是个熟练工人，立刻就在湿石膏上挖了个小洞，把珍珠放了进去，然后又抹了几下，把表面抹平。这种藏东西的地方真令人叫绝，没有人会想得到。但贝波被关了一年，在这期间，这六座半身塑像被卖到了伦敦各地。他不知道哪一座塑像里有那颗珍珠。摇摆石膏像是没用的，因为湿石膏把珍珠紧紧地粘住了，所以只有砸碎石膏像才能把它找出来。贝波没有气馁，而是机灵地、耐心地继续寻找。他通过在盖尔德公司工作的表弟查明了买下这些半身塑像的零售公司。他想办法在莫斯·哈德逊公司找到了一份工作，这样就弄清楚了其中三座的下落。然而珍珠不在这三座塑像里。然后，他在某个意大利工人的帮助下，查清了另外三座塑像的去处。一座是在哈克先生家。在那里他被他的同谋盯上了，这个人认为他要对丢失珍珠的事情负责。在接下来的搏斗中，他刺死了他的同谋。”

我问：“为什么又要带着贝波的照片呢？”

“假如那个人是他的同谋，带照片是为了找到他，因为这个人有可能要向别人打听贝波的下落，可以拿出照片给他们看。这个原因看起来是显而易见的。我想贝波在杀了人之后，应该会加快行动，而不是推迟行动。他担心警察会发现他的秘密，所以要赶在警察之前找到那颗珍珠。当然，我并不清楚他在哈克那座半身像里没有找到珍珠，我甚至都不能确定他要找的是珍珠，但是我非常清楚他是在寻找什么东西。因为他把半身像拿出去之后，走过几栋房子，才在有灯的花园里把它砸碎。既然哈克的半身像只是三座中的一座，那么珍珠在里面的可能性也只有三分之一。另外还剩下两座，他显然要先去找伦敦城里的这一座。我通知了房主人，以避免悲剧重新上演。然后我们去那里，取得了最理想的结果。当然，我到这时已经很清楚我们追查的是鲍吉亚斯珍珠了。被害人的姓名把这些事件完全联系起来了。现在只剩下一座半身像，也就是瑞丁区的这一座，并且珍珠一定在里面。我当着你们的面从塑像的主人那里买下了它——珍珠就在这儿。”

我们静静地坐了一会儿。

雷斯垂德说：“福尔摩斯先生，我看你处理过很多案件，但这起案子处理得最为巧妙。我们苏格兰场的人不是嫉妒你，不是的，先生，我们都以你为荣。如果你明天去苏格兰场，不管是年老的警察还是年轻的警察，谁都会高兴地同你握手表示祝贺的。”

福尔摩斯说：“谢谢！谢谢！”他转过脸去，我还从来没有见到他被人间的温情感动得如此激动。过了一会儿，他又恢复了过来，变成了原来那个冷静而又务实的思考者。

“华生，把珍珠放到保险柜里去，”他说，“然后把康克-辛格尔顿伪造案件的文件拿出来。再见，雷斯垂德。要是你遇到什么新的问题，我将会尽我的可能助你一臂之力的。”

三个大学生

1895 年，福尔摩斯和我由于一连串相关的案子，在著名的大学城住了几个星期。这些案子我没必要全都写出来，不过当时发生的一件小案子我倒是想告诉大家，因为它富于教育意义。当然，要是透漏出的细节使读者们能猜出是哪所学院，以及是发生在谁身上的，这样做显然是不公正和有失礼节的。这样令人痛苦的丑闻的确应该让它自行消失。不过，我只要审慎小心，还是能把整个事件讲述出来的，因为这件事能够说明我朋友一些杰出的品质。我在讲述过程中，将尽量避免使用能让人联想起事发地的词句，也将尽量避免使用能让人猜出谁是当事人的词句。

当时我们住在一个离图书馆很近的带家具出租的寓所里。夏洛克·福尔摩斯正对英国早期宪章进行刻苦的研究，而且取得了惊人的成果，也许会成为我将来记述的题目。有天晚上，我们的一个朋友希尔顿·索姆斯先生来访，他是圣路加学院的导师和讲师。索姆斯先生个子较高，体形偏瘦，言语不多，情绪容易紧张激动。我知道他向来都不够安静，但这一次他激动得不能自已，显然是发生了什么极不寻常的事。

“福尔摩斯先生，我相信你会为我牺牲一两个小时的宝贵时间。圣路加学院刚刚发生了一件令人痛心的事情，要不是你碰巧在城里，我真不知道如何是好。”

“我现在很忙，而且我也不想分心，”我朋友回答说，“我希望你去找警察帮助你。”

“不，不，我亲爱的先生，绝对不能去找警察。一旦交给了警方，事情就再也无法挽回了。这件事关系到学院的名声，不管怎么样都不能传出去。你能力超群，而且说话谨慎，是这个世界上唯一可以帮助我的人。福尔摩斯先生，我请你尽力而为。”

自从离开贝克街舒适的环境后，我朋友的脾气有点不太好。离开了他的报纸剪贴簿、他的化学物品以及邋遢的住所，他就感到很不舒服。他毫无办法地耸耸肩，我们的客人便急忙一边激动地打着手势，一边讲述他的事情。

“福尔摩斯先生，我必须先向你解释一下，明天是福特斯丘奖学金考试的第一天。我是出题人之一，负责的科目是希腊语。试卷的第一部分有一大段希腊语要翻译，是考生们没有见过的。这些文章已经印在试卷上了，考生们如果事先准备了这段文章，自然就很占便宜。正因为如此，我特别注意这份试卷的保密问题。

“今天下午三点钟，印刷所把试卷的清样送了过来。第一题包括翻译修昔底德著作中的半章。因为要确保原文准确无误，我仔细地校对着。四点半的时候我还没有校对完，但是我已经答应一个朋友去他家喝茶，于是就把清样留在桌子上出去了。我出去了大约半个小时。

“福尔摩斯先生，你知道我们学校的屋门都是两层的，里面的门上蒙着绿色粗呢，外面的门是厚实的橡木做成的。当我走近外面的屋门时，吃惊地发现门上插着一把钥匙。刚开始我还以为是我把钥匙忘在门上了，但是一摸口袋，发现我的钥匙在里面。我非常清楚，唯一的另一把钥匙在我仆人班尼斯特的手中。这个人为我收拾房间已经有十年了，绝对诚实可靠。我问了一下，钥匙的确是他的，他走进我的屋子想问问我是否要喝茶，出去时不小心把钥匙落在门上了。我肯定他是在我出去后没多长时间进了我的屋子。要在平时，他把钥匙落在门上也不会有什么问题，可是今天却造成了不堪设想的后果。

“我一看到我的桌子，马上知道有人翻过了我的试卷。清样一共有三张，是印在长条纸上的。我出去的时候是把它们放在一起的，而现在我发现一张掉到了地上，一张在靠窗户的桌子上，还有一张仍在原处。”

福尔摩斯开始有兴趣了。

“在地板上的是第一张，在窗户旁边的桌子上的是第二张，仍在原处的是第三张。”福尔摩斯说。

“正是这样，福尔摩斯先生。你太让我吃惊了。你是怎么知道的？”

“这很有意思，请接着往下讲。”

“我首先想到的，可能是班尼斯特自作主张翻看了我的试卷，这实在是不可饶恕的。然而他十分诚恳地否认了，我相信他说的是实话。那么另外一种解释就是，有人从这儿路过，看见钥匙在门上，并且知道我不在屋子里，便进来看试卷。因为这笔奖学金的金额很高，如此一来，这一大笔钱的命运如今就很难讲了。很有可能是某个厚颜无耻的家伙为了超过同伴，冒险做出了这种事。

“这件事使得班尼斯特非常不安。当我们发现试卷肯定是被人翻过的时候，他差点昏了过去。我给他灌了点白兰地，把他扶到一张椅子上坐了下来，然后非常仔细地检查了整个房间。我很快就发现，除了弄皱的试卷以外，这个闯入者还留下了其他的痕迹。窗户边的桌子上有削铅笔剩下的碎木屑，还有一小段断了的铅笔芯。显然，这个浑蛋急匆匆地抄试题，弄断了铅笔，不得不重新削一下。”

“正是这样！”福尔摩斯说道，他越来越被这个案子吸引，脾气也慢慢好了起来，“你的运气不错。”

“我还没有讲完。我有一张新写字台，上面蒙着精致的红色皮革。我和班尼斯特都可以作证，桌面非常光滑，一点污迹也没有。可我现在却发现上面有个约三寸长的明显划痕，不是摩擦的痕迹，而是明明白白的划痕。另外，我在桌子上还看到一个黑色的小球，不能确定是面团还是黏土，上面还有些像锯木屑一样的东西。我确信这些痕迹都是翻看试卷的人留下的。没有任何脚印或其他证据可以辨认这个人是谁。我正不知道如何是好的时候，突然高兴地想到你在这座城里，便直接过来请你帮忙。福尔摩斯先生，请你一定要帮帮我。现在你明白了我的处境：要么查出这个人来，要么推迟考试，直到出了新的试题。可要出新的试题就要作出解释，这就难以避免会引起可怕的丑闻，不仅会使学院的声誉受损，而且会影响整个大学的声誉。所以我希望能悄悄地、谨慎地解决这个问题。”

“我很高兴处理这件事，并且尽力向你提供我的意见。”福尔摩斯站起来穿上大衣，说道，“这个案子还是有些意思的。你拿到试卷后是否有人去过你的房间？”

“有，道拉特·拉斯，和我住在同一栋楼的一个印度学生。他来问过我关于考试的一些问题。”

“他就为这事进了你房间？”

“是的。”

“当时试卷在桌上吗？”

“我相信是把它们卷起来放在桌上的。”

“可以看得出那是清样吗？”

“有可能吧。”

“当时你房间里没有其他的人吗？”

“没有。”

“有人知道清样会在你屋里吗？”

“没有别人知道，除了印刷工人。”

“这个班尼斯特知道吗？”

“当然不知道。没有人知道这件事。”

“班尼斯特现在在哪儿？”

“这个可怜的人很不舒服。我让他坐在椅子上，就匆匆赶来找你。”

“你的屋门还开着？”

“我已经把试卷收起来了。”

“那么，索姆斯先生，可以这样讲：除非那个印度学生看出那卷纸是清样，否则偷看试卷的人完全是偶然碰上的，事先并不知道试卷在你那里。”

“我也是这样想。”

福尔摩斯神秘地笑了笑。

“好吧，”他说，“我们去看看。华生，这并不在你的职业范围之内，因为这是心理上的，而不是身体上的。不过你要想去，就一起去吧。索姆斯先生，现在听你的吩咐。”

我们当事人的起居室有一扇窗户正对着这所古老学院的庭院。窗户又大又低，装着花窗棂。穿过一扇哥特式的拱门就是这栋楼残破的石阶。这位导师的房间在一楼，楼上住着三个学生，每个人一层。我们到达现场时已经是傍晚时分了。福尔摩斯停住脚，专心致志地看着那扇窗户。然后他走近窗户，踮起脚，伸长脖子朝屋里张望。

“他肯定是从大门进去的。除了这扇窗户外，再也没有其他的出入口了。”我们学识渊博的向导说。

“我的天！”福尔摩斯说道，一边看着我们的同伴奇怪地笑了一下，“如果这儿没什么可查的，我们最好还是进去吧。”

这位导师打开屋门，把我们领进他的房间。我们站在门口的时候，福尔摩斯检查了地毯。

他说：“这儿恐怕不会有什么痕迹。在这样干燥的天气里，的确很难找到痕迹。你的仆人好像差不多已经恢复了。你说你走的时候他坐在椅子上，是哪把？”

“窗户边的那把。”

“知道了。是靠近小桌子的这把。你们现在可以进来了，地毯我已经检查完了。下面我们先来检查小桌子。当然，发生的事情已经清楚了。那个人进了屋，从中间的桌子上把试卷一张一张地拿到窗子旁边的桌子上，因为他从这里可以看到你穿过庭院回来，便于逃脱。”

“实际上，他看不见我，”索姆斯说，“因为我是从侧门进来的。”

“啊，好极了！不管怎么说，他当时是这样想的。让我看看那三张清样。没有指纹，没有！他把这张先拿过去抄了下来。

要是他把各种缩写符号都用上，抄一张需要多长时间呢？一刻钟，至少需要这个时间。然后他扔下这张，又抓起一张。他刚抄到一半，你回来了，他只能匆忙跑掉，所以他没时间把试卷放回去，而这就让你发现有人进来过。你从外面的门进来的时候，是否听见楼梯上有匆忙的脚步声？”

“没有听见。”

“他抄得太快，弄断了铅笔，然后正像你推测的那样，只好又把笔削一下。华生，这很有意思。这不是一支普通的铅笔，比普通的那种要粗些，软铅，深蓝色的笔杆，上面印着银白色的制造商的名字，笔只剩下一英寸半长。索姆斯先生，找到这样的笔也就找到了这个人。还有，他的刀子比较大，不过很钝，这样你就又多了一个线索。”

索姆斯先生被这一连串的信息弄糊涂了。“别的我还能理解，”他说，“可是这铅笔的长短——”

福尔摩斯拿起一小片铅笔木屑，上面有字母 NN，字母后面是空着的。

“你明白了吗？”

“不，我依然——”

“华生，我过去对你太不公平了。这个 NN 是什么意思呢？它们是一个单词的最后两个字母。你们知道 JOHANN FABER 是最大的铅笔制造商的名字。这支铅笔已经用得只剩下 JOHANN 后面的一小段，这不是很清楚了吗？”他把小桌子转过来倾斜着放在电灯光下，“我希望他抄写用的纸很薄，这样就会透过纸张在光滑的桌面上留下什么痕迹。没有，我什么也没有找到。我想这儿是找不出什么来了。现在来看看中间这张桌子。我猜想这个小球就是你提到的那个黑色面团吧？形状差不多像个金字塔，中间是空的。正如你说的，上面还有锯木屑。我的天，真有意思。你说的这个刀痕——我看是划出来的痕迹，开始的地方是浅浅的划痕，最后才是一个小洞。索姆斯先生，我很感谢你请我来处理这个案子。那扇门通向什么地方？”

“我的卧室。”

“出事之后你进去过吗？”

“没有。我直接去找你了。”

“我想进去看看。多么漂亮的古色古香的房间啊！请你们等一下，让我检查一下地板。哦，没有看出什么来。这个帘子是做什么用的？唔，你把衣服挂在后面呢。要是有谁被逼无奈躲到这个房间来，他肯定要藏在这个帘子后面，因为床太低，衣柜又太浅。我想里面应该没有人吧？”

当福尔摩斯拉起帘子时，我从他坚定而又警觉的表情中，看出他已经做好了最坏的准备。然而，拉开帘子一看，除了挂在一排衣钩上的几套衣服外，什么也没有。福尔摩斯转过身来，突然又蹲在地板上。

他说：“哈哈！这是什么？”

那是一小块金字塔形状的东西，和书房桌子上面的那块一模一样。福尔摩斯把它放在手掌上，拿到电灯下。

“索姆斯先生，你的这位客人似乎在你的起居室和卧室都留下了痕迹。”

“他到卧室来干什么？”

“我想这是显而易见的。你突然回来，他完全没有料到，所以直到你到了门口他才发觉。他该怎么办呢？他抓起所有可能会使他暴露的东西，跑进你的卧室藏了起来。”

“我的天，福尔摩斯先生，你是说我和班尼斯特在起居室谈话的时候，他一直藏在里面，只不过我们不知道而已？”

“我看是这样的。”

“福尔摩斯先生，肯定还有别的可能性。我不知道你是否注意到卧室的窗户？”

“窗户上有花窗棂，铅做的窗框，共三扇。一扇有铰链，但人可以钻进来。”

“正是，窗户正对着庭院的一角，所以从外面看不到卧室的全部。这个人可能是从那里进来的，而且在经过卧室时留下了痕迹，最后发现门开着，就从门那里逃走了。”

福尔摩斯不耐烦地摇摇头。

“让我们实际分析一下吧。”他说，“我记得你说过，有三个学生使用这个楼梯，并且总是从你门前走过。”

“是的。”

“他们三人都要参加这次考试吗？”

“是的。”

“你有没有理由怀疑他们其中一个嫌疑最大呢？”

索姆斯犹豫了一下。

他说：“这个问题很难回答。没有证据不好随便怀疑人。”

“你先说说你的怀疑，然后我再找证据。”

“那么，我把住在上面的三个人的情况简单地给你们讲一下吧。住在二楼的是吉尔克利斯特，是一个优秀的学生，爱好体育，是学院橄榄球队和板球队的队员，跨栏和跳远都曾得过奖。他是个优秀的小伙子，很有风度。他父亲是声名狼藉的贾贝兹·吉尔克利斯特，因为赌马破了产。这个学生很穷，不过他很努力，也非常勤奋，将来会很有出息的。

“住在三楼的是那个印度学生道拉特·拉斯。他和大多数印度人一样，性情安静，但是也很难接近。他学习成绩很好，不过希腊语差一些。他做事稳重，办事很有条理。

“住在最上面的是迈尔斯·麦克拉伦。要是他愿意读书，能够成为一名非常优秀的学生。他是这所学校里最聪明的一个学生。但是他放荡不羁，肆无忌惮，心思全不在学习上。第一年因为打牌的事差一点就被开除。这学期他一直都在混日子，对于这次考试一定很害怕。”

“那么你怀疑的就是他了？”

“我还不能说怀疑他，但是在三个人中，他是最有可能的一个。”

“很好。索姆斯先生，我们现在去见见你的仆人班尼斯特吧。”

这个仆人五十岁上下，个子不高，脸色苍白，胡子刮得很干净，一头花白的头发。平静生活突然发生变故，他还没有完全从中恢复过来。他那圆圆的脸庞还在紧张地抽动着，手指也在颤抖。

“班尼斯特，我们正在调查这起不幸的事件。”他的主人说道。

“是的，先生。”

福尔摩斯说：“听说你把钥匙忘在门上了，是吗？”

“是的，先生。”

“你这样做碰巧是在试卷放在屋里的这一天，不是很反常吗？”

“先生，发生这样的事是非常不幸，但是我在其他的时间偶尔也曾把钥匙忘在门上过。”

“你是什么时候进的屋子？”

“大概四点半吧。那是索姆斯先生喝茶的时间。”

“你在屋里待了多长时间？”

“我看到他不在屋里，很快就出来了。”

“你看了桌上的试卷没有？”

“没有，先生，绝对没有。”

“你怎么会把钥匙忘在门上呢？”

“我当时手里端着茶盘，想过一会儿回来拿钥匙，后来就忘了。”

"外面的屋门有弹簧锁吗？"

"没有，先生。"

"那么门就一直开着？"

"是的，先生。"

"屋里假如有人，完全可以出来，是吗？"

"是的，先生。"

"当索姆斯先生回来后找你，你很不安，是吗？"

"是的，先生。我在这儿这么多年还从未发生过这样的事情。我差一点儿昏过去。"

"我听说了。你感到不舒服时，在哪个地方？"

"我在哪里，先生，就在这里，靠近屋门。"

"这就奇怪了，因为你后来坐的是那张角落里的椅子。你干吗要越过这儿把椅子呢？"

"我不知道，先生。我并没有注意我坐在哪里。"

"福尔摩斯先生，我想他真的没有注意。他当时脸色很不好，特别苍白。"

"你主人离开后，你一直在这里吗？"

"我只待了几分钟，然后我就锁上门回到了我自己的房间。"

"你怀疑是谁呢？"

"噢，我可不敢随便乱说，先生。我不相信这所大学里会有人干这种损人利己的事。是的，先生，我不相信。"

"谢谢，就谈到这儿吧。"福尔摩斯说，"噢，还有一句话。

你没有向你服侍的那三个学生透露出事了吧？”

“没有，先生，一个字也没有提。”

“你见到他们没有？”

“没有。”

“很好。索姆斯先生，要是你愿意，我们一起到院子里走走好吗？”

夜色越来越浓，我们上面三个楼层上的窗户都亮着灯。福尔摩斯抬头望了望窗户，说：“你们这三只小鸟都回窝了。哎呀！那是什么？他们中间有一个好像坐立不安。”福尔摩斯说的是那个印度人，他那黑色的侧影突然映在窗帘上。他正在屋里快步地走来走去。

“我想见他们每个人一面。”福尔摩斯说道，“可以吗？”

“没问题，”索姆斯回答说，“这些房间是学院里最古老的，常有客人来参观。来，我亲自带你们去。”

我们来到了吉尔克利斯特的门口。福尔摩斯说：“请不要说出我们的名字。”一个瘦高个、黄头发的小伙子开了门。在听了我们的来意之后，他把我们请进了屋。屋里有几处罕见的中世纪室内建筑结构。福尔摩斯对其中一个特别有兴趣，坚持要把它画在笔记本上，却把铅笔芯弄断了，只好向屋主人借了一支，最后又借了把刀削他自己的铅笔。在印度学生的房间里，福尔摩斯也做了同样的事情。这个印度人个子矮小，不爱说话，长着鹰钩鼻子。他斜眼看着我们，当福尔摩斯画完建筑结构图时，他显得非常高兴。我看不出在这两个地方福尔摩斯是否找到了他所查寻的线索。我们没有能访问第三处。不管我们怎么敲，屋主就是不开门。屋内还传出一连串的脏话。“我才不管你是谁呢。快给我滚！”那愤怒的声音吼叫道，“明天就要考试了，少来烦我！”

我们的向导气得脸都涨红了，下楼的时候说：“真是太粗鲁了！当然，他不知道敲门的人是我，但不管怎么说，他这样做也太无礼了，而且在目前的情况下也显得很可疑。”

福尔摩斯的回答很奇怪。

他说：“你能告诉我他的确切身高吗？”

“福尔摩斯先生，我实在说不准。他比那个印度人高，但没有吉尔克利斯特高。我想应该是五英尺六英寸吧。”

“这一点很重要，”福尔摩斯说，“好了，索姆斯先生，祝你晚安。”

我们的向导又是惊讶又是失望，大声叫道：“天啊，福尔摩斯先生，你不能就这样把我扔在这里啊！看起来你还不明白我的处境。明天就是考试的日子，今晚我必须采取什么措施。试卷被人翻看过了，我不能举行考试。我们必须面对这种情况。”

“你现在什么都不用做，明天一早我会过来和你谈这件事的。也许到那时我可以告诉你怎么办。现在嘛，你什么也不要动，一点都不要动。”

“好吧，福尔摩斯先生。”

“你根本不用担心，我们一定能想出办法来帮你摆脱困境。我要带走黑泥球和铅笔屑。再见。”

我们走到院子里时，又抬头望了望那些窗户。印度学生仍然在屋里来回踱着步，其他两扇窗户已经没有灯光了。

“华生，这件事你怎么看？”走在大街上时，福尔摩斯问，“这和在客厅中玩的小游戏非常相似，从三张牌中抽一张，是不是？三个人你都见到了。肯定是他们其中的一个人干的，你来选吧。选谁？”

“选顶楼那个出言不逊的家伙，他的记录最差。可是那印度人也非常狡猾。他为什么总在屋里走来走去呢？”

“这倒没什么，许多人在记东西的时候都这样。”

“他看我们时的样子很奇怪。”

“假设你第二天要考试，每时每刻都很宝贵，却突然有一群人来打搅你，我想你也会那样看他们。不，我看这也是很正常的。至于那两支铅笔和两把刀子，全没有问题。但那个人我实在弄不明白。”

“谁？”

“班尼斯特，就是那个仆人。他在这件事情中扮演了什么角色呢？”

“他给我的印象是个非常诚实的人。”

“他给我留下的印象也是这样，而这正是我弄不明白的地方。一个非常诚实的人为什么要——哦，这儿有家大文具商店，我们从这儿开始调查。”

城里只有四家较大的文具店，福尔摩斯每到一家就拿出那些铅笔屑，出高价买同样的笔。但四家商店都同意给他定做，因为那种铅笔的规格很特别，很少有存货。我朋友好像并没有因此而感到沮丧，只是无可奈何地耸耸肩。

“我亲爱的华生，没办法。这是最好的一条线索，然而却没有能得出什么结果。不过我确信，没有这条线索，我们也能解开这个谜。天啊！我的好朋友，已经九点钟了，女房东还唠叨着七点半给我们做好豌豆汤呢。华生，你不停地抽烟，吃饭还不准时，我想房东会通知你退房的，我将跟着你一块儿倒霉。不过，我们还是先解决这个涉及紧张不安的导师、粗枝大叶的仆人和三个前途无量的大学生的问题吧。”

我们到很晚的时候才吃晚饭。虽然福尔摩斯饭后沉思了好长一段时间，但是他没有再和我提起这件事。第二天早晨八点，我刚洗漱完毕，福尔摩斯便来到我的屋里。

他说：“华生，我们该去圣路加学院了。你可以不吃早饭吗？”

“当然可以。”

“要是我们不给索姆斯一个明确的答复，他会惊慌不安的。”

“你能给他一个明确的答复吗？”

“我想我能。”

“你已经得出结论了？”

“是的，亲爱的华生，我已经解开了这个谜。”

“可你找到什么新的证据了吗？”

“啊哈！我六点钟就早早起来了，绝对不会一事无成。我已经辛辛苦苦忙了两个小时，走了至少五英里路，总算有些收获。请看这个！”他伸出手来，手掌中有三个金字塔形状的小黑泥团。

“可是昨天你只有两个。”

“今天清早又有了一个。可以断定第三个小泥球的来源和第一、第二个泥球的来源是一样的。是吗，华生？走吧，把我们的朋友索姆斯从痛苦中解救出来吧。”

我们在索姆斯的房间里看到他时，只见这位可怜的导师正焦急地等待着。再过几个小时考试就要开始了，可是他还处在左右为难的境地：是公布事情真相呢，还是允许罪犯参加这个高额奖学金的考试？他拿不定主意，看样子几乎连站都站不稳了，可是一见到福尔摩斯，他立刻伸出两手急忙迎上去。

“谢天谢地，你总算来了！我还担心你没查出来就放弃了呢。我该怎么办？考试还能进行吗？”

“是的，毫无疑问要进行。”

“可是那个骗子呢？”

“他不会参加。”

“你知道是谁了？”

“我想是吧。如果不想让这件事情公开，我们必须授予自己一些权力，组成一个小小的私人法庭。索姆斯，请你坐在那里！华生，你坐那里！我坐在中间的扶手椅上。我想我们现在这样足以让心怀鬼胎的人产生畏惧。请按门铃。”

班尼斯特走了进来，看到我们这副审判人的架势，惊恐地后退了一步。

“请你关上门。”福尔摩斯说，“好了，班尼斯特，现在请你告诉我们昨天事情的真相。”

他的脸瞬间变得苍白了。

“我把所有的事情都告诉你了，先生。”

“没有什么要补充的吗？”

“一点儿也没有，先生。”

“那么好，让我提醒你几点吧。你昨天坐在那把椅子上，是不是要遮掩什么东西？这个东西能说明谁进了这间屋子？”

班尼斯特脸色惨白。

“不是的，先生，绝对不是。”

“我只是提醒你一下。”福尔摩斯温和地说道，“我坦率地承认我并不能证明这一点。但这完全是可能的，因为索姆斯先生一转身，你就放走了躲在卧室里的人。”

班尼斯特舔了舔发干的嘴唇。

“卧室里没有人，先生。”

“啊，非常遗憾，班尼斯特。直到刚才你说的可能都是真话，但我知道你现在在撒谎。”

这个人绷着脸表示若无其事。

“卧室里没有人，先生。”

“得了，班尼斯特，说出来吧。”

“真的，先生，确实没有人。”

“既然如此，你确实没有什么新情况可以告诉我们。能否请你留在这屋里？站到卧室的门旁。索姆斯，我想请你去楼上吉尔克利斯特的房间，把他请到这儿来。”

不一会儿，导师带着学生回来了。这个孩子仪表堂堂，身材高大，动作灵活敏捷，步伐矫健，带着愉快而又开朗的表情。他那不安的蓝眼睛扫视了我们每个人，最后茫然失措地望着角落里的班尼斯特。

“请把门关上。”福尔摩斯说，“吉尔克利斯特先生，我们这里没有外人，我们之间的谈话也不会有人知道，所以我们完全可以开诚布公。吉尔克利斯特先生，我们想知道，像你这样一个诚实的人怎么会做出昨天那样的事情呢？”

这个可怜的青年后退了一步，又是恐惧又是责备地看了班尼斯特一眼。

“不，不，吉尔克利斯特先生，我什么也没说，一个字也没说！”仆人叫了起来。

“但是现在你说出来了。”福尔摩斯说，“好了，先生，你必须明白，在班尼斯特开口之后，你已经没有办法了。唯一的出路是彻底坦白。”

一瞬间，吉尔克利斯特举起双手，极力控制住激动的神情。

接着，他跪倒在桌子旁，用双手捂着脸，激动地抽泣起来。

“好了，好了，”福尔摩斯和蔼地说，“谁都有犯错误的时候，至少没有人说你是个心术不正的罪犯。也许由我把事情发生的经过告诉索姆斯先生要更方便一些，不对的地方你来纠正。这样好吗？好了，不用回答。你听我说，以免冤枉了你。”

“索姆斯先生，你曾告诉我说没有一个人知道试卷在你屋里，连班尼斯特也不知道。从那开始，我心中对这个案子就有了一个明确的看法。印刷工当然可以排除在外，因为他完全可以在他自己的办公室看卷子。我也没有怀疑那个印度人，如果清样是卷成一卷的，他不可能知道那是什么东西。另外，正好桌子上放着试卷的这天，有人敢闯进你的房间，这种巧合几乎让人难以置信，所以我也排除了这种可能性。进到屋里的人知道试卷在哪儿。他是怎么知道的呢？

“我走近你的屋子时，检查了你的窗户。你当时以为我相信有人会在光天化日之下破窗而入。你这种想法让我感到非常好笑，因为这实在是荒唐之极。我当时在估算，一个过路的人要有多高才能看到中间桌子上的试卷。我身高六英尺，费点劲可以看到。比我个子矮的人是根本看不到的。你看，我早就有理由认为，如果你的三个学生中有一个特别高，他便是三个人中最值得怀疑的。

“我进了屋，完全同意你对窗户边桌子的看法。中间的桌子我没有看出什么来，但你提到吉尔克利斯特是个跳远运动员，我一下子就清楚了。剩下的就是找一些旁证，而我很快也弄到了。

“事情是这样的：这位年轻人下午一直在操场练习跳远。他回来的时候，手里拎着跳鞋。你们知道，跳鞋鞋底上有几个尖钉。他走过你的窗口时，因为他个子很高，看到了你桌上的清样，猜出那是试卷。如果不是他经过你门口的时候，看到你粗心的仆人忘在门上的钥匙，这种糟糕的事情就不会发生了。他一时冲动进了屋，想看看那是否是清样。这并不是冒险的举动，因为他完全可以装着进来要问个问题。

“当他看到那确实就是清样时，他抵挡不住诱惑了。他把鞋子放到了桌子上。你把什么放在靠近窗户的那把椅子上了？”

“手套。”年轻人说道。

福尔摩斯得意地看着班尼斯特。

“他把手套放在椅子上，然后拿起清样一张张地抄写。他以为导师肯定会从大门回来，这样他可以看得见。而我们知道，导师是从侧门回来的。他突然听到导师已经到了门口，他已经无路可逃了，便抓起跑鞋，冲进了卧室，但是忘记了自己的手套。你们看到桌上的划痕一头很浅，但朝卧室那头渐渐加深。这一点就足以说明偷看试卷的人是朝卧室那个方向抓起跑鞋的，并且就躲在卧室里。鞋钉上的泥土掉在了桌子上，另一块掉在了卧室里。我还要补充一句，我今天早上去了操场，看到跳坑内用的是黑色黏土，上面洒着黄色锯末，目的是防止运动员滑倒，我便带了一小块回来。我说的是事实吗，吉尔克利斯特先生？”

这个学生已经站了起来。

“是的，先生，是这样的。”他说。

“我的天！你还有什么要补充的吗？”索姆斯痛苦地说道。

“有的，先生。这件不光彩的事被揭露出来之后，已经让我茫然不知所措了。索姆斯先生，这是我一夜未眠，今天早晨给你写的信，也就是说这是在我知道我的罪行被查出来之前写的。先生，给你。你看我是这样写的：‘我已经决定不参加这次考试了。我已经收到罗得西亚警察总部的任命，即将起程去南非。’”

“听到你不打算用欺骗的手段来获得奖学金，我感到非常高兴，”索姆斯说，“但是你为什么又改变想法了呢？”

吉尔克利斯特指了指班尼斯特。他说：“是他让我走上了正路。”

“好了，班尼斯特，”福尔摩斯说道，“我已经讲得非常清楚了，只有你能够放走这个年轻人，因为当时只有你一个人留在屋里，并且出去的时候肯定把门锁上了。说他从窗口逃出去，那是不可能的。你能不能解释一下这最后一个疑点，告诉我们你为什么这么做？”

“要是你知道了，原因就非常简单了。不过，尽管你很聪明，你也不一定知道。先生，我以前曾做过这位年轻人的父亲——老贾贝兹·吉尔克利斯特勋爵的管家。他破产后，我来这学院当了仆人，但是我从来没有因为旧主人没落而忘记他。看在过去日子的分上，我尽心尽力地照料他的儿子。昨天事情发生后我来到这个房间，首先看到的就是吉尔克利斯特先生放在椅子上的那双黄色手套。我很熟悉这双手套，知道它们在那儿意味着什么。如果索姆斯先生看到它们，秘密就要暴露了。我赶紧坐到那把椅子上，一动不动地一直坐到索姆斯先生去找你们。然后我可怜的小主人才出来。他是我抱大的，向我承认了一切。我救他不是顺理成章的事吗？我像他已经去世的父亲一样说服他，让他知道自己不应该投机取巧，这不也是很自然的吗？先生，你能因此而责备我吗？”

“当然不能。”福尔摩斯从椅子上跳了起来，高兴地说道，“好了，索姆斯先生，我们已经把你的这个小问题弄清楚了，早饭还在等着我们呢。走吧，华生！至于你，先生，我相信在罗得西亚你将会有光明的前途。尽管这次你跌倒了，我们仍然相信你会有不可限量的前程。”

金边夹鼻眼镜

记载着我们1894年工作经历的手稿一共有厚厚的三大本。看着它们，我承认要从这么丰富的材料中，选出那些最有趣味、同时又最能说明我朋友的特殊才能的那些知名案件，对我来说确实不是一件容易的事情。我把这些手稿翻阅了一遍，看到了令人厌恶的红水蛭事件和银行家克劳思比的惨死，看到了阿德尔顿惨案和英国古墓里的奇异陪葬品。发生在这期间的案子还有著名的史密斯－莫蒂麦继承权案件，以及追踪和逮捕了香榭丽舍大街的刺客胡列。后面这个案子的侦破使福尔摩斯赢得了法国总统的亲笔感谢信和法国勋章。虽然上述每个案子都值得一写，不过总的说来，我认为它们都比不上约克斯雷旧宅案。这个案子扑朔迷离，有很多扣人心弦的情节，不仅包括了青年威洛比·史密斯的惨死，而且还有案情出人意料的发展和离奇的作案动机。

事情发生在11月底一个风雨大作的夜晚。福尔摩斯和我默默地坐了一个晚上，他用一个高倍放大镜辨认一张古旧手稿上的残留字迹，而我正在聚精会神地阅读一篇最新发表的外科论文。屋外，狂风从贝克街呼啸而过，雨点猛烈地敲打着窗户。说来也怪，住在城市中心，方圆十英里内全都是人工建筑，却仍能感到大自然对人类坚不可摧的控制，仍能感到在大自然巨大的力量面前，整个伦敦显得像田野里无数的小土丘一样。我走到窗子边，望着窗外空无一人的街道。零零星星的街灯照在泥泞的道路和发光的人行道上。一辆单人马车溅着泥水从牛津街的尽头驶了过来。

“华生，幸好我们今晚不用出去。”福尔摩斯边说边放下放大镜，卷起手稿，“我已经做了不少事情了。这些活可真伤眼睛。依我看来，这不过是 15 世纪后半期的一所修道院的记事簿。喂！喂！喂！这是什么声音？”

狂风呼啸中，传来了一阵“嗒嗒”的马蹄声，还有车轮与马路摩擦发出的“吱嘎”声。我刚才看到的那辆马车停在了我们的门前。一个人走下了马车。

“他想要做什么？”我大声说。

“想做什么？他是来找我们。华生，我们得准备大衣、围巾、套鞋等装备来对付恶劣的天气。稍等一下！马车又要走了！这下我们得救了。要是他想请我们出去，肯定会把马车停在外面等着的。亲爱的华生，赶快下楼开门去，其他人都已经休息了。”

当我们这位深夜访客走到大厅的灯光下时，我马上就认出了他。此人正是年轻的斯坦莱·霍普金斯，一位很有前途的侦探，福尔摩斯曾经多次特别关照他。

“他在吗？”霍普金斯急切地问。

“上来吧，我亲爱的朋友，”楼上传来了福尔摩斯的声音，“我希望在这样的夜晚你不会给我们安排什么事情。”

侦探走上楼梯，他的雨衣在灯火的照耀下闪闪发亮。我帮他脱下雨衣，福尔摩斯把壁炉的火拨得更旺。

“我亲爱的霍普金斯，靠近火一些，暖暖你的脚。”福尔摩斯说。

“来根雪茄，我们的大夫还要给你开个处方。这样的夜晚，一杯热开水加柠檬是绝佳的良药。这样的天气来造访我们，肯定有要紧的事情吧。”

“确实如此，福尔摩斯先生。今天下午我忙得不可开交。你看了晚报上报道的约克斯雷那件案子没？”

“十五世纪以后的事情我今天都没有看。”

“报纸只登了一小段，而且与事实不相符，所以没看也没关系。我倒是抓紧时间到现场去了一趟。约克斯雷在肯特郡，离凯瑟姆七英里，离铁路三英里。我下午三点一刻接到电话报案，五点钟到了约克斯雷旧居，进行了现场勘查，然后坐最后一班火车到了查林十字街，又雇辆马车直接到你这里来了。”

“那就是说你还没有搞清楚这个案子，是吗？”

“是的，我搞不懂事情的起因。依我看这是我所办过的最复杂的案子，但是刚开始时却显得很简单，好像根本不会出错。福尔摩斯先生，让我苦恼的是我找不到作案的动机。死了一个人，这点不用怀疑，可我却看不出任何人有任何伤害他的理由。”

福尔摩斯点燃一支雪茄，靠在椅背上。

“把情况详细讲讲。”他说。

“案情的经过我已经弄清楚了，”斯坦莱·霍普金斯说，“我想知道的是它们说明了什么。据我的调查，事情是这样的：几年前，一位叫考兰姆的教授买了这栋约克斯雷旧居。教授因为有病，行动不便，一半时间躺在床上，另一半时间拄着拐杖，在房子四周一瘸一拐地走走，或者坐在轮椅上让园丁推着在园子里转转。周边的邻居都很喜欢与他来往，他在那儿是有名的学识渊博之人。他家里有一位上了年纪的女管家马可太太，还有一位女仆人苏珊·塔尔顿。教授搬到这里以后，她们就一直在服侍他，而且她们看上去脾气都很不错。教授在写一本专著，约一年前，他觉得需要雇用一个秘书。最先用的两位秘书都不太合适。第三位威洛比·史密斯先生是个刚从大学毕业的年轻人，教授对他很满意。他的工作是上午记录教授的口述，晚上查阅与第二天工作相关的资料。威洛比·史密斯无论是在家乡还是在剑桥，口碑都很好。我看过他的证明材料，他一直是位品行端正、性情温和且工作很勤奋的年轻人，没有什么不良记录。就是这样一位年轻人，今天上午在教授的书房里惨遭谋害。”

狂风在咆哮，刮得窗户吱吱作响。福尔摩斯和我往壁炉旁凑了凑，年轻的侦探在不慌不忙地向我们讲述着这桩离奇的案件。

他说：“我想就是找遍整个英格兰，也找不出一家像教授这样与外界隔绝的。一连数周，他家可以没有一人迈出花园的大门。教授醉心于自己的研究，对其他一切事情不闻不问。年轻的史密斯不认识一个邻居，过着和他主人一样的生活。推轮椅的园丁莫提迈尔有退伍抚恤金，他曾经参加过克里米亚战争，也是个好人。他住在花园的另一头，那儿有三间农舍。这些就是住在约克斯雷旧居的所有人。而且，花园的大门离伦敦到凯瑟姆的大路只有一百码。门上有门闩，但谁都可以进来。

“现在我要说的是女佣苏珊·塔尔顿的证词，只有她还能确切地说些当时的情况。事情发生在上午 11 点至 12 点之间，她当时在楼上前面的卧室里挂窗帘。考兰姆教授还没有起床，在天气不好的时候，他很少在中午前起床。女管家正在房子后面忙着干活。威洛比·史密斯一直待在他兼作起居室的卧室里。这时她听到威洛比穿过走廊，下楼走进正好位于她脚下的书房。女佣没有亲眼看到他，但是她说她决不会弄错他那种有力的、迅速的脚步声。她没有听到书房关门的声音，但一两分钟后，楼下传来了一声惨叫。声音疯狂嘶哑，听上去很怪且很不自然，分辨不出是男人还是女人发出的声音。同时，又传来重重的“砰”的一声，震得整栋房子都晃动了，然后是一片寂静。

女佣吓坏了，愣了一会儿才鼓起勇气跑下楼去。书房的门关着，她推开门，看见年轻的威洛比·史密斯先生仰面躺在地板上。起初她没有看见伤口，当她想把他扶起来时，却看见鲜血正从他脖子下面喷涌出来。他的脖子被刺了一个不大但很深的伤口，切断了颈动脉。凶器就在他旁边的地毯上，那是一把书桌上封文件用的老式小刀。刀把是象牙的，刀身很硬。这把刀是教授书桌上的文具。

“开始女佣认为史密斯已经死了，但她从冷水瓶里弄些凉水浇在他的额头上时，他竟睁开了眼睛，喃喃地说：‘教授，是她。’女佣发誓说这是他的原话。他右手举了起来，努力想再说些什么，但随即便倒下死了。

“这时女管家也赶到了现场，但是晚了一步，没有听到年轻人的遗言。她让苏珊守着尸体，自己跑到教授的房间。教授已经从床上坐了起来，十分紧张，因为他听到了叫喊声，知道家里发生了可怕的事情。马可太太肯定地说，教授当时还穿着睡衣，莫提迈尔通常是十二点钟来帮助教授换衣服。教授说他还听到了远处的叫声，但其他的事情就一无所知了。他无法解释年轻人的遗言：‘教授，是她。’不过他认为这是神志不清的胡话。他相信威洛比·史密斯没有任何仇人，也无法解释这起案子的动机。教授的第一反应就是派园丁莫提迈尔去报警。没过多久，当地警长就请我过去了。我到达现场前，一切都没有动过，而且警长还严格规定不让任何人从小道走进那栋房子。福尔摩斯先生，这件案子是运用你的理论的好机会。条件都已经齐备了。”

“条件齐备了吗？好像还差了夏洛克·福尔摩斯先生。”我的朋友苦笑说，“让我们先听听你的意见，你认为这件案子是怎么回事呢？”

“先请你看看这张草图，福尔摩斯先生，从图上可以粗略地看出教授书房的位置以及其他与案情有关的各处的位置。这样你就可以了解我侦查的过程。”

他打开那张草图，放在福尔摩斯的膝盖上。我站起来，来到福尔摩斯的身后，越过他的肩膀看着这张草图。

“这张图很粗略，只是画了那些我认为重要的几点，其他的地方你可以到现场考察。首先，假设凶手进了屋，那么他或她是怎么进来的呢？毫无疑问是经过花园后面的小道从后门进来的，因为这里直通书房。走别处都要复杂得多。而且凶手一定是顺着原路逃跑的，因为另外两个出口，一个被跑下楼梯的苏珊挡住了，另一个直接通往教授的卧室。于是我立刻开始检查花园的小道，最近刚下过雨，小道很潮湿，一定会有脚印留下来。

“我在侦查中发现，凶手很谨慎老练，小道上没有留下任何脚印。但是小道旁边的草地肯定有人走过，他这样做，就是怕留下脚印。我没有找到任何证据，但那里的草确实被人踩倒了，肯定有人走过。这个人一定是凶手，因为雨是昨天夜里下的，园丁和其他人今天早上还没有去过那里。”

“等一下，”福尔摩斯说，“这条小道通向哪里？”

“通向大路。”

“离大路有多远？”

“一百码左右。”

“在花园大门口附近，一定可以找到痕迹吧？”

“遗憾的是大门旁的小道上铺了砖。”

“那大路上呢？”

“大路早就踩成烂泥了。”

“真遗憾！那么草地上的脚印是进来的还是出去的呢？”

“那不可能看出来。因为脚印一个也不清楚。”

“那脚印是大还是小呢？”

“看不出来。”

福尔摩斯不耐烦地哼了一声。

福尔摩斯说：“从那时起一直在下大雨，风也刮得很大。现在去辨认脚印，比看中世纪手稿还要困难。唉，这也是没有办法的事。霍普金斯，当你发现自己一无所获时，你干了什么呢？”

“福尔摩斯先生，我还是搞清楚了一些情况的。我知道有人很谨慎地走进了房子，后来我检查了走廊，走廊上铺着椰子毛编的垫子，垫子上没有什么痕迹。然后我走到了书房。书房里没有什么家具，主要有一个写字台，下面有个固定的柜子。柜子有两排抽屉，中间是个小柜。小柜锁着，抽屉却全部开着。看样子抽屉从来都不上锁，里面也没有什么贵重的东西。小柜子里面有些重要文件，但好像没有被翻动过。教授也说没有丢失东西。看来凶手确实没有偷走什么东西。”

“我走到年轻人的尸体旁。尸体靠近柜子的左边，图上已经标明。伤口在脖子的右边，从后往前刺进去的，因此不可能是自杀。”

福尔摩斯说：“除非他摔倒在刀子上。”

“正是，我也这么想过，但我们发现刀子离尸体有几英尺远，所以不可能是自杀。再说，还有他临终前的那些话也可以证明。另外，在死者紧握着的右手中，还发现了一件非常重要的证据。”

斯坦莱·霍普金斯从口袋里掏出一个小纸包。他打开纸包，里面是一副金边夹鼻眼镜，眼镜一端垂着一条断成两截的黑丝带。

他说：“威洛比·史密斯视力很好，所以这副眼镜肯定是从凶手脸上或者身上夺来的。”

夏洛克·福尔摩斯伸手接过眼镜，饶有兴趣而又认真地检查起来。他把眼镜架在自己的鼻梁上，尝试着看看东西，又走到窗口前，朝外面望去，接着把眼镜拿到灯光下，仔细地研究着。最后，他笑了笑，在桌子旁坐下，在一张纸上写了几行字，然后扔给对面的斯坦莱·霍普金斯。

他说："我只能为你做这么多了，这也许会有用处。"

惊奇的侦探拿着纸条读道："抓捕一位举止优雅、衣着体面的妇女。她鼻子很大，两眼紧挨着鼻子。额头上有皱纹，总带着凝视的表情，很可能有些削肩膀。有迹象表明，在前几个月里她至少两次去过同一家眼镜店。她的眼镜度数很深，而且城里的眼镜店并不多，要找到她应该不难。"

霍普金斯露出惊讶的神情，我的面部表情肯定也是一样的。福尔摩斯微笑着说："我的推理非常简单。没有什么东西能像眼镜那样说明问题，何况是一副很特别的眼镜。这副眼镜很精致，所以我断定它的主人是位女士，当然，还有那年轻人的遗言。至于说她是一个优雅的、衣着体面的人，那是因为我认为一个戴金边眼镜的人在服饰方面是不会邋遢的。你看眼镜上的这两个鼻夹很宽，说明这位女士的鼻梁很宽。这种鼻子往往比较短，也比较粗，但也有很多例外，所以这一点我也没有那么武断。我的脸很窄，但我的眼睛仍然对不上镜片的中心，所以这位女士的眼睛长得很靠近鼻子。华生，你看镜片是凹陷的，度数很高。一个女人若平时总是眯着眼睛看东西，那一定会在生理上产生影响，使她的前额、眼睑和肩膀具有某些特点。"

我说："是的，我能明白你的推理过程。但是我承认，我不明白你是怎么断定她两次去过同一家眼镜店的。"

福尔摩斯把眼镜拿在手中。

他说："你们看，眼镜的鼻夹上衬着软木，以减轻眼镜对鼻子的压力。其中一块软木已经褪了色，而且已经有些磨损，但另一块是新的。显然一块是掉过以后新换的。这块旧软木，我认为换上也不过几个月。两块软木完全相同，所以我推断，这位女士去了同一家眼镜店两次。"

"天啊，太绝了！"霍普金斯大声喝彩道，"想想看，线索都在我手里，我却一点也不知道。不过我倒是想过到伦敦的那些眼镜店去看看。"

"你当然应该去。关于这个案子，你还有什么要告诉我们的吗？"

"没有了。我想你现在知道的同我一样多，也许比我还要多。我们已经派人去调查，是否有人在那条大路上或火车站看到过陌生人。大家都说没有。最让我头疼的是弄不明白凶手犯罪的动机，谁也说不清到底是为了什么。"

"哎呀！这我就帮不了你了。你是不是希望我们明天去看看呢？"

"福尔摩斯先生，我当然希望你们能去啦。早晨六点钟有火车从查林十字街开往凯瑟姆，八九点钟就可以到达约克斯雷旧居了。"

"那我们就坐这趟车吧。这个案子有些方面让我很感兴趣，我很乐意去调查一下。啊，都快一点钟了，我们最好还是睡上几个小时。你就在壁炉前的沙发上休息吧。明早出发前，我会用酒精灯为你煮杯咖啡。”

第二天早晨，风已经停了。我们出发时，天气依然很冷。严冬的太阳无精打采地照在泰晤士河及其两岸的沼泽地上，经过一段漫长而疲惫的旅程后，我们在离凯瑟姆几英里远的一个小站下了车。在等候马车时，我们在当地一个小餐馆匆匆吃了早饭，这样一到约克斯雷旧居便可以开始工作了。一位警察在花园大门口等候我们。

“威尔逊，有什么消息吗？”

“没有，长官。”

有没有人报告看见陌生人？”

“没有，长官。昨天火车站那儿既没有陌生人来，也没有陌生人走。”

“问过旅店和其他可以住宿的地方吗？”

“问过了，没有发现与本案相关的可疑的人。”

“这儿距离凯瑟姆并不远，若有人待在凯瑟姆或是去上火车是不会不被注意的。这就是我说过的那条花园里的小道，福尔摩斯先生，我保证昨天小道上没有脚印。”

“草地上的脚印是在小道的哪一边？”

“这边，先生。在小道和花坛之间的窄草地上。现在什么也看不见了，昨天还看得很清楚。”

“是的，是的，的确有人从这儿走过。”福尔摩斯边说边弯腰看着草地，“这位女士走路一定很小心，否则的话，她肯定会在小道上留下痕迹。如果她走小道的另一边，便会在湿软的泥土上留下更清晰的痕迹。”

“是的，先生。她肯定是个头脑非常镇静的人。”

我发现福尔摩斯脸上掠过极为关注的神情。

“你说她一定是从这条路逃离案发现场的？”

“是的，先生。没有别的路可走。”

“从这片草地上逃走？”

“肯定是这样，福尔摩斯先生。”

“哼！这桩谋杀案做得很漂亮——很漂亮。我们已经侦查完了这条小道，现在往前走吧。我想花园的门平时总是开着的吧？那么这位客人只要直接进来就可以了。当时她并没有计划杀人，不然她会准备武器，而不会从写字台上拿起那把刀子。她走过这条走廊，在椰子毛的垫子上没有留下痕迹。然后她来到了书房，她在里面待了多久呢？我们无法判断。”

“先生，不过几分钟。我忘了告诉你，管家马可太太出事前不久刚刚整理过书房。她说大概是出事前一刻钟。”

“这就给了我们一个大致时间。这位女士走进书房，做了些什么呢？她走到了写字台旁。为什么？不是为了抽屉里的东西。要是有值得她拿的东西，那抽屉早就锁上了。她肯定是为了小木柜里的东西。哎呀！小木柜上面这道划痕是怎么回事？点根火柴，华生。你为什么没有把这一点告诉我？霍普金斯？”

他看到的那道划痕是从钥匙孔右边的铜片上开始的，大约有四英寸长，小柜表面的漆也被划掉了。

“福尔摩斯先生，我注意到了，不过钥匙孔周围总是有划痕的。”

“可这划痕是新的，很新。你看，铜片上被划过的地方有多亮。旧划痕的颜色应该和铜片表面的颜色是一样的。你用我的放大镜看一看。还有这油漆，这条划痕两边的油漆像犁沟两边翻起的泥土一样。马可太太在吗？”

一位年岁较大面带愁容的妇女走进书房。

“你昨天早上打扫过这个柜子吗？”

“打扫过，先生。”

“你看到这道划痕了吗？”

“没有，先生，我没看到。”

“我相信你没有看见，不然抹布会把翻起的油漆屑擦掉的。谁有这个小柜子的钥匙？”

“钥匙挂在教授的表链上。”

“是一把普通的钥匙吗？”

“不是，先生，那是一把保险锁。”

“很好，马可太太，你可以走了。现在我们已经有了一点进展。

“这位女士走进书房，来到柜子前，打开或者正要打开小柜子。就在这时，威洛比·史密斯走进了房间。她急忙抽出钥匙，匆忙之中在柜门上划了一下。威洛比抓住了她，她抄起一件近在手边的东西，朝威洛比刺去，想让他放开她，却碰巧抓了把刀子。那是致命的一击。威洛比倒在了地上，她逃跑了。也许带上了她来找的东西，也许没有。女佣苏珊在这里吗？苏珊，你听到那声喊叫声后，有没有人能从那扇门逃掉？”

“不能，先生，那不可能。要是走廊里有人，我不用下楼就能看到。再说，也没有人开过那扇门，不然我能听到声音。”

“那么走这条路是不可能了，毫无疑问，这位女士是顺着原路逃走的。我知道走廊的另一头通往教授的房间，那边没有出口吗？”

“没有。”

“我们应该去看一下，顺便认识一下教授。喂！霍普金斯！这点很重要，真的非常重要。教授这边的走廊也铺着椰子毛垫子。”

“是的，先生，这又怎样呢？”

“你难道没有看出这与本案有关系吗？好吧，我并不一定非要坚持有关系，也许是我错了，但我觉得这很有启发。我们一起去，你把我介绍一下。”

我们穿过走廊。它和通往花园的那条走廊一样长。过道的尽头有一小段楼梯。霍普金斯敲了敲门，然后将我们领进了教授的卧室。房间很大，屋里堆满了书籍，书架上已经装不下，便堆到角落里，或者堆在书柜的旁边。床放在屋子中央，房子的主人正靠着枕头，躺在床上。

我还很少见过长相如此奇特的人。他转过脸，我们看到的是一张消瘦、长着鹰钩鼻子的脸，成簇的眉毛下藏着一双深色的眼睛，隐藏在凹进去的眼眶里。他的头发和胡须全白了，只有嘴巴周围的胡须奇怪而有些发黄。蓬乱的胡须中有支雪茄在闪动，刺鼻的陈旧烟草味弥漫着整个屋子。他向福尔摩斯伸出手去时，我注意到他的手也被尼古丁熏黄了。

"抽烟吗，福尔摩斯先生？"他说话比较注意用词，语调听起来也有点装腔作势，"这位先生，你也来一支吗？我向你们大力推荐这种烟，这是亚历山大港[①]的埃俄尼第斯为我特制的。他每次给我寄一千支，可每两周我就不得不让他再寄一次。这不大好，先生们，很不好，可一个老人又有多少娱乐呢？留给我的只有雪茄和工作了。"

福尔摩斯点燃一支雪茄，四处打量着整个屋子。

"雪茄和工作，可现在只剩下雪茄了，"老人感慨地说，"唉！发生这样的事情实在是太不幸了！谁能预料会发生这样的灾祸呢？多么难得的一位好青年啊！我敢保证，再经过几个月的训练，他就可以成为一个非常优秀的助手。福尔摩斯先生，你对这件事怎么看呢？"

"我还没有想好。"

"如果你能帮助我们厘清这件毫无头绪的案子，我会感激

① 埃及的一个海港。——译者注

不尽的。对于我这样一个书呆子和行动不便的人，这样的打击简直要我的命。我都快丧失思考的能力了。可你是干这一行的，这是你日常生活的一部分，无论在何种紧急情况下，你都能处之泰然。有你来帮助我们，实在是万分荣幸。”

教授说这番话的时候，福尔摩斯在房间里踱来踱去。我注意到他抽烟的速度很快。显然，他和我们的主人一样，很喜欢新寄来的亚历山大雪茄。

“是的，先生，这确实是致命性的打击。”老人说，“那边小桌子上的一沓稿件是我的著作，是我对在叙利亚和埃及的科普特修道院中发现的文献所作的分析，它将对现有宗教的基础产生深远的影响。而我的身体每况愈下，现在又失去了助手，真不知道还能否继续完成这部著作。天啊！福尔摩斯先生，你抽烟居然比我还快。”

福尔摩斯笑了笑。

“我是个鉴赏家。”他说着，又从烟盒里抽出一支雪茄，用剩下的烟头点燃，这已经是第四根了，“考兰姆教授，我不想占用你太多时间，给你添麻烦。我知道案发的时候，你正在床上，所以不可能知道什么。我只想问一个问题。那可怜的威洛比最后说的‘教授，是她’，你认为‘她’是什么意思？”

教授摇摇头。

“苏珊只是个农村姑娘，”他说，“你也知道这种人愚蠢得令人难以置信。我认为那个可怜的年轻人在昏迷中语无伦次地说了一些不连贯的词语，而苏珊却把它们曲解成了一句毫无意义的话。”

“我明白了。你自己对这起惨案有什么看法？”

“可能是起意外事故，也可能是自杀——我只是在这儿说说。年轻人总有他们不为人知的烦恼，也许是爱情之类的事，这是我们永远无法知道的。或许这比谋杀的可能性更大一些。”

“那副眼镜怎么解释呢？”

“啊！我只是个读书人，喜欢空想，我解释不了生活中的具体问题。但是，我的朋友，我们知道爱情的晴雨表有时会表现得很奇怪。请再抽支雪茄，有人喜欢这种雪茄，我真是很高兴。当一个人在生命结束时，谁知道他会把什么东西当作心爱之物抓在手里呢？或许是把扇子，或许是只手套或者一副眼镜。这位先生提到的草地上的脚印，可这是很容易搞错的。至于刀子，有可能是那个不幸的人摔倒时扔出去的。也许我的话听起来很幼稚，不过我认为威洛比·史密斯是自杀的。”

这种解释使福尔摩斯感到惊奇。他陷入沉思中，一面继续在屋内走来走去，一面一支接着一支地抽着雪茄。

过了一会儿，他终于开口说：“考兰姆教授，请告诉我，写字台的小柜子里装的是什么？”

“没有什么小偷感兴趣的东西。家里人的证件，我可怜的妻子的来信，还有一些大学颁发给我的证书。这是钥匙，你可以自己去检查一下。”

福尔摩斯接过钥匙，看了一会儿，然后又还给教授。

“不用了，我想这帮不了我什么忙。”他说，“我想到你花园里走走，把这件事仔细思考一下。你提出的自杀假设确实很有道理。考兰姆教授，很抱歉，我们这样打扰你。我保证，午饭以前我们不会再打扰你了。下午我们两点再来，向你报告这期间可能发生的情况。”

说来也怪，福尔摩斯好像有些心不在焉。我们默默地在花园的小道上来回走了很久。

我后来问：“有线索了吗？”

“这取决于我刚才抽的那些雪茄。”他说，“有可能是我搞错了，那些雪茄会告诉我的。”

我惊叫了起来：“亲爱的福尔摩斯，你到底——”

“好了，好了，你会明白的。如果不是这样也没有什么害处。当然，我们还有眼镜店这条线索，不过在可能的情况下，我还是愿意走捷径。啊，马可太太来了。我们和她聊五分钟，看看有什么收获。”

我以前也许提到过，只要福尔摩斯愿意，他是很会讨好女人的，而且很快就能赢得她们的信任。不到五分钟，他已经得到了马可太太的信任，他们像相识多年的老朋友一样聊了起来。

“是的，福尔摩斯先生，你说的话一点儿没错，他烟抽得很凶，从早到晚，有时候还整夜地抽。有一天早晨，我进他的房间——天啊，你会以为那是伦敦的大雾呢。不幸的史密斯先生也抽烟，但没有教授那么厉害。对于教授的身体，我也说不好抽烟是有好处还是有害处。”

“啊！抽烟会使他的胃口不好。”福尔摩斯说。

“这我可不太懂，先生。”

“我想，教授一定吃得很少吧？”

“不一定，他的食量时大时小。”

“我敢打赌，他今天上午一定没有吃早饭。我看见他抽了那么多支雪茄，大概连午饭也不想吃了。”

“先生，这你就弄错了。事实上，他今天早晨吃得特别多。我从来没有见他吃过这么多，而且午饭他还要了一大盘肉排。我真是很奇怪，因为自从我昨天走进那间房间，看到史密斯先生倒在地板上后，对吃的东西，我连看都不想看一眼。不过这世上什么样的人都有，教授并没有让这件事情倒了他的胃口。”

我们在花园里打发了整个上午。据说前天早晨，几个孩子在凯瑟姆大路上看见过一个陌生女人，斯坦莱·霍普金斯到村里去调查此事了。至于我的朋友，他好像失去了往昔的风采。我还从来没有见他这样心不在焉地处理案子，甚至连霍普金斯带回来的消息，也没有能引起他多少兴趣。霍普金斯说，他找到了那几个孩子，而且那些孩子确实看见过一个相貌完全像福尔摩斯描述的那样的女人，戴着一副普通眼镜或是夹鼻眼镜。吃饭的时候，苏珊一边服侍我们，一边也主动提到一些情况，出事那天早上史密斯先生曾出去散过步，回来半小时后就发生了惨案。她的话引起了福尔摩斯的极大兴趣。我不知道这与案子有什么联系，但我能清楚地感觉到，福尔摩斯把这件事纳入了他对整个案子的思考之中。突然，福尔摩斯从椅子上站了起来，看了一下手表，说："先生们，两点钟了。我们该上楼去与教授把事情谈清楚了。"

这位老人刚刚吃过午饭，空空的盘子证明了他的食欲很好，女管家说得没错。当他转过头来，闪烁的目光投向我们时，我感到他确实是个神秘的人物。他已经穿好了衣服，嘴里叼着一支雪茄，正坐在壁炉旁的一把扶手椅上。

"福尔摩斯先生，你把这个疑案弄清楚了吗？"他把身边桌子上的雪茄盒子朝我朋友这边推了过来。福尔摩斯这时也伸出了手，两人把烟盒打翻了，掉到了地上。接下来的一两分钟里，我们只好跪在地上，把散落四处的雪茄捡起来。当我们站起身来时，我注意到福尔摩斯的眼睛里闪烁着光芒，脸颊也泛起了红晕。我只有在一次危急的时刻，才见到过他这种临战的神情。

"是的，我已经弄清楚了。"他说。

斯坦莱·霍普金斯和我吃惊地瞪大了眼睛。老教授憔悴的面孔不停地颤抖着，掠过一丝讥讽的微笑。

"真的？在花园里？"

"不，在这里。"

"这里！什么时候？"

"就是现在。"

“你一定是在开玩笑，福尔摩斯先生。我不得不提醒你，这是件非常严肃的事，不能这么随便。”

“我推理的每个环节都是经过再三论证的，考兰姆教授，所以我能肯定它们是正确的。你的动机是什么，以及你在这桩疑案中扮演什么角色，我还不能确定。也许再过几分钟，你就会亲口告诉我。同时，为了方便你，我还是把已经发生的事情从头讲述一遍，好让你知道我还有哪些地方需要补充。

“昨天有一位女士进了你的书房。她来的目的是要拿走你写字台里的一些文件。她自己有钥匙——我检查过你的钥匙，上面没有哪条划痕能够造成的轻微褪色。根据我所掌握的证据来看，你并不知道她来抢文件，因此，你不是同谋。”

“这真是太有趣了，而且很有启发性。”教授吐出一口烟说，“你还有什么要说的吗？既然你对这位女士已经了解这么多，那你一定知道她后来的情况了。”

“不错，先生，我会说的。起初，你的秘书抓住了她，为了逃跑，她就刺了他一刀。我倾向于认为这是一个不幸的意外，因为这位女士本不想杀死那位秘书。如果是蓄谋杀人，她必定会自带武器。这场意外使她非常震惊，她不顾一切地逃离现场。不料在与秘书争斗中，她丢了眼镜。她是高度近视，没有眼镜寸步难行。她沿着一条走廊跑去，以为是她进来时的路，因为两条走廊上都铺着椰子毛织的垫子。等她发现自己跑错了方向时，已经太晚了，后面的退路已经被堵上了。她该怎么办呢？

她不能退回去，也不能站在那儿不动，只好继续往前走。她上了楼梯，推开一扇门，来到了你的房间。”

老教授坐在那儿，张着嘴，目不转睛地盯着福尔摩斯。他那表情丰富的脸上露出惊恐的神色。他强作镇定地耸耸肩，发出一阵假笑。

“你说得一切很精彩，福尔摩斯先生，”他说，“可是里面有个小小的漏洞。我本人一直就在房间里，一整天都没有离开过。”

“考兰姆教授，我知道这一点。”

“你是说我躺在那张床上，居然没有注意到有女人来到我的房间？”

“我并没有这么说。你肯定知道她走了进来。你和她说了话，并且你认出了她，还帮助她逃跑。”

教授再次发出一阵尖笑声。他猛地站了起来，两眼飘出最后一丝希望。

“你真是疯了！”他嚷道，“你净胡说。我帮她逃跑？那她现在在哪儿？”

福尔摩斯指着房间角落里一个高高的书柜说：“她就在那里。”

我看见老人猛地挥了挥手，冷酷的脸上掠过一阵可怕的痉挛，然后一屁股跌坐在椅子上。就在这时，福尔摩斯所指过的那个书柜忽然开了，一个女人冲到了房间里。

“你说对了！”她大声叫道，话语中带着一种奇怪的异国腔调。

“你说对了！我是在这里。”

她身上沾满灰尘，衣服上挂着从墙上蹭来的蜘蛛网，脸上也带着一道道的灰尘。她长得说不上漂亮，与福尔摩斯描述的完全符合，只是她的下巴比较长，显得有些倔强。由于视力太差，同时又刚从暗处走到明处，她站在那儿，不停地眨着眼睛，努力地辨认着我们的位置和身份。尽管她并不漂亮，但她举止端庄、神态从容，展现出一种顽强和豪迈的气质，让人不禁肃然起敬。

斯坦莱·霍普金斯抓住她的手臂，要给她戴上手铐，但她神色庄严地把霍普金斯轻轻推开。老教授靠在椅子上，脸庞抽动着，目光阴郁地看着她。

“是的，先生，我是被捕了。”她说，“我站在柜子里可以听到你们说的，知道你们掌握了事情的真相。我全部承认，是我杀了那个年轻人。你说得对，那只是意外事件。我甚至都不知道手里抓的是刀子，因为在绝望当中，我随便从桌子上抓起一样东西朝他刺去，我只想让他放开我。我说的这些都是实话。”

福尔摩斯说：“夫人，我相信你说的是实话。我看你身体很不好。”

她脸色很难看，加上脸上带着一道道的灰尘，越发显得可怕。她坐到床边，继续说：“我剩下的时间不多了，但我想把事实真相全部告诉你们。我是这个人的妻子，他不是英国人，他是俄国人。我不想说出他的名字。”

老人第一次有了动静。

“上帝保佑你，安娜！”他大声说，“上帝保佑你！”

她非常蔑视地向老人的方向瞥了一眼。她说：“塞尔吉斯，你为什么如此留恋这痛苦的生活呢？你这一生伤害了许多人，甚至对于你自己也没有好处。但是在上帝召唤你之前，却不该由我来结束你的生命。自从我踏进这个该诅咒的家门，心里就备受煎熬。但我必须把一切都说出来，否则就太晚了。

“先生们，我已经说过，我是这个人的妻子。我们结婚时，他五十岁，而我还是一个二十岁的傻姑娘。那是在俄国的一座城市的一所大学里，我不想说出那地方的名字。”

“上帝保佑你，安娜！”老人又咕哝了一句。

“我们当时是改革家、革命者，或者说是无政府主义者。他和我，还有其他许多人。后来我们遇到了麻烦，一个警官被杀了，我们许多人被逮捕，警方在悬赏寻找证据。为了活命和得到一大笔赏金，我丈夫出卖了他自己的妻子和同志。是的，由于他的供词，我们都被逮捕了。有些人被送上了绞刑架，有些人被流放到了西伯利亚。我也被流放到西伯利亚，但不是终生流放。我丈夫带着这笔不义之财来到了英国，一直过着安宁的生活。但是他很清楚，如果我们的同志知道了他的下落，不出一个星期，正义就会得到伸张。”

老人哆哆嗦嗦地伸手拿起一支雪茄。“安娜，我听候你的处置，”他说，“你过去一直对我很好。”

“我还没有把他最大的罪恶告诉你们。”她说，“在我们的同志中，有位我最亲爱的一个朋友。他高尚无私、充满爱心，而这些正是我丈夫所缺乏的。他痛恨暴力。如果说暴力革命有罪的话，那我们都有罪，但他没有。他总是写信给我们，劝说我们不要采取暴力革命路线。这些信件本来可以救他出来。还有我的日记，因为我每天都在写日记，记录我对他的感情和我们俩的观点。我丈夫发现了这些信件和日记，就偷偷把它们藏了起来，同时还尽力证明这位年轻人应该判死刑。他没有得逞，但是阿列克谢还是被当作罪犯流放到了西伯利亚，在那里的一个盐矿做苦力。好好想想，你这恶棍！品格那么高尚的人现在过着奴隶一样的生活，而你，你的生命就在我手中，可我还是放过了你。”

“安娜，你一直是个高尚的女人。”老人边说边继续抽着雪茄。她站起身，紧接着痛苦地哼了一声又坐了下来。

她说：“请让我把话说完。我刑满释放后，就立即设法寻找我的日记和那些信件，因为如果把它们交给俄国政府，我的朋友就能获得释放。我知道我丈夫来到了英国。经过几个月的察访，我找到了他的住址。我知道他还保存着我的日记，因为我在西伯利亚时，曾收到过他的一封信，他在信中指责我，并且还引用了我日记中的几段话。但是我了解他睚眦必报的性格，他决不会自愿把日记交给我。我必须自己想法子拿到它。因此我请了一位私家侦探，让他到我丈夫家来做秘书——也就是你的第二个秘书塞尔吉斯。他发现那些文件藏在那个小柜子里，而且还弄到了钥匙的印模，但他不愿意再做别的事情。他给我画了房子的平面图，而且告诉我，秘书上午要到楼上教授房间里工作，这个时间书房一般没有人。于是我鼓起勇气，亲自来拿回这些文件。我成功了，可是付出了什么样的代价啊！

“我刚刚拿到文件，正要锁上柜子，突然被那位年轻人抓住了。那天早晨我曾经遇见过他。那是在来这里的路上，我向他打听考兰姆教授的住处，当时我并不知道他为教授干活。”

“这就对了！”福尔摩斯说，“秘书回来后，告诉教授他遇到了一位什么样的女人。威洛比在临死前想要说的是：就是他和教授说起过的那个女人杀了他。”

“请让我把话说完。”那位女士用命令的口吻说，她的脸庞抽搐着，好像非常痛苦，“我见他倒下，就赶紧逃离书房，由于慌不择路，结果来到了我丈夫的房间。他说要告发我，而我告诉他，他的命运就掌握在我的手中。如果他把我交给警察，我就会向我们的组织告发他。我这样做倒不是为了自己苟活，只是想完成自己的使命，救出我的朋友。他知道我说到做到，也明白他的命运和我的命运连在了一起。正是由于这个缘故，他才把同意我藏起来。他把我塞进了那个黑暗的角落里。那是这栋老房子过去留下来的，只有他一人知道。他自己在房间用餐，这样就可以分给我一些。我们双方商量好，等警察一走，我就趁黑夜悄悄溜出去，永远不再回来。但你最终识破了我们的计划。我要说的就这些。”

她从胸前拿出一个小包裹，说：“这个小包裹可以救阿列克谢。我把它托付给你，我相信你的荣誉感和正义感。请收下，并把它转交给俄国大使馆。我已经完成了自己的使命，现在——”

“拦住她！”福尔摩斯大喊。他健步穿过房间，从她手里夺下一个小药瓶。

“太晚了！”她说着，慢慢倒在了床上，“太晚了！我出来之前，就已经服了毒药。我的头好晕！我要死了！先生，拜托你，不要忘记……那个小……包裹。”

在我们回伦敦的路上，福尔摩斯说：“这个案子很简单，但在某些方面值得深思。从一开始，案子就围绕着夹鼻眼镜展开。如果不是那位年轻人临终前碰巧抓住了那副眼镜，也许我们很难侦破此案。根据镜片的厚度，我确定眼镜的主人如果没有它，几乎寸步难行。霍普金斯先生，当你试图说服我相信她确实走过那片狭窄的草地，而没有一个脚印时，你还记得吗，我当时说过，这种做法很不寻常，值得注意。我当时已经确定这是不可能的，除非她还有一副备用眼镜。于是我开始认真考虑另外一种可能性，她还留在房子里。当我发现两条走廊非常相似时，我就想到她可能走错了路，走进了教授的房间。所以我特别留神寻找证据来证明这种假设。我仔细察看了教授的房间，看看是否有可以藏身之处。地毯是整块的，而且牢牢钉在地上，所以我排除了下面有暗门的可能性。书柜后面很可能有藏身的地方。你知道老书房里常有这种结构。我注意到地板上到处都堆满了书，只有一个书柜前是空着的，那里可能就是一扇门。我找不到任何证明性的迹象，但地毯的颜色很深，很容易进行检查。于是我故意抽了许多支那种上等雪茄，把烟灰洒在那个可疑的书柜前。这种方法很简单，却非常有效。然后，我就下了楼，而且弄清楚了考兰姆教授的饭量增加了——这很容易让人猜到他还让另外一个人吃饭。华生，你当时也在场，但你没有明白我谈话的意思。后来，我们再次回到教授的房间。我打翻了雪茄盒，并借此机会仔细检查了地毯。根据烟灰上留下的痕迹，我能清楚地看到她在我们出去的时候，从躲藏的地方出来过。好了，霍普金斯，我们到查林十字街了。祝贺你，圆满解决了这个案子。我知道你要回警察总部。华生，我们俩该一起去一趟俄国大使馆。”

失踪的中卫

在贝克街，我们常常收到各种奇怪的电报，这本是不值一提的。但我对其中一封印象非常深刻，那是在七八年前一个天色阴郁的二月的早晨，这封电报的到来曾经使福尔摩斯苦苦思索了一刻钟。电报是发给他的，内容如下：

请等我。万分不幸。右中卫失踪，明天需要。欧沃顿

“河滨区的邮戳，十点三十六分发出的，”福尔摩斯边说边反复读着电报，“欧沃顿发电报的时候一定很激动，所以电报才这样语无伦次。不过我敢断定，等我看完《泰晤士报》，他就会来到这里的，到那时，一切都会明白了。这几天反正事情不多，即使是最不起眼的案子，我也是欢迎的。”

那段时间我们确实过得很清闲。根据过去的经验，我已经

开始担心这种单调的生活。因为我知道，我朋友的大脑异常活跃，如果不给他一些事情思考，就会出毛病的。曾几何时，对药物的依赖差点葬送了他的侦探事业。几年来，我已经渐渐迫使他摆脱了药物的束缚。现在我知道，在一般情况下，他已经不再需要这种人为的刺激物，但是我也很清楚，他的这种病症并没有根除，只是潜伏下来了，而且我也明白它很容易就会复发。无事可做的时候，每当我看到福尔摩斯阴郁的脸上那种憔悴的神情、深陷的眼窝以及那若有所思的目光，我就知道他的病症又快要复发了。

所以，不管欧沃顿先生是什么人，我都很感谢他，因为他带来的不解之谜打破了这可怕的沉寂，而这种沉寂在我朋友波涛汹涌的一生中，要比任何风浪都更危险。

不出我们所料，收到电报后不久，发报人就登门拜访了。他的名片上写着：剑桥大学，三一学院，西利尔·欧沃顿。这是一位身材健硕的年轻人，足有十六英石[①]宽阔的肩膀，把屋子的门都堵满了。他相貌英俊，但由于焦虑而显得憔悴。他站在那里，来回打量着我们俩。

“是夏洛克·福尔摩斯先生吗？”

我朋友鞠躬致意。

“福尔摩斯先生，我已经去过苏格兰场了，并且见过斯坦莱

① 英国重量名，用来表示体重时，一英石等于十四磅，现已废除。——译者注

·霍普金斯警官了。他建议我来找你，他说他认为这个案子找你比找警方更合适。”

“请坐，告诉我发生了什么事情。”

“福尔摩斯先生，事情糟糕透了，太糟了！我的头发都快要急白了。你一定听说过高夫利·斯道顿，是不是？他是我们整个球队的核心。只要高夫利能归队，我宁愿舍弃两个中后卫。不管是传球、抢球还是运球，谁都比不上他；而且他是我们的领袖，能够把队员团结起来。我该怎么办呢？福尔摩斯先生，我来找你就是为了这个。当然，我们还有替补莫尔豪斯，但他是踢前卫的，却总喜欢挤进去抢球，而不是守在边线上。他定位球踢得不错，但是缺乏判断力，不善于拼抢。牛津队的两位夙将，莫顿或约翰逊，完全可以盯死他。史蒂文森倒是速度很快，但是他不会踢落地球。一个中后卫如果既不会凌空抽射，又不会踢落地球，那他根本不配上场。福尔摩斯先生，如果你不能帮我们找到高夫利·斯道顿，我们肯定会输的。”

我的朋友虽然有些吃惊，但仍颇有兴趣地听完了这一大段话。我们的客人极其认真、极其诚恳地说着，一边说一边还用有力的手臂拍打着自己的膝盖，以加强自己的语气。客人说完后，福尔摩斯伸手取出标有“S”字母的资料。但从这一卷内容丰富的资料中，他没有找到有用的东西。

他说：“这里有阿瑟·H·斯道顿，一个发了财的年轻伪造纸币者。有亨利·斯道顿，我帮助警察把此人送上绞刑架了。

可是高夫利·斯道顿这个名字我以前却没有听说过。”

这次轮到我们的客人惊讶了。

他说：“福尔摩斯先生，我还以为你什么都知道呢。既然你没有听说过高夫利·斯道顿，那么你一定也不知道西利尔·欧沃顿了？”

福尔摩斯微笑着摇摇头。

“我的天啊！”这位运动健将叫了起来，“在英格兰队对威尔士队比赛中，我是英格兰队的第一替补，而且今年我一直是剑桥大学队的队长。不过这都算不上什么！我真没有想到英国居然还有人不知道高夫利·斯道顿，他是最好的中后卫，剑桥队和布莱克西斯队都请他打中后卫，他还代表国家队参加过五次国际比赛。福尔摩斯先生，你一直住在英国吗？”

面对这位年轻客人的天真和震惊，福尔摩斯不禁大笑起来。

“欧沃顿先生，你生活在和我完全不同的世界里，一个更有趣、更健康的世界。我的工作涉及社会的许多领域，但我却从没有接触过体育界的人士，而我认为体育运动是英国最有意义、最有益于健康的事业。不过今天你的突然造访说明，即使是在充满新鲜空气和提倡公平竞争的世界里，我也有用武之地。所以，我亲爱的先生，现在请你坐下来，慢慢地告诉我到底发生了什么事情，以及我应该怎样才能帮助你。”

年轻的欧沃顿脸上露出了不耐烦的表情，这是习惯使用体力而不是脑子的人经常流露出的神情。但他还是把他那奇怪的故事一点一点地讲给了我们。其中许多重复和模糊之处我在这里都省略了。

“事情是这样的，福尔摩斯先生，我已经讲过，我是剑桥大学橄榄球队的队长，高夫利·斯道顿是我最好的队员。明天我们要和牛津大学队比赛。昨天我们都来了，住在本特莱旅馆。晚上十点钟我去看了看，确保所有的队员都休息了。因为我相信严格的训练和充足的睡眠可以使球队保持良好的竞技状态。高夫利回来时，我和他聊了几句。他脸色略显苍白，似乎有什么烦心事。我问他怎么了，他说没事，只是有点头疼。我跟他道了晚安，然后就走开了。半个小时后，旅馆的服务员告诉我，有个满脸胡须、衣着一般的人拿着一封信找过高夫利。高夫利还没有睡，信就送到了他的房间。高夫利看完信，一下子就瘫坐在椅子上，好像是被谁用斧子砍了似的。服务员很害怕，想去叫我，但被高夫利拦住了。他喝了点水，似乎振作了些。然后他走下楼，和在大厅里等候的那个男人说了几句话，两个人便一起走出去了。服务员看到他们的时候，他们正朝着河滨方向跑。今天早晨，高夫利的房间空着，床也没有人睡过，东西还像我昨天晚上看到的一样没有动。他就这么和那个陌生人一起离开了，从那以后，再也没有他的消息了。我想他不会再回来了。高夫利是个真正的运动员，他打心眼里喜欢运动，如果不是特别重要的原因，他决不会放弃比赛，让他的队长为难。我觉得他是永远不会回来了，我们不会再见到他了。”

夏洛克·福尔摩斯全神贯注地听着他讲述这个不寻常的故事。

“你后来做了些什么？”他问。

“我发了电报给剑桥大学，看看那里是否有他的消息。已经收到了回电，没有人看见过他。”

“他能赶回剑桥去吗？”

“可以，十一点一刻有趟夜车。”

“不过，按照你的判断，他没有坐这趟火车，是吗？”

“是的，没有人看见过他。”

“你后来又做了什么？”

“我给蒙特·詹姆士爵士发了电报。”

“为什么要给他打电报呢？”

“因为高夫利是个孤儿，蒙特·詹姆士爵士是他最近的亲戚——我想是他叔叔吧？”

“这一点对于解决问题或许有帮助。蒙特·詹姆士爵士可是英国最富有的人之一。”

“我听高夫利这样说过。”

“那他们的关系很近了？”

“是的，高夫利是他的继承人。老爵士快八十岁了，而且还有严重的风湿病。大家都说他快要死了。他是个十足的守财奴，从未给过高夫利一个先令，不过他的财产早晚都要归高夫利。”

“你收到蒙特·詹姆士爵士的回电了吗？”

“还没有。”

“如果高夫利去了蒙特·詹姆士爵士那里，他又是为了什么呢？”

“哦，昨天晚上有什么事情让他很着急。如果这件事情和钱有关，他很可能会去找这位有钱的亲戚。当然据我所听到的情况，高夫利弄到这笔钱的可能性不大。高夫利不喜欢这位老人，如果不是被逼无奈，高夫利不会去那儿。”

“这一点我们很快就能查清楚的。如果你的朋友真是去找他的亲戚蒙特·詹姆士爵士，那你就得解释那个衣着一般的人为什么深更半夜来找他，还有他的到来为什么使高夫利如此焦急不安。”

西利尔·欧沃顿双手抱头说：“我解释不了。”

“好吧，我今天没有什么安排，很乐意去调查一下这个案子。”福尔摩斯说，“我建议你在准备这场比赛时，要做好高夫利不能上场的打算。正如你所说，他这样不辞而别一定有迫不得已的事情，而这种事情很可能会耽误他几天。走吧，我们一起去你们住的旅馆，看看那个服务员能否提供一些新的线索。”

福尔摩斯有种特殊的魔力，能让地位低下的证人消除紧张心理。所以，很快他就在高夫利的房间里，从服务员那里得到了他所想知道的全部情况。那天晚上来找高夫利的人既不像绅士，也不像仆人，而是一个像服务员所说的“穿着一般的家伙”。

年纪大约五十岁，胡子稀疏，脸色苍白，衣着简朴。他似乎很激动，拿着信的手在不停地发抖。服务员看到高夫利·斯道顿把那封信塞到口袋里，斯道顿在大厅里没有和来人握手。他们只是简单地聊了几句，服务员只听到了“时间”这个词。然后他们就匆匆忙忙地出去了，当时大厅里的钟正好指着十点半。

福尔摩斯坐在斯道顿的床上说：“让我想想。你白天值班，是吗？”

“是的，先生，我十一点下班。”

“值夜班的服务员没有看见什么吗？”

“没有，先生。只有一群看戏的人回来晚些，再没有别人了。”

“你昨天一整天都在值班吗？”

“是的，先生。”

“有没有给斯道顿先生送过邮件？”

“有，先生，是一封电报。”

“啊！那很重要，那是什么时间？”

“大约下午六点。”

“收到这封电报的时候，斯道顿先生在什么地方？”

“就在这房间里。”

“他拆电报的时候，你在场吗？”

“是的，先生，我等着看他是否要回电。”

“那么他回电了吗？”

“是的，先生，他写了回电。”

“是你去发的吗？”

“不是，他自己去发的。”

“他是当着你的面写的，是吗？”

“是的，先生。我当时就站在门边，他转过身去在那张桌子上写的。他写完之后说：‘好了，服务员，我自己去发电报。’”

“他用什么笔写的？”

“钢笔，先生。”

“用的是这桌上的电报纸吗？”

“是的，就是当时最上面的那张。”

福尔摩斯站起身，拿起电报纸走到窗户前，仔细检查最上面的那张。他失望地耸了耸肩，把它们丢掉一边，说：“很可惜，他不是用铅笔写的。华生，你一定会注意到，铅笔写的字会透到第二张纸上的——这曾经破坏了多少美满的婚姻，但是这张纸上看不到什么。啊，有了！我看出他是用粗尖的鹅毛笔写的，我们肯定能在吸墨纸上找到一些痕迹。啊，是的，正是这个！”

他撕下一张吸墨纸，给我看上面的字迹。只见上面写着……西利尔非常兴奋。他喊道：“用放大镜看！”

福尔摩斯说：“没有必要。这张纸很薄，翻过来看就能看见他写了些什么。看见了吗？”他把吸墨纸翻过来，我们念道：

看在上帝的分上，请支持我们。

“这就是高夫利·斯道顿失踪前几小时所发电报的最后一句。电报里至少有六个字我们看不到，但剩下的一句话——‘看在上帝的分上，请支持我们’——证明这个年轻人意识到巨大的灾难即将降临到他的身上。请注意‘我们’这两个字，这就是说此事还关系到另外一个人。除了那位脸色苍白的大胡子外，还有谁呢？高夫利和这位大胡子之间又是什么关系？他们一起寻求帮助的第三者又是谁呢？我们的调查可以围绕这些问题展开。”

我建议道：“我们只要查出电报是发给谁的就好办了。”

“我亲爱的华生先生，完全正确，你的办法很有道理，我也想到过。不过你肯定知道，如果去邮局要求看别人的电报底稿，邮局的工作人员可能会不大乐意。办这种事情的手续非常复杂。不过我想通过一些技巧，还是可以办到的。欧沃顿先生，现在趁你在场，我想查一下桌上的这些文件。”

桌上有些信件、账单和笔记本，福尔摩斯迅速而又认真地翻阅着。过了一会儿，他说：“这里没有什么。顺便问一下，高夫利身体一定很健康，他没有得过什么病吧？”

“他体壮如牛。”

“你听说过他生病吗？”

“一天也没病过。有一次他胫骨被踢伤，躺过一段日子。还有一次滑倒，伤了膝盖，不过都没有什么大事。”

“也许他并不像你想的那么健壮，我倒认为他可能有某种不为人知的疾病。如果你同意，我要带走一两份材料，以备将来调查之用。”

忽然我们听到有人焦急地喊：“等一下！”我们抬起头，等一下，发现一个古怪的小老头，颤颤巍巍地站在门口。他穿着一身掉色的黑衣服，戴着一顶帽檐极宽的礼帽，系着白色领带——看上去非常土气，就像是一个殡仪馆的工人。尽管他衣衫褴褛，样子滑稽，但他说话的声音很尖锐，态度很急切，使我们不得不洗耳恭听。

“这位先生，你是谁？”他问，“你有什么权利动那位绅士的文件？”

“我是一个私人侦探，目前正在调查他离奇失踪的案子。”

“哦，是吗？是谁请你过来的？”

“是这位先生。他是斯道顿先生的朋友，是苏格兰场建议他来找我的。”

“先生，那你又是谁呢？”

“我是西利尔·欧沃顿。”

“那么说是你给我发电报喽。我是蒙特·詹姆士爵士。我接到电报就坐贝斯瓦特公共马车来了。你已经请了一位侦探？”

“是的，先生。”

“那么你准备付钱吗？”

“先生，我想等我们找到我的朋友高夫利后，他会付钱的。”

“可如果永远找不到他呢？你说说看！”

“如果那样，他的家人肯定会——”

“绝对不可能的事！”这个小老头尖声叫道，“不要指望我付一分钱——一分钱也没有！侦探先生，你要明白这一点，这个年轻人只有我一个亲人。我可告诉你，我对此事概不负责。他之所以有可能从我这里继承财产，就是因为我从来没有浪费过钱，而我现在也不打算开始做这种傻事。至于你擅自拿走的那些文件，我可以告诉你，如果里面有什么值钱的东西，你可要负全部责任。”

福尔摩斯回答道：“好吧，先生。你对这年轻人的失踪有什么看法？”

“没有，先生，我没有什么看法。他已经长大了，能够照顾自己。要是他蠢到把自己都弄丢了，那我拒绝承担寻找他的任何责任。”

福尔摩斯眨了眨眼睛，用俏皮的口吻说：“我很明白你的意思，不过你可能不太了解我的意思。大家知道高夫利·斯道顿没有什么钱。如果他被绑架，肯定不是因为他自己有钱。蒙特·詹姆士爵士，人人都知道你是个富翁，很有可能一帮强盗绑架了你的侄儿，以便从他那里得到有关你的住宅、财产以及生活习惯的信息。”

这位令人厌恶的老头突然变得脸色苍白，白得就像他的领带一样。

“天啊，先生，没想到会有人做这样可恶的事情！世界上居然有这种没人性的歹徒！高夫利是个好孩子——是个坚强的孩子，他绝对不会出卖他的叔叔。我今晚就把我的财产存到银行去。侦探先生，请你要不遗余力，一定要把他安全地找回来。至于钱嘛，五镑、十镑的你尽管向我要。”

这位身份高贵的吝啬鬼，即使去掉一身的铜臭味，也不会给我们提供任何有价值的信息，因为他对自己侄子的生活丝毫不了解。我们唯一的线索就是那份残缺的电报。福尔摩斯手里拿着电报，尝试找到更多的线索。我们已经打发走了蒙特·詹姆士爵士，而欧沃顿则去找他的队员们商量如何应对这个意外的不幸。

离旅馆不远的地方就有一家电报局，我们在它外面停下了脚步。

福尔摩斯说：“我们可以尝试一下，华生。当然，如果有证明，我们可以要求查看电报的存根，不过我们手头没有证明。这地方业务这么忙，我想他们肯定记不住客人的相貌，进去试试看吧。”

栅栏后面站着一位年轻妇女，福尔摩斯若无其事地对她说：“麻烦你一下，我昨天发的电报里可能有个小小的错误。我到现在还没有收到回电，我担心是忘了在最后写上名字了。请您帮我查一查好吗？”

年轻女人翻着一沓电报存根。她问：

“什么时间发的？”

“六点过一点儿。”

“收信人是谁？”

福尔摩斯看了我一眼，把一根手指放到嘴唇前，然后很信赖对方似的悄声说：“电报的最后几个字是‘看在上帝分上，请支持我们’。我现在很急于收到回音。”

年轻女人抽出一张存根。“就是这张。上面没写名字。”她边说着，边把存根铺放到柜台上。

福尔摩斯说：“怪不得我没有收到回电呢。天啊，我可真笨！再见，小姐，谢谢你帮我把事情搞清楚。”我们走到大街上时，他一边搓着双手，一边咯咯地笑着。

“怎么样？”我问。

“有进展，华生，我们有了进展。为了去查看那份电报，我设计了七种方案，可没想到第一种方法就成功了。”

“那么你有什么收获呢？”

“我知道了从哪里开始调查了。”他摆手叫了一辆马车，“去国王十字街火车站。”

“那么我们要去很远的地方了？”

“是啊，我们必须要去一趟剑桥，好像所有的线索都与剑桥有关。”

当马车驶过格雷酒店大街时，我又问道：“关于斯道顿失踪的原因，你是怎么考虑的？我们以前办过的各种案子中，还没有一起案子的动机像这样让人看不透。你当然不会认为他是被绑架、以便得到他阔叔叔的情报吧？”

“我亲爱的华生，我承认这种可能性不大，但我当时突然想到这一点，因为这样才能引起那位讨厌的老头子的兴趣。”

“那你已经达到这个目的了。不过，事实上你是怎样考虑的呢？”

“我有几种想法。我们要注意到，事情发生在这场重要比赛的前夕，而且牵涉到一个关系全队胜负的队员。这是不是很奇怪，而且很令人深思呢？当然这也许是巧合，不过依然很有意思。非职业比赛是不进行博彩的，但社会上还是有不少人在上面下注，所以可能有人在比赛前陷害一名球员，就像赛马场上的流氓陷害一匹赛马一样。这只是一种解释。第二种解释是明摆着的。虽然这位年轻人目前手头比较拮据，但他毕竟是一大笔财产的继承人，所以有人将他绑架、索要赎金也是有可能的。”

“这两种推测都与这份电报没有关系。”

“完全正确，华生。这份电报是我们必须要解决的难题，所以我们不能分散注意力。我们现在去剑桥正是为了弄清打这封电报的目的是什么。我们目前还不清楚该怎样调查，不过天黑前我们一定会弄清楚的，或者能取得进展。”

当我们来到古老的大学城时，天已经黑了。福尔摩斯在火车站叫了一辆马车，让车夫去莱斯利·阿姆斯特朗大夫家。几分钟后，我们的马车驶进一条繁华的街道，在一栋豪华的房子前停了下来。仆人将我们领了进去，又等了很久时间，我们才被引到诊疗室，大夫本人就坐在桌子后面。

我不知道莱斯利·阿姆斯特朗的名字，这说明我和医学界人士联系得太少了。现在我才知道，他不仅是剑桥大学医学院的负责人之一，而且是享誉欧洲的大学者，在许多领域都造诣很深。不过，即使对他的辉煌成就一无所知，你只要一看他的脸，便会获得很深的印象。他有着一张方方正正的胖脸庞，浓浓的眉毛下长着一双深邃的眼睛，倔强的下巴仿佛是用大理石雕刻出来的。一个富有内涵、头脑敏锐、不苟言笑、克己独立而且坚强的人——这就是我眼中的莱斯利·阿姆斯特朗大夫。他接过我朋友的名片，阴沉沉的脸上没有露出任何喜悦的神情。

“我听到过你的大名，夏洛克·福尔摩斯先生，我也了解你的职业——这种职业我是非常不赞成的。”

我的朋友平静地说：“在这一点上，你的看法和全国所有罪犯的看法不谋而合。”

“你致力于打击犯罪，这会得到社会上每个通情达理的人的支持，不过，我深信政府的警察机构完全可以办好这种事。当你窥探别人的隐私、翻起别人的家庭私密、打扰比你忙得多的人的时候，你的活动就更会受到人们的质疑和批评。比如说现在，我本应该写论文而不是和你谈话。”

“大夫，你说得完全正确，可事实将会证明我们的谈话比你的论文更重要。我顺便可以告诉你，我所做的工作和你描述的恰好相反。我们是在尽力避免私人秘密公之于众。一旦警察介入到这个案子，那么你说的那种情况才会发生。你可以把我看作一支非正规的先遣队，后面才是国家的正规军。我是来询问高夫利·斯道顿先生的情况的。”

“他怎么啦？”

“你认识他，是吗？”

“他是我的一位很好的朋友。”

“你知道他失踪的事吗？”

“噢，是真的吗？”大夫胖胖的脸上没有任何表情变化。

“昨晚他离开了旅馆，之后就再也没有消息。”

“他肯定会回来的。”

“明天大学橄榄球赛就要开始了。”

“我不喜欢这种幼稚的比赛。我关心的是这个年轻人的命运，因为我认识他，也很喜欢他。我才不管什么橄榄球比赛呢。”

“我的调查涉及斯道顿先生的命运，所以希望你能帮助我。你知道他在哪里吗？”

“当然不知道。”

“昨天以后，你见过他吗？”

“没有。”

“斯道顿先生身体很健康吗？”

“当然健康。”

“他生过病吗？”

“从来没有。”

福尔摩斯突然拿出一张单据，放在大夫的面前。“那么请你解释一下这张十三基尼的收据，这是上个月高夫利·斯道顿先生付给剑桥的莱斯利·阿姆斯特朗大夫的。这是我从他桌上的文件中发现的。”

大夫愤怒得脸都涨红了。

“我觉得我没有必要向你解释，福尔摩斯先生。”

福尔摩斯把单据放回他的笔记本里。

“如果你更愿意当众解释，那不过是迟早的事情。我已经告诉过你，别人肯定会把事情张扬出去，而我却会保守秘密。所以你最明智的做法是把一切都告诉我。”

“我什么也不知道。”

“斯道顿先生在伦敦给你写过信吗？”

“没有。”

“天啊，天啊，又是邮局的问题！”福尔摩斯无奈地叹了口气，“昨天晚上六点十五分，高夫利·斯道顿从伦敦给你发了一封加急电报，这份电报无疑和他的失踪有关，而你却没有收到。这太不应该了。我一定要去这里的邮局投诉他们。”

莱斯利·阿姆斯特朗从桌子后面跳了起来，黝黑的脸因为生气而变得通红。

他说：“请你们给我出去，先生。你可以告诉你的雇主蒙特·詹姆士爵士，我不愿意和他本人或者他请的代理人打任何交道。好了，先生们，什么都别说了！”他愤怒地摇了摇铃，

“约翰，送这两位先生出去！”一位肥胖的管家表情严肃地把我们带到门口，不一会儿，我们到了街上，福尔摩斯忍不住笑了起来。

“莱斯利·阿姆斯特朗大夫确实是位性格倔强的人。”他说，“如果他把聪明才智用到邪路上去，我看没有人比他最适合填补莫里亚蒂教授[1]死后留下的空白。我可怜的华生，我们现在被困在了这座举目无亲的小城镇，而且在案子没有调查清楚之前，我们还不能离开。阿姆斯特朗家对面的这家小旅店倒是很适合我们的要求。你去订一个临街的房间，然后再买一些今晚的必需品。趁这段时间，我要去做一些调查。”

但是，福尔摩斯的这些调查所用的时间，比原来预想的要长得多，因为他将近晚上九点钟才回到旅馆。他面色苍白，一脸沮丧，一副风尘仆仆、又饿又累的样子。晚餐放在桌子上，已经凉了。吃过晚饭后，他点上烟斗，正准备谈谈他那幽默而又富有哲学意味的意见时——每当案子进展不顺利时，他总是这样。这时，街上传来了一阵马车声，他站身，朝窗外望去。只见明亮的煤气灯下，一辆由两匹灰马拉着的四轮马车停在了大夫的门口。

“马车已经出去了三个小时，”福尔摩斯说，“车是六点半出去的，到现在才回来。他大约走了十到十二英里，他几乎每天

---

① 本系列书《回忆录》中“最后一案”中的主角。——译者注

都要这么出去一次，有时两次。”

“大夫出诊是很正常的事。”

“但阿姆斯特朗并不是出诊大夫。他是个教授，虽然还给人会诊，但他不出诊，因为出诊会妨碍他的研究工作。那么他为什么不厌其烦地去那么远的地方，他去看的人又是谁呢？”

“他的车夫——”

“我亲爱的华生，你不会认为我没想到这个吧？我首先找的就是这位车夫。不知道他是天生无赖，还是受他主人的唆使，他竟然放出狗来咬我。不过，狗也好人也好，见到我的手杖都退了回去，不过事情就这么黄了。这样一来，关系也就弄僵了，我也不可能再从他那里问出什么东西了。我从这家旅店一位和蔼的本地人那里打听到了一些情况，是他告诉了我大夫的日常习惯和每天出去的情况。我们正说着，那辆马车就来接大夫了，证明他说得没错。”

“你没有跟踪马车吗？”

“好极了，华生。你和我的想法不谋而合。你一定注意到了，这家旅店的隔壁有家自行车店。我赶紧跑进这家商店，租了辆自行车，趁着马车还没有走远，我很快就追上了它，然后和它保持一百码左右的距离，尾随车灯一路出了城。我们已经在乡间的大路上走了很长一段距离，这时发生了一件让我尴尬的事情。马车突然停了下来，大夫下了车，快步走到我停车的地方，然后用嘲讽的口吻对我说，他担心道路太窄，希望他的马车没有挡住我的路。他的话讲得很巧妙。我只好骑车超过了他，沿着大路往前又骑了几英里，在一个方便的地方停了下来，看看马车是否跟了上来。不过马车已经不见影子了，显然他们拐进了我在前面看到过的几条岔道中的一条上去了。我骑车往回走，但是仍然没有看到马车。现在你也看到了，马车是在我回来之后才回来的。本来开始的时候，我没有什么特别的理由把高夫利的失踪和阿姆斯特朗的外出联系在一起，而只是认为阿姆斯特朗大夫目前的一举一动都值得我们关注。不过，现在既然发现他在竭力提防有人跟踪他，那这件事情就显得很严重了。不把这件事情调查清楚，我是不会善罢甘休的。”

“我们明天可以继续跟踪他。”

“可以吗？事情不像你想得那么容易。你对这附近的地形不很熟悉吧？这里没有什么藏身之处。我今晚骑车经过的所有地方，平坦整洁得像你的手掌心一样，而我们要跟踪的这个人也不是傻瓜，他今晚的表现已经清楚地证明了这一点。我已经给欧沃顿发了电报，要他往这里回电，告诉我们伦敦有没有新的进展。我们现在只能把精力放在阿姆斯特朗大夫身上，而这位大夫的名字还是那位善良的电报局姑娘，让我查看了斯道顿的加急电报的存根后才知道的。我可以发誓，他知道那位年轻人在哪里。如果他知道的话，我们一定也要知道，否则就是我们的过错了。现在，我们必须承认，事情的主动权掌握在他的手里。不过，华生，你也知道，我可不习惯让事情处于这种状态。”

但是第二天我们并没有取得什么进展。早饭后，有人送来一封信。福尔摩斯看后，微笑着递给了我。信上写着：

> 先生：
>
> 我可以告诉你们，你们跟踪我是白白浪费时间。昨天晚上你已经发现，我马车后面有个窗子。如果你们愿意来回二十英里地折腾，那就请便吧。同时，我还要告诉你们，跟踪我一点也帮不了高夫利·斯道顿先生。如果你们真心想帮助他，最好还是回到伦敦去，然后告诉你的雇主，就说找不到他。你们再待在剑桥只会浪费时间。你忠诚的朋友。
>
> 莱斯利·阿姆斯特朗

“我们的大夫确实是个直率的、直言不讳的对手。”福尔摩斯说，“他倒是激起了我的好奇心，我一定要弄清楚再走。”

“他的马车现在就停在他的门口，”我说，“他上车了。我看到他朝我们的窗子望了一眼。要不要让我骑自行车去试试运气？”

“不用了，我亲爱的华生！尽管你聪明睿智，恐怕还不是这位大夫的对手。我想我单独去试探试探，或许能够成功。恐怕我得让你自己待一阵了，因为在这个宁静的小城，如果同时出现两个四处打听的陌生人，一定会引起不必要的传言。这个著名的城市有一些名胜古迹，你可以去游览游览。我希望傍晚能够给你带回来好消息。”

但是我朋友再一次失望了。他天黑才回来，疲惫不堪，一无所获。

“华生，我今天没有什么进展。因为已经弄清了大夫出行的大致方向，所以我一整天都在剑桥那一带走街串巷，并且向酒店老板以及卖报纸的人打听了一些情况。我去了不少地方，把切斯特顿、西斯顿、瓦特比奇和欧金顿都跑遍了，但结果让人失望。在这种偏僻的地方，一辆四轮马车如果天天出现，是不会不引起人们注意的。这一回合大夫又赢了。有我的电报吗？”

“有，我已经拆开了。这样写的：‘向三一学院的杰瑞米·狄克逊要庞培。’我不明白是什么意思。”

“哦，这很明白。这是我们的朋友欧沃顿发来的。他回答了我的一个问题。我只要给杰瑞米·狄克逊先生写封信，事情一定会好转的。顺便问你一下，橄榄球比赛有消息吗？”

“有。本地的晚报今天有详细的报道。牛津队赢进一球，在对方球门两次带球触地[①]。报上最后一段写道：‘穿蓝色球衣的剑桥队的失利，完全是由于他们第一流的国家级运动员高夫利·斯道顿不幸缺阵而造成的。观众时刻都能感觉到他的缺阵

① 带球触地指橄榄球比赛中，一方球队队员在对方球门线后带球触地，可得3分，并可获踢定位球射门的权利。如射中，可再得2分。——译者注

所造成的严重后果。中卫线上缺乏组织，攻防不得力，这大大削弱了全队的实力。'”

“那么我们的朋友欧沃顿的预言不幸被证实了，”福尔摩斯说，“我个人赞同阿姆斯特朗大夫的看法，橄榄球不是我分内的事。今晚早点睡，华生，因为我预感到明天会有很多事情发生。”

第二天早晨我看到福尔摩斯坐在壁炉旁，手里拿着皮下注射用的针管，我大吃一惊。一看到他手里的针管，我便想到他的柔弱体质，担心发生什么事。他看到我惊讶的样子，禁不住笑了，把针管放到了桌子上。

“不，不，我亲爱的朋友，没什么大惊小怪的。我这一次用它决不是做坏事，因为这是解开这个谜的关键。在这个针管上，寄托了我所有的希望。我刚刚去侦查了一番，情况都对我们非常有利。华生，好好吃顿早饭。我们今天要去跟踪阿姆斯特朗大夫，而且不查到他的老窝，我是不会吃饭休息的。”

“如果这样，我们最好把早饭带着在路上吃，”我说，“因为他今天出门很早。他的马车已经等在门口了。”

“不用担心，由他去吧。他要是能走得让我追不上才算聪明呢。吃完饭，就跟我一起下楼，我给你介绍一个侦探，他是做我们眼前这种工作的最出色的专家。”

我跟着福尔摩斯下楼，到了马厩的院子里，他打开一个马厩的门，放出一条狗来。这条狗耳朵耷拉着，又矮又肥，黄白相间，既像猎兔犬又像猎狐犬。

福尔摩斯说："我来给你介绍庞培。庞培是本地最出色的追踪猎犬，它跑得不是太快，这可以从它的体型上看出来，可一旦闻到什么气味就决不会轻易放弃。好了，庞培，你也许跑得不快，但对两个伦敦中年绅士来说，你仍然跑得很快，所以我只好冒昧地把这条皮带拴到你的项圈上。好了，伙计，来吧，今天就看你的了。"他拉着狗来到大夫的门前。狗到处嗅了嗅，然后兴奋地大叫一声沿着大街跑去，而且还使劲地拉着福尔摩斯手里的皮带。半个小时后，我们已经出了城，飞跑在乡村的大路上。

"福尔摩斯，你都做了哪些事情？"我说。

"哦，这是个老办法，不过有时还很有用。今天早晨，我进了大夫的院子，在他的马车后轮上洒了满满一注射器的茴香油。猎犬闻到茴香油味，能从这儿一直追到苏格兰去，而我们的这位朋友阿姆斯特朗要想摆脱掉庞培的追踪是不现实的。这个狡猾的东西！那天晚上他就是在这里甩掉我的。"

这时庞培突然从大路拐进了一条杂草丛生的小道。往前走了半英里，我们又拐到了一条宽阔的大路上。从这儿向右转弯就通向了我们刚刚离开的城镇。大路通往城南，与我们出发的方向刚好相反。

"故意绕了这么一个大圈子完全是为了我们啊！"福尔摩斯说，"怪不得我在附近村子里打听不到什么。大夫这个把戏玩得真好，可是我想知道他为什么要精心设计这样一个骗局。我们右边肯定是川平顿村了。哎呀！马车拐过来了！快！华生，快！不然我们就会被发现了！”

福尔摩斯拉着极不情愿的庞培穿过一道栅栏门，躲到了一片地里。我们刚刚在篱笆下躲好，马车就从旁边驶了过去。我看到车内坐着阿姆斯特朗大夫。只见他弓着肩膀，双手托着头，看上去非常悲伤。我从福尔摩斯那严肃的神情上看出他也注意到了。

“恐怕我们的调查会以悲剧收场，”他说，“我们马上就会知道了。来吧，庞培。啊，就是那边田里的茅屋！”

毋庸置疑，我们的追踪已经到了终点。庞培在栅栏外跑来跑去，兴奋地叫着，大门外马车的车辙还可以看到。一条羊肠小道通向那座孤零零的茅屋。福尔摩斯把狗拴在栅栏上，然后我们继续走到屋门前。他敲了敲简陋的屋门，但没有回音。但屋里一定有人，因为我们听到里面有低低的声音，一种无法形容的痛苦与绝望的抽泣声。福尔摩斯迟疑了一下，回头看看我们来时的路。一辆四轮马车正朝这里驶过来，那对灰色的马儿准确无误地告诉我们那正是大夫的马车。

“哎呀，大夫又回来了！”福尔摩斯叫道，“这回事情可以解决了。我们一定要在他到来之前看看这到底是怎么回事。”

福尔摩斯推开门，我们走了进去。哭泣的声音显得大了一些，直到变成了长长的哀号。声音是从楼上传来的，福尔摩斯飞快地跑上楼，我也紧跟其后。他推开了扇虚掩的门，眼前出现的情景让我们惊呆了。

一位年轻而又美丽的女人躺在床上，显然她已经死去。一团浓密的金发围绕着她平静而苍白的脸庞，一双蓝色的大眼睛向上瞪着，已经失去了光泽。一个年轻人半坐半跪在床角，脸深深地埋在床单里，绝望地哭泣着。他沉浸在巨大的悲伤中，直到福尔摩斯的手搭在他的肩膀上，他才抬起头来。

“你是高夫利·斯道顿先生吗？”

“是的，我是。可你来得太晚了，她已经死了。”

这个年轻人伤心得都有些糊涂了，没有看出我们不是来帮助他的大夫。福尔摩斯正试图安慰他几句，并且告诉他，他这样突然失踪，他的朋友们有多么担心。这时，楼梯上传来了脚步声，阿姆斯特朗大夫出现在了门口，严峻阴沉的脸上写着疑问。

他说：“先生们，你们终于达到了目的，而且选择这么一个特殊的时刻来打扰我们。在逝者面前，我不想争吵，但是我可以告诉你们，如果我再年轻几岁，我绝对不会饶恕你们这种恶劣的行为。”

“对不起，阿姆斯特朗大夫，”我的朋友十分庄重地说，“我想我们之间有些误会。要是你跟我们下楼，或许我们可以解释一下这件不幸的事情。”

一会儿，这位满脸怒色的大夫和我们一起到了楼下的起居室。

“怎么回事，先生？”他说。

“我首先希望你能明白，我并不是受雇于蒙特·詹姆士爵士，而且我在这件事情中是完全反对这位贵族大人的。当一个人失踪时，我的责任是搞清楚他的下落。只要能做到这一点，我的任务就算完成了。只要里面不涉及任何犯罪事件，我更希望能平息流言蜚语，而不是把它公之于众。既然这起事件中没有犯法的事情，你完全可以相信我，我肯定不会让此事见诸报端。”

阿姆斯特朗大夫快步往前走了一步，紧紧握住了福尔摩斯的手。

“你是个好人，我错怪了你。”他说，“感谢上帝，让我掉转马车回来认识了你，因为我突然意识到把可怜的斯道顿留在这里不合适。既然你已经知道了那么多，事情也就好解释了。一年前，高夫利·斯道顿在伦敦住了一段日子，而且深深地爱上了房东的女儿，后来娶了她。她不仅美丽，而且善良又聪明，任何人娶了她都会感到自豪。但是高夫利是那位脾气乖戾的老爵士的继承人，如果结婚的消息传到他那里，高夫利肯定会失去继承权。我与这个年轻人很熟悉，而且很欣赏他身上许多优秀的品质。我竭尽全力帮助他，尽量不让人知道这件事。因为一旦消息传出去，很快就会弄得尽人皆知。幸亏有这么一座偏僻的小屋，而且高夫利又小心谨慎，到现在一直没有让人知道他的秘密。他的秘密只有我和一个忠实的仆人知道——那位仆人现在去川平顿请人去了。后来，沉重的打击还是发生了。他妻子得了重病，是一种很危险的肺病。可怜的高夫利伤心得都要发疯了，可他还要去伦敦参加这次比赛，因为他不能没有理由地退出比赛，这样就会暴露他的秘密。我给他发了封电报安慰他，他给我回了一封电报，希望我们全力救她。这就是你设法看到的那封电报。我没有告诉他病情有多么危险，因为我知道他留在这儿也起不了什么作用，但我把真相告诉了姑娘的父亲，可谁知这位父亲不明智地把情况告诉了高夫利。结果，他发疯似的立刻赶了回来，一直就这样跪在她妻子的床前，直到今天早上死亡结束了她的痛苦。这就是事情的真相，福尔摩斯先生。我相信你和你朋友都能保守这个秘密。"

福尔摩斯紧紧握了握大夫的手，然后他说："我们走吧，华生。"

我们走出那座充满悲伤的茅屋，走进了冬日苍白的阳光里。

格兰奇庄园

1897年冬天，在一个下霜的异常寒冷的黎明，有人推着我的肩膀，把我从睡梦中弄醒。原来是福尔摩斯，他手里拿着一支蜡烛，正俯视着我，脸上充满了焦虑。我立刻明白肯定是发生紧急的案子了。

“起来，华生，快起来！”他大声喊道，“事情非常紧急。什么也别问，穿好衣服就出发！”

十分钟后，我们坐上了一辆马车，马车隆隆地行驶在宁静的街道上，朝查林十字街火车站奔去。冬日的天边渐渐露出淡淡的朝霞，偶尔能看到几位从我们身边经过的上早班的工人，在伦敦灰白色的晨雾中，他们的身影模糊而朦胧。福尔摩斯蜷缩在厚厚的大衣里一言不发，而我也如此，因为天气实在太冷，而且我们又没有吃早饭。在车站喝了些热茶后，我们便坐上了开往肯特郡的火车。这时，我们才感到身体逐渐暖和过来。福尔摩斯开始讲述案子，我也有心思听了。他从口袋里掏出一封信，大声地读给我听：

肯特郡，马尔舍姆，格兰奇庄园，
凌晨 3 点 30 分

亲爱的福尔摩斯先生，如果您能速来帮我处理这件离奇的案件，我将不胜感激。这件案子特别符合您的口味。现在案发现场一切都没有动，除了将那位女士松绑外。我请求您立刻赶来，因为尤斯塔斯爵士一人留在这里非常困难。

您忠实的朋友，斯坦莱·霍普金斯

“霍普金斯曾经请过我七次，并且每次案子都证明确实值得前往。”

“我想这些案件你一定都收录到你的集子里了。”福尔摩斯说，“我必须承认，华生，你选择案例眼光很独特，这弥补了叙事方面的不足。你有一个致命弱点就是你习惯从写故事的角度来看待一切，而不是把它看作科学实践，这样就毁坏了这些本可以作为典型的具有示范性、教育意义的案例。你把侦破的技巧和细节一笔带过，以便尽情地描写那些惊心动魄的情节，这样也许能刺激读者，却不能使他们受到教育。”

“那你为什么不自己写呢？”我有些不悦。

“我会的，亲爱的华生，我会写的。你知道，我现在很忙，但等我年纪大了，我会写一本教科书，把我所有的侦破艺术写进去。我们目前要调查的好像是一起谋杀案。”

“那么你认为尤斯塔斯爵士现在已经逝世了吗？”

“我想是的。霍普金斯写信时显得很激动，你是知道的，他并不是一个情绪化的人。我猜测那里一定是发生了凶杀案，正等着我们去验尸。如果仅仅是自杀，他是不会邀请我去的。至于那位夫人，很可能是惨案发生的时候，她被锁在了房间里。还有华生，这个案件是发生在上流社会里，你看信纸的质地很好，上面印有字母EB，还有盾形家徽，地址也是个风景优美的地方。我相信霍普金斯不会让我们白跑一趟，我们将要度过一个忙碌的上午。凶案肯定发生在午夜之前。

“你怎么知道的？”

“我查看了列车时刻表，又计算了一下时间。案发后，人们首先会找当地的警察局，警察局再跟苏格兰场联系，然后霍普金斯又得赶到现场，之后才写信给我。这一切需要用去一整晚的时间。好了，我们已经到了奇塞赫斯特火车站了。我们的疑团很快就能解开了。”

在一条窄窄的乡村小道上行驶了两英里后，我们来到了一扇大门外。一位看门的老人给我们打开了门，他那憔悴的脸色证实这里确实发生了巨大的不幸。一条大道穿过富丽堂皇的庭院，在古老高大的榆树的掩映下，一直通向一栋不高但很宽敞的房屋。房屋正面装饰着帕拉地奥[①]风格的廊柱。房屋的中央部分爬满了常春藤，显然年代已非常久远，但从高大的窗户可以看出，这栋房子进行过改建，房屋的一侧看上去是刚刚全部新建的。屋子的门开着，年轻的斯坦莱·霍普金斯警官站在门口迎接我们，看样子非常焦急。

“福尔摩斯先生，华生大夫，我真高兴你们能来。要不是事情紧急，我真不该麻烦你们跑一趟。因为夫人已经苏醒过来，而且清楚地讲述了事情发生的经过，所以我们没有多少事情要做了。你还记得路易山姆那帮盗贼吗？”

“什么？那三个姓兰德尔的吗？”

“是的，父亲和两个儿子。这起案子是他们干的。对这一点我很确信。两星期前他们在西顿罕姆作过案，当时有人看见了他们，还描述了他们的长相。这么快就在这么近的地方再次作案，实在太残酷了。不过肯定是他们，毫无疑问，这次一定要把他们送上绞刑架。”

“这么说尤斯塔斯爵士已经死了？”

“是的，他的脑袋被壁炉的通条打烂了。”

“车夫刚才在路上告诉我，爵士的全名是尤斯塔斯·布莱肯斯特尔。”

“正是，他是肯特郡最富有的人之一。布莱肯斯特尔夫人

① 意大利建筑家。——译者注

此刻正在起居室里。可怜的夫人，经历了这样可怕的事情。我刚才看见她的时候，她好像个半死的人。我想你最好先见见她，听听她的描述，然后我们再一起去检查餐厅。”

布莱肯斯特尔夫人很不一般，像她这般仪态万千、娇媚可人、风度高雅的女人我还很少见过。她有着白皙的皮肤，金发碧眼，要不是这起不幸的遭遇使她面容憔悴、神色阴郁，她一定是个倾城倾国的美人。

她一只眼睛高高地肿了起来。看来，她不仅忍受着精神上的磨难，还忍受着肉体上的痛苦。她的女仆正在不停地用稀释了的醋帮她冲洗伤口，这位女仆身材高大、神色严厉。夫人疲惫地躺在长沙发上，当我们进屋时，她便专注地看着我们，美丽的脸庞显现出非常机警的神情。显然，她的智慧和勇气并没有因为昨晚的可怕遭遇而动摇。她身上穿着一件宽松的蓝白相间的晨衣，身旁还放着一件镶着白色金属片的黑色餐服。

“霍普金斯先生，事情发生的经过我已经都告诉你了。”她疲惫地说，“你不能替我重复一遍吗？要是你认为真有这个必要，我就把事情发生的经过再给这两位先生讲一遍。他们已经去过餐厅了吗？”

“我认为最好让他们先听夫人你讲讲。”

“既然如此，我就再重复一遍。想到他的遗体还躺在那里，我就感到非常可怕。”她打了个哆嗦，用手捂着脸。此时，宽松晨衣的袖口滑了下来，她的前臂露出来了。福尔摩斯惊叫一声："夫人，你还有别的伤！这是怎么回事？"在她一只白皙、圆润的手腕上有两块醒目的红肿伤痕。她急忙将胳膊掩盖起来。

"没什么，这跟昨晚恐怖的事情没有联系。你和你的朋友都请坐，我把一切都告诉你们。"

"我是尤斯塔斯·布莱肯斯特尔爵士的妻子，我们结婚已经一年了。我们的婚姻并不幸福，我想这一点我没有必要掩藏。即使我否认这一点，我的邻居也会告诉你们的。这或许是我的过错。我是在澳大利亚南部比较自由、不很守旧的环境中长大的，所以很不习惯这种拘束的、讲究礼节的英国式生活。但主要的原因尽人皆知，那就是尤斯塔斯爵士是个十足的酒鬼。与这种人生活在一起，哪怕是一个小时也会让人烦恼。把一个敏感活泼的女人日日夜夜拴在他身边，你们能想象这是什么滋味吗？谁要说这样的婚姻应该维持下去，那简直就是亵渎神灵，是犯罪，是道德败坏。那些可恶的法律总会给英国这片土地带来一场灾难的，上帝将会制止这一切的。"说到这里，她坐直身子，两颊绯红，红肿的眼眶里射出愤怒的目光。那位不苟言笑的女仆伸出有力的手，把女主人的头温柔地放回到靠垫上。夫人平静了下来，刚才的愤怒变成了激动地呜咽。

她接着说道："我告诉你们昨晚发生了什么。你们可能已经发现，家里的仆人都在新建的那一侧睡觉。房子的中间是我们的起居室，后面是厨房，楼上是我们的卧室。我的女仆特丽莎睡在我卧室上面的房间里。睡在房子另一侧的仆人听不到我们这里的声音。那些强盗们肯定知道这一点，否则他们不会这么放肆。

“尤斯塔斯大约十点半休息的。仆人们也都回到了自己的房间去了，只有我的女仆还没有睡。她在楼顶上自己的房间里听候吩咐。我在这间屋子里看书，一直坐到夜里十一点钟。上楼休息前，我四处走走，看是否一切都收拾妥当。平时我一直都是亲自查看，因为我刚才讲过，尤斯塔斯爵士是靠不住的。我去了厨房、食品室、猎枪室、弹子房、客厅，最后来到了餐厅。餐厅的窗户上挂着厚厚的窗帘，往窗子走过去的时候，我感到有风吹到我的脸上，我意识到窗子没有关。我拉开窗帘，迎面站着一位肩膀宽阔的中年人，他好像刚刚走进屋里。这扇窗户是高高的落地式窗，简直就是一扇直通外面的草坪的门。当时我手里还端着从卧室里拿来的蜡烛。借着烛光，我看见那男人身后还有两个人。他们从窗户里进来，我往后退了一步，但那个男人立刻向我扑了过来。他先抓住我的手腕，接着就扼住我的脖子。我刚想喊人，他就一拳狠狠地打在了我的眼睛上，把我打倒在地上。我肯定昏过去了几分钟，等我醒过来时，他们已经扯断了叫仆人的铃绳，把我紧紧地绑在了餐桌一头的橡木椅子上。我被绑得一动也不能动，嘴里也塞进了一块手帕，什么也喊不出来。就在这时，我那可怜的丈夫走了进来。显然他已经听到了一些可疑的声音，他进来时已经有所准备。他穿着睡衣和睡裤，手里拿着他喜欢用的黑刺李木棒。他朝其中的一个强盗冲去，但就在他扑过去的时候，那个年纪较大的强盗弯腰从壁炉架上拿起了通条，凶残地朝爵士头上打去。爵士哼了一声就倒在了地上，再也没有动弹。我再次昏了过去，但肯定时间不是太长。当我睁开眼睛时，看到他们从餐具柜里拿出了那套银餐具，还有里面的一瓶葡萄酒。他们每个人的手里都拿着一个玻璃杯。我是不是已经告诉了你们，那位年纪较大的人留着胡子，另外两个则是未成年的孩子？他们有可能是父子三人。他们一起低声耳语了一番，然后走到我身边，看看是否把我捆紧了。最后他们终于离开了，并随手关上了窗户。大概过了一刻钟的样子，我才弄掉了塞在嘴里的手帕，然后我喊叫起来，女仆听到后赶了过来。很快，其他的仆人也听到喊叫声赶来了。我们派人去了本地的警察局，他们立刻和伦敦取得了联系。先生们，我能告诉你们的只有这些，希望以后不要让我重复讲这段痛苦的遭遇了。”

“福尔摩斯先生，你有什么问题吗？”霍普金斯问。

“我不想再给布莱肯斯特尔夫人添加任何新的痛苦。”福尔摩斯说，“不过，在去餐厅之前，希望你能讲讲你看到的情况。”他看着女仆说。

“那三个人还没有进屋之前，我就看见他们了，”女仆说，“我当时坐在我卧室的窗户边，借着月光看到远处的花园大门那儿有三个人，但是我没有把这当回事。一个多小时以后，我才听到女主人的喊叫声。我跑下楼，看到女主人正像她刚才说的那样被绑在椅子上，爵士躺在地板上，鲜血和脑浆溅了一屋子。要是换了别的女人被绑在那里，而且衣服上又溅满了她丈夫的鲜血，肯定会吓傻的。但我们这位阿德莱德港[①]的玛丽·弗雷泽小姐，也就是格兰奇庄园的布莱肯斯特尔夫人，已经学会了坚强，所以没有失掉勇气。先生们，你们询问她很长时间了，现在该让她回到房间去，好好地休息一会儿。”

这位消瘦的女人像母亲一样温柔地扶着她的女主人走出了屋子。

“她一直陪伴着女主人，”霍普金斯说，“女主人还是个孩子的时候就由她来照顾，十八个月前又和她一起来到了英国。现在很难找到像她这样的女仆了。福尔摩斯先生，请这边走！”

福尔摩斯的脸上已经失去了刚才那种兴致勃勃的神情。我知道这桩案子很简单，已经失去了对他的吸引力。剩下的工作就是抓捕那几个罪犯，可抓捕这样几个普通罪犯又何必兴师动众地请他来呢？我从我朋友的眼睛里看到了不耐烦，就像一个学识渊博的专家被请去出诊，却发现病人得的只不过是普通的麻疹时所感到的那种烦恼。但是，格兰奇庄园餐厅里的奇特景象，一下子就吸引了他的注意力，重新唤起了他的兴趣。

餐厅很大，屋顶很高，天花板上的橡木板上雕刻着图案，

① 澳大利亚东南部港口城市，南澳大利亚洲首府。——译者注

房间的四壁上装饰着一排漂亮的鹿头和古代武器。正对着房门的就是我们已经听说过的那扇落地窗。右手边的墙壁上有三扇较小的窗户，冬日冷冷的阳光从那里照进餐厅。左边是一个又大又深的壁炉，上面是又大又厚的橡木壁炉架。壁炉旁边有一把带扶手的扎实的橡木椅子，下面还有横木。椅子的花棱上绑着一根紫红色的绳子，绳子的两端紧紧绑在椅子下面的横木上。在解救女主人时，绳子被解开了，但绳子上的结还在。这些细节是后来我们才注意到的，因为我们当时的注意力完全集中在了躺在壁炉前虎皮地毯上的尸体上。

死者身材高大，体格魁梧，看上去大约四十岁。他仰面朝天地躺在地板上，又黑又短的胡须中露出龇着的白牙。他双手紧握，举在头上，旁边横着一根粗粗的黑刺李木棒。他皮肤黝黑，鹰钩鼻子，英俊的脸上充满了仇恨，狰狞可怖。显然，他被惊动时已经上床了，因为他穿着华丽的绣花睡衣，裤脚下露出的脚连袜子都没穿。他的头伤得很重，屋里到处都溅满了血和脑浆，可见他所受到的那致命的一击是非常凶狠的。他的身边躺着那根很粗的通条，已经被砸得弯曲了。福尔摩斯检查了通条和尸首。

“这个老兰德尔一定很有力气。”他最后说。

“是啊，”霍普金斯说，“我那里有这家伙的一些材料，他确实有股子蛮力。”

“那你们抓住他应该并不困难。”

“非常简单。我们一直在搜捕他，有消息说他已经逃到了美国。

“既然现在我们已经知道这帮歹徒还在这里，就再不会让他们逃脱了。我们已经把消息发到了各个港口，天黑之前我们就会发出悬赏缉捕令。让我不明白的是，他们明明知道这位夫人能向警方描述他们的长相，而我们也很容易认出他们，那为什么他们还会干出这种蠢事？”

“不错。人们本来认为他们也会杀掉布莱肯斯特尔夫人灭口。”我提醒说，“他们也许当时并没有发现夫人已经苏醒过来。”

“很有可能。要是她看上去不省人事，他们也许不会要她的命。霍普金斯，这位可怜的爵士呢？我好像听说了有关他的一些怪事。”

“他清醒的时候倒是个好人，但是等他醉后或是半醉的时候就成了个地道的魔鬼，不过他倒是很少喝得酩酊大醉。他一旦喝醉就像有鬼附身一样，什么事情都做得出来。据我所知，尽管他有钱有势，有一两次差点儿被逮捕。有一次，据说他把一只狗浇上汽油，然后再用火烧——而更糟糕的是，那只狗是夫人的。这场闹剧费了好大的劲才平息下来。还有一次，他把水瓶朝女仆特丽莎扔去，又引起一场风波。总而言之，我们私下里可以这么说，这个家里没有他倒是清净了很多。你在看什么？”

福尔摩斯正跪在地上仔细检查那根红绳子上的结。然后，他又仔细地检查被强盗扯断的绳头。“绳子被扯断时，厨房的铃声应该响得很厉害。”

“可谁也不会听到，因为厨房在宅子的最后面。”

“强盗怎么知道别人听不见呢？他怎么敢如此肆无忌惮地扯断这根喊人的铃绳呢？”

“是的，福尔摩斯先生。这个问题我也反复思考过。毫无疑问，这个家伙很熟悉这栋房子和这个家庭的习惯。他一定知道仆人们睡得比较早，而且厨房的铃声不会被人听到。如此说来，他肯定和某个仆人有勾结。这是很明显的。但是这里一共有八个仆人，个个品行端正。”

福尔摩斯说：“如果每个仆人的情况都一样，那么要怀疑的就是曾经被主人扔过水瓶的那位。可这样一来，好像她又要背叛她那么忠心侍候的女主人。好了，好了，这一点并不太重要。只要抓到兰德尔，就可以轻易地找出他的同谋。夫人所讲的情况需要证实，我们可以通过现场的实物来证实。”他走到落地窗跟前，推开窗户说，“这里没有痕迹。窗户下的地面很硬，这里不可能有什么痕迹。壁炉架上的那些蜡烛看样子被人点过。”

“是的，那些强盗们就是借着这些蜡烛和夫人从卧室拿来的蜡烛的亮光走出去的。”

“他们偷走了什么东西？”

“偷走的东西并不多，只从餐具柜里拿走了半打盘子。布莱肯斯特尔夫人认为尤斯塔斯爵士的死让他们惊慌失措，所以他们没有将房子洗劫一空，否则他们一定会这么做。”

“确实是这样。不过我听说他们还喝了点酒。”

“一定是为了稳定自己的情绪。”

“正是。餐具柜上的三个玻璃杯大概没有移动吧？”

“是的，还按照原来那样放着。”

“我们来看看。哎呀！这是什么？”

三只杯子放在一起，里面都留有酒的残迹，其中一只还有陈年葡萄酒的渣滓。酒瓶就摆在旁边，里面的酒还剩下三分之二，旁边放着一个长长的、被酒渍浸透的软木塞。瓶塞的式样和酒瓶上的灰尘说明这些凶手们喝的不是一般的存货。

福尔摩斯的态度发生了变化，刚才那淡漠的表情已经一扫而光。我看见他炯炯有神的双眼迸射出智慧和兴奋的光芒。他拿起软木塞，仔细地观察着。

“他们是怎样拔出瓶塞的？”福尔摩斯问。霍普金斯指了指一个半开着的抽屉，里面放着几条餐巾和一个很大的瓶起子。“布莱肯斯特尔夫人有没有说过用瓶起子的事？”

“没有。她不是说了吗？这伙强盗开酒瓶的时候，她已经昏了过去。”

“我想起来了。实际上他们没有用瓶起子。酒瓶是用一把小刀上带的螺旋打开的，这种螺旋长度不超过一英寸半。如果你仔细检查一下软木塞的头，你会发现螺旋钻了三次才把瓶塞拔出。瓶塞没有被刺穿，如果用这把瓶起子，一下就能把瓶塞拔出来。等你抓住这个家伙时，你就会发现他肯定有一把多功能小刀。”

“分析得太妙了！”霍普金斯说，“可是这些玻璃杯意味着什么，我不明白。布莱肯斯特尔夫人确实亲眼看到那三个人喝酒了，是吗？”

“是的，这一点她很肯定。”

“那么，这个情况就说到这儿。还有什么要说的吗？可是，霍普金斯，这三个玻璃杯很特别。怎么？你没有看出有什么特别的地方吗？好了，好了，不管它了。也许当一个人具有专门知识和能力时，便不愿意采取就在手边的简单解释，而去寻求复杂的答案。当然，玻璃杯的事也可能只是个巧合。好，霍普金斯，再见吧！我看我帮不了你的忙了，对你来说，似乎案子已经很清楚了。抓到兰德尔或是案子有了新的进展，请你告诉我。我相信你很快就会顺利地破获这个案子。走吧，华生，我想我们到家可以好好地做点事。”

在回家的路上，我从福尔摩斯脸上的表情中看出，他正在被刚才看到的某件东西深深地困惑着。他时而竭力驱散疑团，豁然畅谈；时而疑窦丛生，双眉紧皱，目光茫然。可以看出，他的思路又回到了格兰奇庄园堂皇的餐厅，又回到了那起午夜凶杀案发生的现场。我们的火车从一个郊区小站缓缓地开动的时候，他突然拽着我跳到了站台上。

“对不起，我亲爱的朋友。”他说，我们望着火车最后几节车厢消失在拐弯处，“因为我心里忽然产生一个念头，华生，不管怎么样，这个案子我不能就此撒手不管。我本能地感到这个案子不对劲，颠倒了，我敢说是颠倒了。这位夫人说的话无懈可击，女仆的证明又很充分，就连细节也相当准确。我有什么证据来反驳这一切呢？三只酒杯，仅此而已。但是，如果我没有把一切看成是理所当然，没有被编造的事实搅乱思想，如果一切从头开始，如果我再去重新审视这个案子，会不会发现一些更确切的证据呢？我当然会的。华生，在这张椅子上坐一会儿，我们等下一班去奇塞尔赫斯特的火车。现在，我把证据摆给你看，不过我请你先排除一个想法，就是认为夫人和女仆所说的一切都是事实。千万不要让女主人楚楚动人的外貌影响你的判断力。

“如果我们冷静地分析一下夫人说的话，就会发现其中有些细节能引起我们的怀疑。两星期前这伙强盗在西顿罕姆做了一起大案，报上已经报道了他们的作案经过和他们的相貌，所以如果有人想编造一个强盗抢劫的故事，肯定会想到他们。事实上，强盗们在做完一笔大买卖之后，通常都迫不及待地要安安静静地享受一番，而不会急于再次冒险。还有，强盗这么早就实施抢劫太反常了；而且强盗想阻止女人喊叫，通常也不会打她，因为这样只会让她叫的声音更大；强盗们在人数占绝对优势、可以轻易制伏一个人时，通常是不会杀人的；强盗们不把唾手可得的东西洗劫一空，通常也是不会收手的；最后，这种人喝酒通常会喝得精光，不会留下大半瓶。华生，你对这些反常的地方怎么看呢？”

“这些事实加到一起，当然很有说服力，可是每件事就其本身来说又是有可能的。在我看来，最奇怪的是竟会把夫人绑在椅子上。”

“华生，这一点我倒不是这么想，因为那些强盗当时要么杀了她，要么必须把她绑紧，使他们有充分的时间逃跑。但是，不管怎么说，这位夫人所讲的话并不全是事实。而现在最重要的是那三个酒杯。”

“酒杯怎么啦？”

“酒杯的情况你弄清了吗？”

“我弄得非常清楚。”

“说是三个男人喝了酒。你觉得这可能吗？”

“为什么不可能？每只杯子里都有酒。”

“是的，但只有一只杯子里有渣滓。你一定注意到了这一点，可你是怎么看的呢？”

“最后倒满的杯子里最可能有渣滓。”

“这不可能。酒瓶是满的，没有理由前面两个杯子里的酒很清，而第三杯酒很混浊。有两种合理的解释。一是在倒满了前两只酒杯后，酒瓶被剧烈地摇晃过，所以第三只酒杯里就会有渣滓。但这种可能性不大。是的，是的，我相信我的看法是对的。”

“那么你又怎么解释呢？”

“只用了两个杯子，两个杯子的渣滓都倒在第三个杯子里，以便造成有三个人在场的假象。这样一来，所有的渣滓不是都集中到第三个杯子里了吗？是的，我想情况就是这样的。但是，一旦我搞清楚了这个小细节的真相，那么这个普通的案子立刻就变得极不寻常，因为这就意味着布莱肯斯特尔夫人和她的女仆故意对我们撒谎，意味着她们所说的每一句话都不能相信，意味着她们有强烈的动机掩护真正的罪犯，因此我们不能依靠她们，而是全凭我们自己来破获这起案件。这就是我们现在面临的任务。华生，去西顿罕姆的火车来了。”

格兰奇庄园的人们看到我们去而复返感到很惊讶。夏洛克·福尔摩斯得知斯坦莱·霍普金斯已经去警察总部汇报了，就径直来到了餐厅，把门从里面锁上，对现场进行了两个小时的细致侦查。他那些精彩的逻辑分析就是建立在这种细密、辛勤的检查上。我坐在一个角落里，紧盯着他的一举一动，像一位兴趣盎然的学生注视教授示范一样。窗户、窗帘、地毯、椅子、铃绳——每一件东西他都仔细查看，认真思考。

爵士的尸体已经被抬走了，但屋里其他一切还像早上那样原封不动。最后，让我惊讶的是，福尔摩斯居然还爬上了巨大的壁炉架。在他的头顶上悬挂着的那根断了的红绳子现在只剩下几英寸长，一头系在铁丝上。他仰头端详了它很长时间，后来，为了离绳头更近一些，他一条腿跪在了墙上的木托座上。

这样，他的手离断绳的头只有几英寸远，但是真正吸引他注意力的似乎并不是绳子，而是木托座本身。最后，他终于满意地叹口气，跳了下来。

“好了，华生，”他说，“案子已经被搞清楚了。这将是我们的故事集里最离奇的一桩案件。天啊，我反应太慢了，险些犯了我一生中最大的错误！现在除了几点细节还不太清楚外，事情的全部过程已经清晰完整了。”

“你已经找到那些罪犯了吗？”

“华生老弟，罪犯只有一个，但此人很难对付。他像狮子一样强壮——那根打弯的通条可以证明。他身高六英尺三英寸，像松鼠一样灵活，而且还有一双灵巧的双手，头脑也很机智，因为整个绝妙的故事完全是他一手炮制的。是的，华生，我们面对的是一个出色罪犯的杰作，但是他在铃绳上给我们留下了本不该留下的漏洞。”

“怎么一回事？”

“华生，要是你扯下一根铃绳，绳子会在什么地方断呢？当然是在与铁丝连接的地方断。可它为什么会在离铁丝三英寸的地方断呢？”

“因为那儿磨损了？”

“正是。我们检查的绳子的这一头是磨损的。此人非常狡猾，故意用刀子把绳子的一头弄磨损，但绳子的另一头却没有。你站在这里是看不见的，但如果爬到壁炉架上去，你就能看到绳子是被切断的，没有任何磨损的痕迹。这样你就可以想象出事情的真相了。那个人需要这根绳子，他不能把它拽下来，因为害怕铃声会惊动别人。他怎么办呢？他跳上了那个壁炉架，一条腿跪在木托座上——从木托座上的灰尘可以看出来——然后掏出刀子割断了铃绳。我爬上木托座离绳子还差三英寸，所以推测出他是个至少比我高三英寸的大个子。看那张橡木椅子上的痕迹！那是什么？”

“是血迹。”

“确实是血迹。仅此一点就可以推翻夫人的说辞。如果惨案发生时，她是坐在椅子上，那上面怎么会有血迹呢？一定是在她丈夫死了之后，她才被绑到椅子上的。我敢打赌，那件黑色餐服上肯定也有同样的血迹。华生，我们没有失败，而是胜利了。我们是先败后胜。现在，我要和那位女仆特丽莎谈谈。为了要得到我们所需要的情况，我们一定要倍加小心。”

这位澳大利亚保姆很有个性，她沉默寡言、戒心很重，而且不留情面。福尔摩斯对她态度友好，温和地倾听着她的叙述。不一会儿，这块冰慢慢融化了，女仆变得友善了。她毫不掩饰对已故男主人的憎恨。

“是的，先生，他确实朝我扔过水瓶。我听见他在骂夫人，所以我就对他说，如果她哥哥在这里，他就不敢骂了，于是他就抓起瓶子朝我砸了过来。如果当时不是夫人拦阻他，他一定还要多扔几个瓶子。他总是虐待夫人，而夫人太要面子，不愿把这些事情说出去。她甚至都不愿把她受虐待的事情全部告诉我。今天早晨你们都看到她胳膊上的伤痕了。虽然她没有向我提起过，不过我知道那是他用别针扎的。这个该死的恶棍！上帝宽恕我这么说他！他现在已经死了，可生前他真是个恶棍，是地地道道的恶棍！

“我们第一次见到他的时候，他非常和蔼可亲。那是十八个月前的事情，可我们俩感觉就像是过了十八年一样。当时夫人刚到伦敦。是的，是她第一次出远门，以前她没有离开过家。他用他的爵士封号、金钱和虚伪的伦敦风度，赢得了夫人的芳心。如果说女人犯了错误就要受到惩罚，那么夫人确实受到了惩罚。我们是什么时间遇到他的？那是我们到伦敦的第二个月。我们是六月份到的，遇见他是在七月份，去年一月份他们结了婚。是的，夫人已经下楼，去了起居室。我相信她一定会见你，但你们不要问她太多问题，因为这一切已经够她难受的了。”

布莱肯斯特尔夫人正躺在我们见到过的那张长沙发上，不过看上去比早上精神好了一些。女仆和我们一起进来，开始为女主人热敷青肿的眼睛。

夫人说：“我希望你们来不是为了盘问我吧？”

“不是，”福尔摩斯用最具绅士风度的声音答道，“我不会再给你增加不必要的痛苦。布莱肯斯特尔夫人，我所有的愿望就是减轻你的痛苦，因为我知道你遭受了不少磨难。如果你把我看作朋友，信任我，你会发现我是完全值得信任的。”

“你想让我做什么？”

“告诉我真相。”

“福尔摩斯先生！”

“不，不，布莱肯斯特尔夫人，掩饰是没有用的。也许你听说过我小小的名声，我可以用我的名誉保证，你所讲的完全是编造出来的。”

主仆二人的脸突然变得煞白，惊恐地瞪大了眼睛看着福尔摩斯。

特丽莎喊道：“你这无耻的家伙！你是说夫人在撒谎？”

福尔摩斯从椅子上站起来。

“你没有什么要对我说的吗？”

“我已经全部告诉你了。”

“布莱肯斯特尔夫人，你再好好想一想。坦率一点不是更好吗？”

刹那间，夫人美丽的脸庞出现了一丝犹豫。接着，某个坚定的信念又使她打定了主意。

“我知道的都已经说过了。”

福尔摩斯拿起帽子耸了耸肩，说了声：“我很遗憾。”然后我们一言不发地走出了起居室，离开了这栋房子。花园里有个水塘，我的朋友朝着水塘走去。水塘已经结了冰，但为了一只孤独的天鹅，人们在冰面上打了一个洞。福尔摩斯凝视着水塘，然后便向花园的大门走去。在门口，他匆匆给斯坦莱·霍普金斯写了封短信，并把它交给看大门的人。

“事情可能成功，也可能失败，但为了证明我们第二次没有白来，我们一定要为霍普金斯做点事情。”福尔摩斯说，“不过，我还不能把所有情况都告诉他。我们下一个目的地是阿德莱德—南安普敦航线的海运办公室。如果我没记错，它应该是在波尔莫尔街的尽头。澳大利亚通往英国还有另一条航线，不过我们还是先去这家大一点的公司看看吧。”

公司经理接到福尔摩斯的名片后，马上接见了我们。福尔摩斯很快就得到了他需要的情况。在 1895 年 6 月，这家公司只有一艘船从国外驶回伦敦，船名是“直布罗陀磐石号”，是该公司最大最好的客轮。从乘客名单中可以得知，阿德莱德的弗雷泽小姐和她的女仆坐的正是这条船。这艘船目前驶往澳大利亚，正航行在苏伊士运河南部的某一地方。船员们和 1895 年基本一样，只有一个变动——大副杰克·克洛克已经被提升为船长，即将负责该公司的一艘新船“巴斯磐石”号。两天之后这艘船要开往南安普顿。克洛克目前住在西顿罕姆，但今天上午有可能来公司听候指示。我们如果愿意等，就可以见到他。

福尔摩斯并不想见他，但很乐意了解一下他过去的表现和品行。

公司认为这个人的表现无可挑剔，所有船员中没有人能比得上他。至于他的人品，工作时他是个非常可靠的人，但是下船以后，却是一个粗野、冒失的家伙，性情急躁，容易激动，不过他忠实、诚恳、热心肠。福尔摩斯了解到主要的情况后，我们就离开了阿德莱德—南安普敦海运公司，乘马车来到了苏格兰场。但他没有进去，而是皱着眉头坐在马车里，陷入了沉思。最后，他让车夫把车掉头去了查林十字街电报局，发了一封电报，然后我们才回到贝克街。

我们进屋时，福尔摩斯说："不，华生，我不能那么做。逮捕令一旦发出，就没有办法救他了。曾经有一两次，我深深意识到，我查出罪犯所造成的伤害比犯罪本身造成的伤害还要大。我现在已经学会了谨慎，我宁愿欺骗英国的法律，也不愿欺骗自己的良心。我们还是先多了解一些情况，然后再行动。"

下午傍晚时分，斯坦莱·霍普金斯警官来了。看样子他那边的情况进展不大顺利。

"福尔摩斯先生，我看你真是个巫师。有时候我真觉得你有超人的能力。你究竟是怎么知道那些被偷的银器在那个水塘里的呢？"

"我不知道。"

"但是你告诉我去检查一下水塘。"

"这么说你找到了？"

"是的，找到了。"

"我很高兴能对你有所帮助。"

"可你还是没有帮助我，你把事情弄得更加复杂了。这算什么盗贼？偷了银器又沉到最近的水塘里？"

“这种行为确实很奇怪。我只是在想，如果偷了它们的人其实并不需要它们，把它们偷走只不过是个障眼法，那他们自然急于扔掉它们。”

“你为什么会有这样的观点呢？”

“我只是认为有这种可能性。强盗们从落地窗出来以后，看到眼前有个水池，而且水池的冰面上还有一个洞，还有比这更好的藏东西的地方吗？”

“啊，藏东西的地方——这就明白了。”斯坦莱·霍普金斯大声叫了起来，“是的，是的，我现在全明白了。当时天色还早，路上还有行人，他们害怕带着银器会被人发现，因此就把那些银器沉到了水塘里，打算等事情平息后再来取走。太棒了，福尔摩斯先生，这种解释比你说的障眼法还能说明问题。”

“你说得有道理，你已经得出了一个不错的解释。我相信我的想法是有些荒唐，但你得承认，用我的想法你查到了那些银器。”

“是的，先生，这都是你的功劳。可我有一个很坏的消息。”

“坏消息？”

“是的，福尔摩斯先生。今天早晨，兰德尔团伙在纽约被抓获了。”

“霍普金斯，这是真的吗？这就和你的说法——他们昨天夜里在肯特郡杀了人——不相符了。”

“这真要命，福尔摩斯先生，真是要命。不过，除了兰德尔团伙外，还有别的三人犯罪团伙，很有可能是一个新的盗窃团伙，警方还没有听说过。”

“是啊，这绝对有可能。怎么，你这就要走吗？”

“是的，福尔摩斯先生，要是不把这件案子查个水落石出，我会不安心的。你还有什么线索提供给我呢？”

“我已经给了你一个。”

“是什么？”

“我说过那只是个障眼法。”

“可是为什么呢，福尔摩斯先生，为什么？”

“当然，这的确是个问题。不过我建议考虑考虑这个可能性，你也发现这个想法有些道理。你不留下来吃晚饭吗？好吧，再见，有什么进展一定要告诉我们。”

吃过晚饭，收拾完桌子后，福尔摩斯又说起了这桩案子。他点上烟斗，把穿着拖鞋的双脚伸到烧得很旺的壁炉前。突然，他看了一下表。

“华生，我想案子很快就有进展了。”他说。

“什么时候？”

“就是现在，几分钟之内。我想你肯定认为刚才我对待斯坦莱·霍普金斯态度不大友好，是吧？”

“我相信你的判断力。”

“很聪明的回答，华生。你要这么看这个问题：我所掌握的情况是非官方的，而霍普金斯掌握的情况属于官方。我有权私下作出个人的判断，而他不行。他必须把一切情况上报，否则他就不忠于职守。面对这样一个充满疑问的案子，我不能让他陷入左右为难的境地，所以在我还没有把自己的疑问搞清楚之前，我会保留我掌握的情况。”

“但那要等到什么时候呢？”

“已经到时候了。这是一场很精彩的戏，马上你就要看到该戏的最后一幕了。”

楼梯上传来了脚步声，房门开了，走进来一个非常英俊的青年。他身材高大，留着金黄色的胡须，眼睛湛蓝，皮肤被热带的太阳烤成了棕色。他步履轻盈，表明他不仅身体强壮，而且身手灵活。他随手把门关上，然后就站在那里，双手握拳，胸膛剧烈地起伏着，极力控制着内心的激动。

“请坐，克洛克船长，你收到我的电报了？”

我们的客人在一把扶手椅上坐了下来，然后用怀疑的目光轮流打量我们。

“我收到了你的电报，并且按照你说的时间来了。我听说你们还去过公司。我是跑不掉了，开门见山吧，你们打算把我怎么办？逮捕我？你说呀！你别想坐在这里和我玩猫捉老鼠的游戏。”

“给他一支雪茄。”福尔摩斯说，“先抽支烟，克洛克船长，别这么激动。这一点请你相信：如果我认为你只不过是个普通的罪犯，我就不会和你一起坐在这里抽烟了。坦率地告诉我一切，也许我们可以帮助你，如果你要耍花招，我会让你的下场很难看。”

“你想要我做什么？”

“把昨晚发生在格兰奇庄园的真实情况告诉我——我警告你，是事情的真相，不要添油加醋，也不要丢三落四。对这个案子我已经掌握了很多情况，要是你有半点隐瞒，我就会往窗外吹个警哨，到那时我就再也无能为力了。”

这位水手考虑了一会儿，然后用被太阳晒得黝黑的大手拍了一下大腿。

“我只能冒个险了。我相信你是个言行一致、守信用的人，”他大声说，“我就把全部事情的经过都告诉你。但有一点我必须事先说清楚，就我个人而言，我决不后悔，也不害怕，而且我还愿意再干一次，并以此而自豪。那个畜生，他再有几条命，也会全部葬送在我的手里。但是夫人，玛丽，玛丽·弗雷泽——我永远不会用她丈夫那被诅咒的姓来称呼她。为了她，我愿意用我的生命来换取她美丽的笑容。我一想到使她陷入了困境，我的心都快要碎了。可是，可是我还能怎么办呢？先生们，我把一切都告诉你们，然后我想要问你们，作为一个男人，除此之外，我还能怎么办呢？

“我得从头说起。一切你似乎都知道了，所以我想你也一定知道我和她是在‘直布罗陀磐石’号上认识的，当时我是那艘船上的大副，她是旅客。从我见到她的第一天起，她就成了我心中唯一的女人。在整个航程中，我对她的爱与日俱增深。值夜班时，我曾多次跪在地上亲吻甲板，因为我知道她曾经从甲板上走过。她从来没有和我有特别的交往，她像一般妇女对待男人那样待我。我对此无怨无悔。我全身心地爱着她，而她给我的只是友谊。我们告别时，她无拘无束，而我从此却有了牵挂。

“第二次出海回来时，我听到了她结婚的消息。是啊，她当然有权和她喜欢的人结婚。地位，财富，还有谁比她更有权利得到这些东西呢？她生来就要享用一切美好和高贵的东西。我并没有因为她结婚而悲伤，我不是那么自私的人。我只是很高兴她能得到幸福，而没有嫁给一个像我这样一文不名的水手。我就是这样爱着玛丽·弗雷泽。

“我从来没想到会再遇到她。上次航行回来以后我被提升了，而新船还没下水，所以我要和我的水手们在西顿罕姆等上两个月。有一天，我在一条乡村的小道上遇见了她的老女仆特丽莎·赖特。特丽莎把她的一切以及她丈夫的一切全详细地告诉了我。先生们，我告诉你们，我简直快要气疯了。那个醉鬼，连舔她的鞋跟都不配，竟敢动手打她。后来我再次遇见了特丽莎，接着便见到了玛丽本人，以后又见过她一次。此后她不想再见我了。但是有一天，我得到通知要在一周内出海，于是我决定出海之前再见她一面。特丽莎一直对我很好，因为她爱玛丽，她像我一样痛恨那个恶棍。特丽莎告诉了我她们的生活习惯。玛丽经常在楼下自己的房间里看书看到很晚。昨天晚上我悄悄地去了她那里，轻轻敲了敲她的窗户。开始她不肯让我进去，但是我知道她内心是爱我的，她不忍心让我夜里在外面受冻。她小声告诉我说，要我到房子前面的大窗户去。我绕过去看见窗户开着，这样我就进了餐厅。我再次听她亲口说出使我义愤填膺的事，我咒骂那个虐待我心爱的人的恶棍。先生们，我和她只是站在窗户后面，上帝可以作证，我们是完全清白的。这时那个恶棍像疯了似的冲了进来，对她破口大骂，并且用手中的棍子朝她脸上抡去。我跳过去抓起了通条，和他打了起来。我们两个人之间是一场公平的决斗。你们看我的手臂，这是他第一下打中了我的胳膊留下的。然后轮到我了，我一下就把他的头像打南瓜那样打烂了。你们以为我后悔吗？一点儿也不！当时的情况不是他死就是我亡，而更重要的是玛丽的安全。你们想，我怎么会把她留在这样一个疯子手里呢？我就是这样杀死他的。我做错了吗？你们两位先生要是处在我的位置，你们又会怎么做呢？

"他打玛丽的时候，玛丽喊叫了一声，特丽莎听到声音从楼上的房间里下来了。当时玛丽吓得半死，餐具柜上有瓶酒，我打开酒瓶，倒了一杯给玛丽。然后我自己也喝了一口。特丽莎非常镇定，是她和我一起出的主意，我们得制造出盗贼干的假象。特丽莎把我们编造的故事一遍遍地讲给她的女主人听，而我爬上去割断铃绳。然后我把玛丽绑在椅子上，并把绳子的一头弄成磨损的样子，否则，人们会怀疑强盗怎么会爬上去把绳子割断。后来我拿了一些银器，以便伪装成这是一次抢劫。接着我就走了，并且告诉她们等我走了一刻钟后再报警。我把银器扔进水塘里，然后回到了西顿汉姆去，心里从来没有这么充实过。这就是全部事实，福尔摩斯先生，是不是打算要把我送上绞刑架呢？”

福尔摩斯默默地抽了会儿烟。然后他走了过去，握了握我们客人的手。

他说：“这和我猜想的完全一样。我知道你说的每一句都是真的，因为你说的一切都在我的预料之中。只有杂技演员或水手才能爬上木托座去割断那根铃绳，而只有水手才会打椅子上的那种绳结。夫人一生中只有一次有机会接触到水手，也就是她来英国的旅途中，而且既然她极力隐瞒这个水手，说明这个水手的社会地位和她不相当，同时也说明她爱这个水手。一旦我侦查的方向正确，找到你是很容易的。”

“我本来认为警察永远不会识破我们的计谋呢。”

“警察确实没有识破，而且我相信他们永远不会。现在，克洛克船长，你听我说，虽然我承认你是在受到非常严重的挑衅后才动手的，但事情还是非常严重。我不知道你的这种自卫是否合法，这需要由英国陪审团来决定。不过，我非常同情你，你可以在二十四小时之内消失，我保证没有人阻拦你。”

“然后这件案子就可以结案了？”

“可以结案了。”

水手气得满脸通红。

“你堂堂男子汉怎么能提出这种建议呢？我多少懂些法律知识，那样玛丽就会被视为同谋。你认为我会自己逃掉，而让她独自承担后果吗？不，先生，让他们随便处置我吧。但是福尔摩斯先生，看在上帝的分上，请你想想办法不要把可怜的玛丽牵扯进来。”

福尔摩斯再次朝水手伸出了手。

“我只是在试探你，而你再次经受住了考验。好吧，我要为将要做的事情承担很大的责任，不过我已经启发过了霍普金斯，如果他自己不开窍，我也没法子。克洛克船长，我们还是严格按照法律程序来处理这个案子，你是被告。华生，你是英国陪审团，你做陪审员最合适不过了。而我就是法官。现在，各位陪审团的成员们，你们都已经听取了证词，你们认为被告有罪还是无罪？”

“无罪，法官大人。”我说。

“人民的呼声就是上帝的呼声。克洛克船长，你被无罪释放。只要法律找不到别的受害者，我确保你的安全。一年之后，再回来与这位夫人共续前缘。希望你和她的未来能证明我们今晚的判决是英明的！”

第二块血迹

我原本打算将《格兰奇庄园》作为我向公众讲述的最后一个关于我朋友夏洛克·福尔摩斯先生冒险的故事。之所以作出这样的决定并不是因为缺少素材，我手头还有许许多多我从来没有提及的案子，也不是因为读者对这位出众人物怪异的性格和独一无二的破案方法逐渐感到厌倦了。真正的原因是福尔摩斯不愿意再继续发表他的经历了。只要他实际上还在从事这一行，那么记录下他成功的事迹对他来说多少还是有实际价值的，但是自从他执意要离开伦敦，到苏塞克斯丘陵地去研究和养蜂的时候，他已经十分讨厌哗众取宠了。

他不容置疑地要求我在这件事情上严格遵循他的意愿。只有在我向他表明，我曾经对读者作过承诺，等时机成熟时一定会把《第二块血迹》发表，并且给他指出，他长期的职业生涯中达到顶峰的应该是他所处理过的最重要的国际性案件，这也是最合适不过的了。最后我终于获得了他的同意，可以小心谨慎地将这个故事讲述给公众了。在讲述的过程中，部分细节我可能讲得比较模糊，请大家理解我这样做的苦衷。

那是某年秋天的一个星期二早晨（请读者原谅，不能写确切年份），有两位扬名欧洲的客人来到了我们在贝克街的陋室里。其中一位穿着朴素，鼻梁高高耸起，目光敏锐，神态威严。他不是别人，正是著名的贝林格勋爵，他曾两度出任英国首相。而另一位皮肤黝黑，面目清秀，举止高雅，虽然岁数还没有到中年，可是看样子阅历很丰富。他就是特里劳尼·霍普阁下——负责欧洲事务的大臣，这个国家最有前途的政治家。

他们肩并肩地坐在堆满文件的长沙发上。从他们那疲惫和忧虑的神色很容易看出，他们到访，一定是有十分紧迫的要事。首相那双青筋凸起的瘦手紧紧握着他雨伞的象牙柄，他那憔悴的、苦行僧似的脸沮丧地看看福尔摩斯又看看我。那位欧洲事务大臣则心神不安地摸着他的胡须，时而又摸摸他的表链。

“福尔摩斯先生，今天早晨八点钟我发现文件遗失后，马上就向首相作了汇报。听从他的建议，我们就一起过来找你。”

“你们报警了吗？”

“没有，先生。”首相以他那种众所周知的迅速而果断的神情说，“我们还没有那样做，而且也不可能那样做。告诉警察就意味着此事迟早会被公众知道，而那正是我们想要避免的。”

“那么是为什么呢，先生？”

“因为我们所谈论的这份文件非常重要，如果被公之于众，很容易或者说很可能立刻使欧洲形势出现新的问题。甚至可以毫不夸张地说，它关系到战争与和平。如果不能以极其秘密的方式找回文件的话，那么根本就不需要再找了，因为偷走这份文件的人，他们的目的就是要公布文件的内容。”

“我明白了。特里劳尼·霍普先生，现在如果你能准确地告诉我这份文件是在什么样的情况下丢失的，我将不胜感激。”

“这只要几句话就可以说清楚了，福尔摩斯先生。这份文件是封信，我们六天前收到一封一位外国君主寄来的信。这封信事关重大，所以我不敢把它放在我的保险箱里，而是每天晚上把它带回我在白厅住宅区的家里，锁在我卧室里面的一个文件箱里。昨天晚上它还在那里。这一点我非常肯定，因为当我为晚餐换衣服的时候，我还打开过文件箱，看见文件在里面的。可是今天早晨它就不见了。文件箱整夜都放在我卧室梳妆台的镜子旁边。我和我妻子都是睡觉很轻的人。我们俩都敢发誓，夜里肯定没有人进过房间。可是文件不见了。”

“你是什么时候用晚餐的？”

“七点半。”

“你是什么时候上床睡觉的？”

“我妻子去看戏了，我一直等着她没休息。过了十一点半我们才回卧室。”

“那么，文件箱就有四个小时没有人看守了。”

“除了仆人早晨可以进入房间外，就是我自己的仆人和我妻子的女仆，其他时间任何人都不允许进去。他们都是非常可靠的，已经跟随我们多年了。另外，他们两人都不可能知道我的文件箱里放着一件比一般公文更重要的东西。”

“那么有谁知道这封信的存在呢？”

“家里没有人知道。”

“想必你的妻子知道吧？”

“不，先生。直到今天早晨我发现丢了这份文件后才告诉她的。”

首相满意地点了点头。

他说：“先生，我一直都知道你的公众责任心非常强。我深信，就这份重要文件的保密性而言，一定重于最亲密的家庭个人情感。”

这位欧洲事务大臣点了点头。

“先生，你过奖了。直到今天早晨之前，关于这封信，我对我妻子一个字都没有说过。”

“她能猜出来吗？”

“不能，福尔摩斯先生，她不可能已经猜出来了。谁也猜不出来的。”

“你以前丢失过什么文件吗？”

“没有，先生。”

“在英国还有谁知道这封信的存在呢？”

“昨天我们才通知了各位内阁大臣有这样一封信，而且每次内阁会议都会强调保密，首相昨天还特别强调了这一点。天啊，没想到几个小时后我自己就把它给搞丢了！”

他那英俊的面孔由于极度绝望已经扭曲变形了，他还用手揪住自己的头发。就在这一瞬间，我们看清了这个人的特点：容易冲动，为人热忱，感情细腻敏感。随后他的脸上又恢复了那种高贵的神态，语气也变得温和起来了。

“除了内阁大臣之外，还有两名，也可能是三名部门官员知道有这封信。福尔摩斯先生，我向你保证，英国再也没有人知道这封信了。”

“可是国外呢？”

“我相信，除了那个写信的人之外，国外不会有人看过这封信。我深信，他没有经过他的大臣们，也就是说他没有通过正常的官方渠道。”

福尔摩斯仔细考虑了一会儿。

“现在，先生们，我不得不问你们，这封信的内容是什么，以及为什么它的丢失会造成如此严重的后果？”

这两位政治家迅速交换了一下眼色。首相浓眉紧皱。

“福尔摩斯先生，信封又长又薄，颜色是淡蓝色的，上面有红色的蜡封，印着一头蹲伏的狮子。写地址的笔迹粗大醒目，是给……”

福尔摩斯说：“我恐怕，先生，尽管这些细节很有意义，也是必不可少的，但我的调查必须寻根问底。信的内容是什么？”

“那是最重要的国家机密，恐怕我不能告诉你，并且我认为这也没必要。如果你能够施展你自己所说的才能，找到我所说的信封和信的话，你就对你的国家作出了贡献，而且还能得到我们权力范围内的任何报酬。”

福尔摩斯面带微笑站了起来。

他说：“你们两位是这个国家最繁忙的人，我这个小小的侦探也有很多拜访。我非常遗憾，在这件事情上我无法帮助你们，再继续谈下去只是在浪费时间。”

首相一下子站了起来，他那双深陷的眼睛里射出了一种让全体内阁大臣们都畏惧的怒火。他说：“先生，从来没有人敢这样跟我说话。”可是他又压制住自己的愤怒，重新坐了下来。有一两分钟，我们都安静地坐着。然后，这位老政治家耸了耸肩。

“福尔摩斯先生，我们不得不接受你的条件。毫无疑问你是对的，如果我们不完全信任你，而期望你采取行动的话，这是不合理的。”

那位年轻政治家说：“我同意你的意见。”

“那么我就告诉你。我完全相信你和你同伴华生医生的信誉，我也相信你们的爱国心。因为这件事情一旦暴露，将会给我们国家带来难以想象的灾难。”

“你完全可以放心地信任我们。”

“好吧，这封信是一位外国君主写的，他对我国最近殖民地的一些发展感到非常愤怒。信是匆匆忙忙写完的，完全出自他个人的意见。调查表明他的大臣们根本不知道这件事情。另外，这封信写得也很粗鲁，其中一些语句还带有挑衅的意味，一旦被公布出去肯定会在英国引发最危险的情况。这会引起轩然大波的，先生。我敢说这封信如果被公布，不到一个星期英国就会卷进一场大战之中。”

福尔摩斯在一张纸上写下了个名字，然后把它递给首相。

“是的，就是他。而现在就是这封信，这封莫名其妙丢失的信，可能意味着要消耗掉几亿英镑和几十万人的生命。”

“你们通知了写信的人没有？”

“通知了，先生，已经发了一封加密电报。”

“或许他想公布这封信。”

“不会的，先生，我们有足够的理由相信他已经意识到他这样做是不明智和鲁莽的了。如果这封信被泄露的话，对他自己和他的国家的打击比对英国的打击更重。”

“如果是这样的话，公布这封信对谁有利呢？为什么有人要偷走这封信并要把它发表出去呢？”

“这，福尔摩斯先生，这就牵扯到高度紧张的国际关系了。不过，如果你仔细考虑下欧洲现在的局势，就不难觉察到偷信的动机。整个欧洲就像一座装满武器的营地，有两个势均力敌的军事同盟，英国保持中立。如果英国被迫和其中的一个同盟交战，不管另一个同盟是否参战，无疑它都将获得极大的优势。

你明白了吗？”

“非常清楚。那么就是这位君主的敌人想得到并公布这封信，目的是为了破坏他的国家和我国的关系。”

“是的，先生。”

“如果这封信落到敌人手里，那么他会把它交给谁呢？”

“交给欧洲任何一个国家的大臣。或许现在持有这封信的人正在火车上急速地赶往那里。”

特里劳尼·霍普先生把头低到胸前，大声呻吟起来。首相亲切地把手放在他的肩膀上说:“我亲爱的朋友，这是你的不幸。没有人责怪你，你没有疏漏掉任何防范措施。现在，福尔摩斯先生，情况你都清楚了。你有什么建议？”

福尔摩斯无可奈何地摇了摇头。

“先生，你认为如果找不回这封信，便会发生战争吗？”

“我认为是很有可能的。”

“那么，先生，准备打仗吧。”

“这样说太严重了，福尔摩斯先生。”

“先生，请考虑一下实际情况吧。信绝对不可能是在晚上十一点半之后被拿走的，因为我听说自晚上十一点半后一直到发现信件丢失为止，这段时间霍普先生和他的妻子一直在房间里。那么信件是在昨天晚上七点半到十一点半之间被偷走的，很有可能是在七点半之后，因为不论是谁偷走的，显然那个人清楚地知道信放在什么地方，自然他想尽快把它弄到手。现在，先生们，如果这封重要的信那时候就被偷走了，现在它会在什么地方呢？没有人会有理由把它留在手里，而是要尽快地把它交给需要这封信的人。我们现在还有什么机会去找到或者查出它的踪迹呢？这已经不是我们能力所及了。”

首相从长沙发上站了起来。

“你所说非常合乎逻辑，福尔摩斯先生。我感到这件事情我们确实是无能为力了。”

“为了便于讨论，我们假设，拿走这份文件的是那个女仆或者是男仆……”

“他们两人都是完全可靠的仆人。”

“我记得你说过，你的卧室是在三楼，那么这就没有通向外面的入口了，有人要是从外面进去肯定会被人看到。那么，一定是你家里的人拿走了信。这个小偷会把它交给谁呢？交给一个国际间谍或特务，而这些人则是我熟悉的。有三个人可以说是他们这一行的头头。我的调查首先是去走访一下，看看他们是否都在他们的老巢里。如果有人消失了，尤其是从昨天晚上就不见了，那么或许我们能得到一些指示，以便查明文件的去向。”

那位欧洲事务大臣问道：“他为什么要失踪呢？他很可能把信交给某国驻伦敦的大使馆。”

“我想不会。这些特务都是单干的，他们和大使馆的关系往往比较紧张。”

首相点点头表示同意。

“我相信你是正确的，福尔摩斯先生。他会亲手把这么有价值的东西交给他的总部。我认为你的行动方案可行。与此同时，霍普，我们不能由于这个不幸的事件而忽略了其他事务。如果今天有任何新的进展，我们会联系你的，你也要让我们知道你的调查结果。”

两位政治家点头和我们告别，然后神色严峻地离开了。

当我们的两位贵客离开后，福尔摩斯默默地点燃烟斗，然后坐下来，沉思了一会儿。我则打开早报，饶有兴趣地读着前天晚上发生在伦敦的一起耸人听闻的凶杀案。就在这时我朋友大喊一声，一下子跳了起来，然后把他的烟斗放到壁炉架上。

“是的，”他说，“没有更好的解决办法了。形势非常危急，但并不是毫无希望。尽管这样，如果我们能够查明他们中间是谁拿了这封信，恰好很有可能这封信他还没有交出去。毕竟，对于这些家伙来说，就是钱的问题，而我有英国财政部作后盾。如果他肯卖，我就把它买下来，即使是让每个纳税人多交一个便士，也在所不惜。可以想象这个家伙可能会留着这封信，看看这边出什么价，然后再到另外一边碰碰运气。只有三个人敢冒险玩这种游戏，奥伯斯坦、拉·罗瑟尔和爱德瓦多·卢卡斯。我要一一去拜访他们。”

我朝早报看了一眼。

“是住在戈多尔芬大街的爱德瓦多·卢卡斯吗？”

“是的。”

“你再也见不到他了。”

“为什么？”

“昨天晚上他在家被人谋杀了。”

在我们的冒险经历中，我的朋友经常让我吃惊，而这次我看到我让他大吃一惊的时候，心中不免有些得意。他惊异地瞪大了眼睛，然后从我手中一把把报纸夺了过去。当他从椅子上站起来夺报纸的时候，我正在看下面的一段：

威斯敏斯特教堂谋杀案

昨晚在戈多尔芬大街十六号发生了一起神秘的谋杀案。案发地点是在一排十八世纪幽静的老式住宅里，房子位于泰晤士河与威斯敏斯特教堂中间，国会大厦高大的塔影几乎将它遮住了。爱德瓦多·卢卡斯先生在这座小巧但却精致的楼房里已经居住多年。他在社交界很有名气，因为他具有迷人的性格，还由于他享有当之无愧的英国最佳业余男高音歌手的声誉。卢卡斯先生现年三十四岁，未婚，他家中只有一位上了年纪的女管家普林格尔太太和一位他的贴身男仆米顿。女管家睡在顶楼，昨晚很早就睡觉了。男仆昨天晚上出去了，去拜访一位在罕姆尔斯密的朋友。十点以后，只有卢卡斯先生一人在家里。这期间发生了什么事情还未查明，但是在十一点三刻，巴瑞特警官巡逻经过戈多尔芬大街时，看见十六号的门半开着。他敲了敲门，没有人回应。他看到前屋里有灯光，于是他就穿过走廊再次敲了敲门，但是依然没有人答应。接着他推开门，走了进去。房间里一片混乱，家具全都被推倒在屋子的一边，一把椅子倒在屋子的正中央。椅子旁边躺着那个不幸的房主，手还紧紧抓着椅子的一条腿。他被人刺中了心脏，肯定当场就死了。行凶用的刀子是把弯曲的印度匕首，是从原来挂在墙上做装饰品的东方武器中拔出来的。犯罪的动机似乎不是入室抢劫，因为房间里的贵重物品并没有被拿走。爱德瓦多·卢卡斯先生是如此有名，很受大家欢迎，所以他这样悲惨而神秘地死亡一定会在他那分布广泛的朋友圈子里引起极大的痛苦和强烈的同情。

经过一段很长时间的停顿后，福尔摩斯问道："好吧，华生，你对这件事有什么看法？"

"一个令人惊异的巧合。"

"一个巧合！他可是我们刚才说的这出戏中三个可能登场的演员之一，而他刚好在我们知道这出戏就要上演的时候惨遭暴力杀害。这绝对不是什么巧合，这种概率太小了。不，我亲爱的华生，这两起事件是有联系的——肯定有关系。我们正是要找出它们之间的联系来。”

“可是现在警察肯定全都知道了。”

“还没有。他们所知道的只是在戈多尔芬大街所看到的。他们不知道，以后也不会知道发生在白厅住宅区的事。只有我们知道这两件事情，而且能查出两者之间的关系。还有，有个明显的地方让我怀疑到卢卡斯身上。从威斯敏斯特教堂旁边的戈多尔芬大街走到白厅住宅区只要几分钟时间。我说的其他两个间谍都住在伦敦西区的尽头。因此，对卢卡斯来说，要和这位欧洲事务大臣的家人建立联系，或者得到消息，他比他们要方便得多。虽然是件小事，可是事情前后就发生在几个小时内，那么这点可能就非常重要了。啊哈！是谁来了？”

赫德森太太拿着托盘走了进来，托盘里面有张女士的名片。福尔摩斯朝名片看了一眼，皱了皱眉头，然后把它递给我。

他说：“请告诉希尔达·特里劳尼·霍普夫人，如果她愿意，请她上楼来。”

我们这简陋的房间早晨刚刚接待过两位名人，没过多久，伦敦最美丽的女士也光临了，这让它更加蓬荜生辉了。我经常听人说起贝尔敏斯特公爵小女儿的美貌，可是无论是别人的描述，还是对她黑白照片的想象，我都没想到她竟然长得如此纤柔婀娜，光彩照人。可是，我们在这个秋天的上午看到她的时候，给我们留下的第一印象不是她的美貌，虽然她的脸颊美丽动人，不过由于激动而显得苍白；眼睛虽然明亮，但是显得急躁不安；为了竭力控制住自己，她那敏感的嘴巴紧紧地闭着。当我们这位美丽的访客直直地站在门口时，最先映入我们眼帘的并不是她的美丽，而是她的恐惧。

“我的丈夫来过这里吗，福尔摩斯先生？”

“是的，夫人，他来过这儿。”

“福尔摩斯先生，我请求你不要告诉他我来过这里。”福尔摩斯冷淡地点了点头，并且指着椅子示意那位女士坐下。

“夫人，你让我的处境很尴尬。请你坐下来，然后告诉我你有什么要求，不过恐怕我不能作出任何无条件的保证。”

她轻轻地走过房间，背对着窗户坐了下来，那样子就像位女王。她身材高挑，姿态优雅，富有女性的魅力。

“福尔摩斯先生，”她说，当她说话的时候，她戴着白色手套的双手时而握在一起，时而又松开，“我对你开诚布公，也希望你能够坦率地和我说话。除了一件事情，我和我丈夫之间在所有事情上是完全相互信任的，这件事就是政治问题。他在这方面守口如瓶，什么都不告诉我。现在，我知道昨天晚上我们家发生了一件非常不幸的事情。我知道有一份文件不见了。但是因为这件事牵扯到政治，所以我丈夫对我一直含糊其词。现在我必须，我是说我应该彻底了解清楚这件事。除了那些政治家外，你是唯一知道内情的人。福尔摩斯先生，那么我请求你告诉我究竟发生了什么事情，会导致什么样的后果。全都告诉我，福尔摩斯先生。请不要因为担心我丈夫的原因而不告诉我，因为我可以向你保证，这都是为了他好。如果他能明白这一点的话，他就会知道对我的完全信任只会对他有好处。被偷走的文件到底是什么？”

“夫人，你的要求我确实无法满足。”

她叹了口气，然后用手捂住了脸。

“夫人，你要明白，我必须这样做。如果你的丈夫认为你不应当知道这件事的话，那么我怎么会随便说出他不允许讲的话呢？何况我还是在发誓保守秘密后才知道真相的。你不应当来问我，而应该去问他本人。”

“我已经问过他了，我是万不得已才来找你的。福尔摩斯先生，既然你不能告诉我任何明确的事情，那么如果你能在一个问题上给我点启示的话，我将感激不尽。”

“夫人，你指的是什么？”

“我丈夫的政治生涯会不会由于这个意外而受到严重影响？”

“好吧，夫人，除非此事得到妥善解决，否则肯定会产生非常严重的后果。”

“啊！”她深深地吸了口气，好像疑问都解决了似的。

“还有一个问题，福尔摩斯先生。从我丈夫一开始对这个灾难的震惊态度和言语中，我意识到丢失的这份文件可能会在公众中引起可怕的后果。”

“如果他这么说了，我当然也不否认。”

“那么是什么样的后果呢？”

“不，夫人，你又问了一个我不可能回答的问题。”

“那么我就不再耽误你的时间了。福尔摩斯先生，我没有因为你说话过于谨慎而责怪你。我相信，站在你的角度上，你也不会因为我的要求而说我的不好。我希望能够分担我丈夫的忧虑，尽管这违背他的意愿。我再次恳请你不要向人说起我的拜访。”

她走到门口的时候又回头看了我们一眼。她那美丽憔悴的脸、那惊恐的双眼，还有她那紧紧闭着的嘴给我留下了最后的印象。然后她就走了。

随着前门“砰”的一声被关上，那衣裙发出的沙沙的声音也消失殆尽了。这时福尔摩斯笑着说：“现在，华生，女性属于你的研究范围。这位漂亮的夫人葫芦里卖的是什么药？她真正的目的是什么呢？”

“当然，她自己的说法已经很清楚了，而且她焦虑的神态也不是装的。”

“哼！想想她的表情，华生——她的态度，她压抑着的激动感情，她焦躁不安的神态和她追根问底的韧性。别忘了，她来自一个不会轻易显露自己感情的社会阶层。”

“当然，她非常激动。”

“还要记住的是，她一再向我们保证，她应当知道所有事情，这样才对她丈夫最有利。她说这些话是什么意思呢？华生，你肯定注意到了，她是怎样设法背对着阳光坐的。她不希望我们看清她的表情。”

“是啊，她特意挑选了房间里的那把椅子。”

“可是女人们的动机是如此难以琢磨。你还记得马尔盖特的那个女人吧，正是出于同样的原因，我才怀疑上她的。我是从她鼻子上没有搽粉的现象得到启示，最终解决了问题的。你怎么能够轻易相信这些多变的女人呢？她们最细小的举动都可能包含着极大的含义，一个发夹或者一把卷发钳都可能显露出她们最不寻常的举止。回头见，华生。”

“你要出去？”

“是的，我要去戈多尔芬大街和我们苏格兰场的朋友们一起消磨这个上午。我们的问题的解决办法和爱德瓦多·卢卡斯有直接关系，然而我必须承认，事情会发展成什么样子，我一点都不知道。在没有弄清事实之前就妄加推测，那是致命的错误。我的好华生，你继续留在这里接待其他新客人。我尽量赶回来和你一起吃午饭。”

整整一天，还有接下来的两天，福尔摩斯一直心情不好。他的朋友们知道他是在沉默思考，而其他人会以为他闷闷不乐。他出去又回来，不停地抽着烟，拿起小提琴拉几下又放下，不时陷入沉思，随时拿起三明治胡乱啃几口，对我偶尔提出的问题也几乎不予回答。显然，他很不顺心，事情调查得也不顺利。

关于这个案件，他什么也不说，我是从报纸上才知道了一些调查细节的。死者的贴身男仆约翰·米顿先是被逮捕，随后又被释放了。验尸官报告说这是一起明显的蓄意谋杀案，但对作案当事人仍然一无所知。杀人动机也不明。屋里有很多贵重物品，但都丝毫未动。死者的文件也没有被翻动过。经过仔细检查这些文件后发现，他特别热衷于研究国际政治，非常健谈，还是个出色的语言学家，他的往来信件非常多。他和几个国家的重要政治家关系密切，但是在他那满满的几抽屉文件中没有发现任何值得注意的地方。至于他和女人的关系，看起来很杂乱，但是交往都不深。他认识很多女人，不过异性朋友很少，他一个都不爱她们。他的生活习惯很固定，行为也规规矩矩。他的死亡完全是个谜，很可能永远无法被解开。

至于逮捕男仆约翰·米顿，那只不过是当局在毫无办法的情况下采取的万般无奈的措施。但是任何落到他的头上的罪名都不成立，他那天晚上确实是去罕姆尔斯密看望朋友了，他不在犯罪现场的证据非常充分。按照他动身回家的时间推算，在案子被发现之前，他应该已经回到威斯敏斯特教堂了，不过他有自己的解释，他说那天晚上夜色很美，所以他步行了一段路程，实际上他是十二点钟才回到家的，接着就被这场意外的悲剧吓得惊慌失措。他和主人的关系一直很好。在男仆的箱子中发现了几样死者的东西，引人注目的是一小盒剃刀，但他解释说那些都是死者送给他的礼物，而且女管家也可以证实这些事情。米顿已经为卢卡斯服务三年了，但是值得注意的是，卢卡斯去欧洲大陆时从来没有带上米顿。有时候他会在巴黎连续住三个月，而米顿却留在戈多尔芬大街看家。至于那个女管家，出事的当晚她什么都没听到。如果她的主人有访客的话，他自己会开门的。

就这样，我一连看了三天的早报，发现案子依然没有被侦破。如果福尔摩斯知道更多情况的话，他也是闷在肚子里，不过，他告诉我，雷斯垂德警官已经把案情都告诉他了，所以我知道他能马上掌握案情的任何发展。直到第四天上午，报上刊登了一封从巴黎发来的很长的电报，似乎解决了全部问题。

巴黎警方刚刚有了重要发现（据《每日电讯报》报道），这样就解开了周一晚在威斯敏斯特教堂区戈多尔芬大街遇害的爱德瓦多·卢卡斯先生的死亡之谜了。读者们可能还记得，这位先生被人刺死于自己的房间里。他的男仆曾经受到怀疑，但是由于其有不在犯罪现场的证据而被释放。昨天有几名仆人向巴黎当局报告他们的主人精神失常了。那人住在奥斯特利兹街的一幢小公馆里，她一直被人以为是亨利·富纳耶太太。经过检查，证实她长期以来患有危险的躁狂症。进一步调查后，警方发现，富纳耶太太星期二刚刚从伦敦旅行回来，并且有迹象表明她与威斯敏斯特教堂凶杀案有关。经过比较核对照片后，警方最后证实M·亨利·富纳耶先生和爱德瓦多·卢卡斯事实上是一个人，死者由于某些原因在伦敦和巴黎过着双重生活。富纳耶太太是克里奥耳人，非常容易冲动，过去一直忍受着嫉妒的侵袭，最后变成了狂乱。据推测，她就是在这种狂乱之中犯下了可怕的罪行，以致轰动了整个伦敦。

虽然她在周一晚上的活动还没有被查明，但是周二早晨在查林十字街火车站曾出现过一个女人，外貌和她非常相似，因为其长相野蛮、举止粗野而引起人们的特别注意。因此，很可能是这位不幸的女人在神志不清的时候杀了人，或者是因为杀了人而发疯了。目前，她还不能对过去发生的事情讲出个条理来，同时医生们也认为她无望恢复理智。有证据表明，周一晚上有人看见一个女人在戈多尔芬大街，一连几个小时盯着那栋房子，她可能就是富纳耶太太。

“这个你怎么看，福尔摩斯？”我大声给他念完后问道，这时他已经吃完了早餐。

他从桌子旁站了起来，然后在房间里来回踱步。这时他说：“亲爱的华生，你可真能忍受，即使过去三天里我什么都没给你说，之所以这样是因为实在没有什么好说的。即使现在，这个从巴黎来的报道也帮不了我们什么忙。”

“想必这和那个男人的死亡关系重大吧。”

“那个人的死只是个意外。和我们真正的任务相比，就是要找到那份文件，使欧洲避免一场灾难，这件事情微不足道。过去三天里只发生了一件重要的事，就是什么事情也没发生。我几乎每过一小时就收到一次政府方面的报告，可以确定的是欧洲任何地方都没有出现不安的迹象。现在，如果这封信已经转手了——不，不可能转手了，但是如果没有转手，它又在哪里呢？在谁的手中呢？为什么要保留着它呢？这个问题就像一把锤子那样不停地敲打着我的脑袋。卢卡斯在信件丢失的那天晚上死了，这真的是个巧合吗？信有没有到过他的手上？如果在他手上的话，为什么在他的文件中没有呢？是不是他这位疯狂的妻子把信拿走了？如果是的，是不是在她巴黎的家里？我如何才能搜查到这封信而不引起巴黎警方的怀疑呢？亲爱的华生，在这个案件上，对我们来说，法律和犯罪分子同样危险，所有人都会妨碍我们的。可事关重大，如果我能够成功地解决这个案子，它肯定是我职业生涯中最辉煌的成就了。啊，最新的情况来了！”他匆匆地看了一眼递过来的纸条，“啊哈！雷斯垂德似乎有了重大发现。华生，戴上帽子，我们一起走到威斯敏斯特教堂去。”

这是我第一次到本案的犯罪现场。一幢高高的，外表有些陈旧，狭窄的房子，整洁美观，结实牢固，带有它诞生的那个时代的风格。雷斯垂德那斗牛犬般的面孔正从前面的窗户里看着我们。等一个身材高大的警察打开门，让我们进去后，他才走上前来热情地欢迎我们。我们走进去的房间正是犯罪现场，不过，除了地毯上有一块难看的、形状不规则的血迹外，现在其他痕迹都没有了。这块粗毛制的方形小地毯铺在房子的中间，周围是用方木块拼成的样式美丽的老式地板，地板擦得很光亮。

壁炉上方挂满了形式各样的武器，在悲剧发生的那天晚上凶手就使用了其中的一件武器。窗户旁边放着一张豪华的写字台。屋子里的每个细节都像油画，小地毯、帘子、所有的一切都显示出奢华的味道，几乎到了矫揉的地步了。

雷斯垂德问：“看过巴黎的消息了吗？”

福尔摩斯点了点头。

“我们的法国朋友这次似乎是抓住要害了，毫无疑问事情就像他们所说的那样。她敲门——意外的访问，我猜因为他很少与外界联系——他让她进去了，总不能让她待在街上吧。她告诉卢卡斯她是怎样找到他的，并且还责备他。事情总是相互联系的，那把匕首就在附近，事情很快就结束了。然而，她不是一下子就把卢卡斯刺死了，因为这些椅子都被推到了那边，而且他手里还抓着一把椅子，似乎他是想用它来挡住她的。我们已经搞清全部事实了，就好像我们亲眼看到的那样。”

福尔摩斯皱了皱眉头。

“可是你为什么叫我来？”

“啊，是啊，那是另外一件事，只是件小事，但是属于你感兴趣的那种。奇怪，你知道，可以说是反常。这和主要事实毫无关系，不可能有关系，至少从表面上无关。”

“那么，是什么事？”

“好吧，你知道，这类案件发生后，我们总是非常小心地保护现场。所有东西都没有被移动过，因为有警察日夜守护。今天上午，因为死者已经被埋葬，调查也结束了，只是这个房间让人有些烦恼，所以我们想我们可以把屋子稍微收拾一下。你看，这块地毯不是固定的，就是铺在那里。我们偶然把它揭了起来，结果我们发现……”

“什么？你们发现了什么？”

福尔摩斯由于焦急，脸上显得有些紧张。

“好吧，我想即使猜一百年你也猜不出我们发现了什么。你看见地毯上那块血迹了吗？嗯，肯定有大量血渗过去了，是不是？”

“这是毋庸置疑的。”

“好吧，那么你要是听说白色木地板相应的地方没有血迹的话，你肯定会感到惊讶的吧？”

“没有血迹！可是肯定……”

“是的，你会这样说的。可事实就是事实，那里没有血迹。”

他用手抓住地毯的一角，然后把它翻了过来，以便证实确实是他所说的那样。

“但是地毯的下面和上面都被血渗透了，地板上肯定会留下血迹的。”

看到自己把这位著名专家弄得迷惑不解，雷斯垂德高兴得轻声笑了起来。

“现在，让我给你解释下吧。有第二块血迹，不过和另外一块血迹的位置不一样。你自己看吧。”

说着他把地毯的另一角揭开了，果然，那块方形的洁白老式地板上露出一大片深红色的血迹。“你看这是怎么回事，福尔摩斯先生？”

“哎呀，这相当简单。这两块血迹的位置本来是一致的，但是有人转动了地毯。因为它是方形的，而且没有固定，所以很容易做到。”

“警察不需要你告诉他们这块地毯肯定被人转动过，福尔摩斯先生。那是显而易见的。如果你这样摆地毯的话，那么这两块血迹的位置应该正好吻合。但是我想知道的是，是谁动了地毯，以及为什么？”

我从福尔摩斯那僵硬的表情看出，他内心十分激动。

“听我说，雷斯垂德，”他说，“过道上的那位警察是不是一直都守在这里？”

“是的。”

“好的，听我一句话。你去仔细审问一下他，不要当着我们的面。我们在这儿等着。你带他到后面的房间里去，单独和他谈谈，或许这样他会承认的。问他怎么敢让人进来，还让他们单独待在这个房间里。不要问他是否这样做过，你要认定他让人进来过。告诉他你知道有人来过这里，逼问他，告诉他只有完全坦白才是获得原谅的唯一机会。一定要按我说的去做！”

“老天，如果他知道，我一定把它套出来！”雷斯垂德嚷道。他急匆匆地走进门厅，几分钟后，就从后面的屋子里传来了他那威逼利诱的声音。

“现在，华生，瞧着吧！”福尔摩斯欣喜若狂地喊道。刚才压抑在那种无精打采态度后面的疯狂的力量突然爆发了出来，福尔摩斯精神大振。他一下子从地板上扯开地毯，马上跪下来，用手抠着下面的每一块方木板。当他用手指甲抠住其中一块木板的时候，它松动了，就像盒子盖一样从链接的地方向上翻起来了。下面出现了一个小黑洞。福尔摩斯急忙把手伸进去，可是抽回手的时候，他有些生气而失望地哼了一声——里面是空的。

“快，华生，快！把地毯放好！”我们刚合上那块木板，并把地毯铺好，就听见过道里传来雷斯垂德说话的声音。他看到福尔摩斯懒洋洋地靠着壁炉架，显得很闲散和有耐心，并且还用手挡住嘴，忍不住打着呵欠。

“很抱歉，让你久等了，福尔摩斯先生。我看得出来你对这件事已经很不耐烦了。好了，他已经承认了。麦克佩森，到这儿来，让这两位先生听听你干的好事。”

那个高个子警察一声不吭地溜进屋里，他满脸羞愧，一副非常后悔的样子。

“我绝对没有任何恶意，先生，我敢保证。昨天晚上那位小姐来到门口——她弄错了门牌号，接着我们就聊了起来。一个人整天守在这里，实在很寂寞。”

“嗯，那么后来呢？”

“她想要看看谋杀是在什么地方发生的，她说她已经在报纸上看到了。她是一个举止高雅、说话又很得体的年轻女子，先生，我想让她看一下也无妨。她一看到地毯上的血迹，就立刻跌倒在地板上，就像死了一样躺在那里。我跑到后面弄来一些水，不过没能把她弄醒。然后我就到街拐角处的‘常春藤商店’买了点白兰地酒。可是等我回来的时候，那位小姐已经醒来离开了。我想她一定感到不好意思，不想再见到我了。”

“那么地毯怎么会被移动了呢？”

“哦，先生，我回来的时候，地毯的确是些不平。你想，她跌倒在地毯上，而地毯又铺在光滑的地板上，又没有被固定住。后来我把地毯铺好了。”

“麦克佩森，这是个教训，你是骗不了我的。”雷斯垂德严肃地说，“你一定以为你的失职永远不会被人发现，可我一看地毯就知道有人被带进了屋里。老弟，幸运的是没丢什么东西，不然你就惹上大麻烦了。福尔摩斯先生，我很抱歉为这么点小事请你来一趟，不过我以为两块血迹的位置不一致会引起你的兴趣呢。”

“当然了，这的确很有趣。警官，这位小姐只来了一次吗？”

“是的，先生，只来过一次。”

“她是谁？”

“我不知道她的名字，先生。她是看了广告来应聘打字员的，结果走错了门。她是一位非常友善和文雅的年轻女子，先生。”

“高个子？很漂亮？”

“是的，先生。她长得很标致，甚至可以说像你所说的那样很漂亮。或许有些人会说她美若天仙。她说：‘哦，警官，让我看一眼吧！’她哄人很有一套办法，我想让她把头伸进去看一眼也没有什么关系。”

“她什么打扮？”

“很朴素，先生，披着一件拖到脚跟的长斗篷。”

“当时是什么时间？”

“那时候天刚刚黑下来。我买白兰地回来的时候，人们已经开始点灯了。”

福尔摩斯说：“很好。走吧，华生，我想我们在其他地方还有更为重要的事情要处理。”

当我们离开那座房子的时候，雷斯垂德还待在前屋里。那位懊悔的警察打开门让我们出去了，福尔摩斯走到台阶上时又转过身来，举起他手里的一样东西。那位警察目不转睛地盯着那东西。

“天啊！”他喊道，脸上露出惊愕的表情。福尔摩斯把手指放在嘴边，示意他不要说，然后又伸手把东西放进他胸前的口袋里。当我们走到大街上，这时福尔摩斯突然放声大笑起来。他说：“太棒了！走吧，华生。最后一出戏的幕帘已经拉开了。听到这个你就放心了，不会发生战争了，特里劳尼·霍普先生的辉煌前程不会受到影响的，那位不明智的君主也不会因为他的鲁莽而受到惩罚的，首相也用不着对付欧洲出现的新麻烦了。只要我们略施小计，谁也不会因为这件不幸的意外而有半点倒霉的。”

我心中充满了对这位特殊人物的敬仰之情。

我喊道:“你已经把问题解决了？”

“还不能这样说，华生。还有几点和以前一样没有弄清楚，不过我们已经掌握了足够多的情况。如果还搞不清其他情况，那就是我们自己的过错了。现在我们直接去白厅住宅区，结束这件事情。”

当我们来到欧洲事务大臣的官邸时，夏洛克·福尔摩斯却要求见希尔达·特里劳尼·霍普夫人。我们被请进了晨间起居室。

“福尔摩斯先生！”那位夫人愤怒地涨红了脸说道，“你这样做真是太不公正了，太不厚道了。我已经跟你解释过了，我希望你可以为我找你的事保密，以免我丈夫认为我在干涉他的事情。可是你却到这里来，表明我们之间有事情联系，这样会连累我的。”

“很不幸，夫人，我没有其他多余的选择。我被委托要找回那份至关重要的文件，所以，我必须恳求你，夫人，好心把信交到我手中。”

这位夫人一下子站了起来，她那美丽的面孔顿时变了颜色。她目光呆滞，身体已经站不稳了，我原以为她会昏过去。接着她强打起精神，竭力使自己保持镇定，脸上所有其他表情都被极度的惊讶和愤怒掩盖了。

“你、你在侮辱我，福尔摩斯先生。”

“好啦，好啦，夫人，这是没用的，还是把信交出来吧。”

她急忙向按铃跑过去。

“管家会送你们出去的。”

“不要按铃，希尔达夫人。如果你那样做的话，那么我为避免丑闻所做的全部极大努力都将前功尽弃。请把信交出来，一切都会处理妥当的。如果我们合作的话，我会把一切都安排好的。如果你和我作对，我就必须告发你了。”

她毫无畏惧地站在那里，就像一位女王一样。她的眼睛紧紧盯着福尔摩斯，好像要看透他的心思似的。她的手仍然放在铃上，不过她克制着没有按。

“你在吓唬我，福尔摩斯先生。到这儿来威胁一位妇女，这可不是一个男子汉干的事情。你说你知道一些事情，那么你到底知道些什么呢？”

“请坐下来，夫人。如果你摔倒的话，你会伤到自己的。你不坐下来，我就不会说。谢谢你。”

“福尔摩斯先生，我给你五分钟的时间。”

“一分钟就足够了，希尔达夫人。我知道你去拜访过爱德瓦多·卢卡斯，你把这份文件给了他，我还知道你昨天晚上又巧妙地去过那间屋子，还知道你是怎样从地毯下面的藏匿处把信取出来的。”

她脸色苍白地瞪着福尔摩斯，有两次想说话又给咽了回去，最后她叫道：“你疯了，福尔摩斯先生，你疯了！”

福尔摩斯从口袋里拿出一小块硬纸片。那是从画像上剪下来的一位女士的面孔部分。他说：“我一直带着这个，因为我想它可能会派上用场。那个警察已经认出来了。”

她喘了口气，背靠着椅子把头往后一仰。

“好了，希尔达夫人，信就在你手上，事情还来得及纠正。我不想给你找麻烦。等我把那封丢失的信交给你的丈夫，我的任务就结束了。请接受我的建议，对我讲实话。这是你唯一的机会。”

她的胆量的确令人钦佩，即使现在她仍然不认输。“我再告诉你一遍，福尔摩斯先生，你简直荒谬透顶。”

福尔摩斯从椅子上站了起来。“我为你感到难过，希尔达夫人。我已经为你竭尽全力了，我看这全都白费了。”

他按响了铃，管家走了进来。

“特里劳尼·霍普先生在家吗？”

“先生，他十二点三刻到家。”

福尔摩斯看了一下他的表。

他说：“还有一刻钟。非常好，我等他。”

管家走出去刚刚关上房门，希尔达夫人就跪在福尔摩斯跟前，她双手摊开，美丽的脸庞向上仰起，眼睛里含着泪水。

她苦苦哀求道:“噢，饶了我，福尔摩斯先生，饶了我吧！看在上帝的分上，不要告诉他。我是这么地爱他，我不想给他的生活带来一点阴影。我知道这件事会伤透他的心的。”

福尔摩斯扶起这位夫人。

“我非常庆幸，夫人，在最后时刻，你终于明白过来了！现在一刻都不能耽误了。信在哪儿？”

她急忙走到一个写字台旁，打开抽屉，然后从里面拿出一个长长的蓝色信封。

“在这儿，福尔摩斯先生。我发誓我从来没有看过它！”

“我们怎样把它放回去呢？”福尔摩斯咕哝着说，“快，快，我们必须想个办法！文件箱在什么地方？”

“还在他的卧室里面。”

“真是个意外的幸运！快，夫人，快把它拿过来！”

不一会儿，她手里拿着一只红色的扁箱子走了进来。

“你以前是怎么打开它的？你有一把复制的钥匙？是的，你当然有了。打开它！”

希尔达夫人从怀里取出一把小钥匙。文件箱打开了，里面塞满了文件。福尔摩斯把蓝色的信封深深地塞进去，夹在其他文件的里面。然后又把箱子合上，锁好，放回了卧室。

“现在一切就绪，就等他回来了。”福尔摩斯说，“我们还有十分钟时间。希尔达夫人，我可是费了很大力气来保护你。作为回报，我只要求你利用这段时间，坦白地告诉我这件非同寻常事情的真正目的。”

“福尔摩斯先生，我会全都告诉你的。”那位夫人大声说道，“哦，福尔摩斯先生，我宁愿砍掉右手，也不想给他带来片刻烦恼！全伦敦没有一个女人像我这样爱着自己的丈夫，可是如果他知道我的所作所为，尽管他清楚我是如何被迫这样做的，他也永远不会原谅我的。因为他非常看重自己的声誉，所以他不可能忘记或是原谅别人的过失。帮帮我吧，福尔摩斯先生！我的幸福，他的幸福，我们的生命都处在危险之中！”

“快说，夫人。时间不多了！”

“事情起因于我的一封信，福尔摩斯先生。那是我婚前写的一封草率的信，一位感情一时冲动的姑娘写下的一封愚蠢的信。我的信没有恶意，可是我的丈夫会认为这是不道德的。如果他看到这封信，就不会再信任我了。信是很久以前写的，我原以为整件事情都被人遗忘了。可是后来卢卡斯这个家伙写信告诉我，说那封信在他的手上，并且他还要把它交给我丈夫。我恳求他发发慈悲，他说他可以把信还给我，但条件是我把他所描述的一份文件从我丈夫的文件箱里拿给他。他在我丈夫的办公室安排了间谍，那个人告诉他有这么一封信。他向我保证不会给我丈夫带来任何麻烦。福尔摩斯先生，如果你站在我的角度想想！我该怎么办呢？”

“把一切都告诉你的丈夫。”

“不行，福尔摩斯先生，不行！一方面会毁掉我们的生活，另一方面拿走我丈夫的文件是件非常可怕的事情。我不知道这会引起多么严重的政治问题，可是我却十分清楚爱情和信任的重要性。于是我拿走了文件，福尔摩斯先生！我做了一个他钥匙的模子。这个家伙，卢卡斯给我提供了一把复制的钥匙。我打开他的文件箱，拿走了文件，然后送到了戈多尔芬大街。”

“在那儿发生了什么事情，夫人？”

“我按照约定的方式敲了敲门。卢卡斯开了门。我跟着他进了他的房间，我把大门半开着，因为我害怕单独和这个人在一起。我记得当我进屋的时候外面有个女人。我们的事情很快就办完了。我的那封信就在他的桌子上，我把那份文件交给他，他把信还给我。就在这个时候，房门那儿传来了声音，过道里传来了脚步声。卢卡斯迅速揭开地毯，把文件塞进下面的一个藏匿处，随后又把地毯铺好。

“后来发生的事情简直就像是一场可怕的梦。我看见一个女人发黑、疯狂的脸，还听到她用法语尖叫道：‘我的等待没有白费。终于，终于让我发现你和她在一起了！’他俩凶狠地打斗起来。我看见他手里抓着把椅子，而她手里则握着一把闪闪发光的刀子。当时的场面太可怕了，我立刻就冲出了房间。第二天早上，我从报上知道了那个可怕的消息。那天晚上我很高兴，因为我拿回了我的信。我根本没有意识到这会带来什么样的后果。

“一直到第三天早晨我才明白，自己只不过是用一个烦恼代替了另一个烦恼。我丈夫发现文件丢失后流露出来的那种极度的痛苦让我伤透了心。我当时几乎就想跪在他脚跟前，告诉他我所做的事情。但是如果那样的话，就意味着我要说出过去的事情。我那天上午去找你，目的就是为了弄清楚我犯的错误的严重性。从那一时刻开始，我就一心想办法要把我丈夫的文件取回来。它肯定还在卢卡斯藏的地方，因为他是在那个可怕的女人进来之前把它藏好的。如果不是那女人进来的话，我永远都不会知道文件藏在什么地方。我如何才能进入那个房间呢？我接连两天监视着那个地方，但是门总是一直关着。昨天晚上我做了最后一次尝试。我是如何得手的，这个你已经知道了。我把文件带回家，想要销毁它，因为我实在想不出任何办法可以把文件还给我的丈夫而又不必承认错误。天啊，我听到他上楼的脚步声了！”

那位欧洲事务大臣激动地闯了进来。

他大声问道：“有消息吗，福尔摩斯先生，有消息吗？”

“有些希望。”

“啊，感谢上天！”他的脸上露出喜悦的表情，“首相正过来和我一起吃午饭。他可以来听听吗？虽然他有钢铁般的意志，可我知道自从发生了这件可怕的事情后，他几乎没有合过眼。雅各布，请你告诉首相让他上来。至于你，亲爱的，我恐怕这是政治上的事情，我们几分钟后就到餐厅和你一起吃午饭。”

首相的神态很镇定，但是从他那炯炯有神的眼睛和那双颤抖的瘦削的手上，我可以看出他和他年轻的同事一样激动。

“我听说你有消息要告诉我们，福尔摩斯先生？”

“到现在为止，还没有弄清楚。”我朋友回答说，“我已经查遍了所有它可能在的地方，我可以向你们保证，不必担心有危险。”

“福尔摩斯先生，这可不行。我们不能永远生活在这样的火山口上，我们必须要有确定的结果。”

“我有希望找到它，这就是为什么我来这儿的原因。这件事情我越想越觉得这封信从来没有离开过这所房子。”

“福尔摩斯先生！”

“如果文件被拿了出去，想必到现在已经公布于众了吧？”

“可难道会有人拿走文件只是为了藏在他家里吗？”

“我还不确定是不是有人拿走了文件。”

“那么在文件箱里怎么找不到文件呢？”

“我也不能确定它是否离开过文件箱。”

“福尔摩斯先生，现在不是开玩笑的时候。我可以保证文件不在文件箱里。”

“星期二早晨之后，你仔细检查过文件箱吗？”

“没有，也没有必要。”

“你有可能看漏掉了。”

“我说这是不可能的。”

“可我还是不确信，我知道原来发生过类似的事情。我想里面还有其他文件吧，嗯，可能跟它们混在一起了。”

“文件是放在最上面的。”

“或许有人晃过箱子，把文件弄乱了。”

“不，不，我把所有东西都拿出来过。”

首相说：“霍普，这个很容易解决。把文件箱拿到这里来。”

那位大臣按了一下铃。

“雅各布，把我的文件箱拿来。这真可笑，简直是在浪费时间。但是既然这不能让你满意的话，我们就打开看看。谢谢你，雅各布，把它放在这儿。钥匙一直挂在我的表链上。你看，就是这些文件。梅洛勋爵的来信，查尔斯·哈代爵士的报告，贝尔格莱德来的便函，关于俄、德两国粮食税问题的记录，马德里的来信，弗劳尔勋爵的便条——天啊！这是什么？贝林格勋爵！贝林格勋爵！”

首相一把从他手中夺过那个蓝色信封。

“是的，就是它！信还没有动过！霍普，恭喜你！”

“谢谢你！谢谢你！我心中的石头这下可落地了。但是这也太不可思议了——太不可能了。福尔摩斯先生，你真是个魔术师，一个会法术的人！你究竟是怎么知道它还在这儿的？”

“因为我知道其他地方都没有。”

“我真不敢相信我的眼睛！”他飞快地跑到门口，“我的妻子在哪儿？我得告诉她，一切都好了。希尔达！希尔达！”我们听见楼梯上传来他的声音。

首相看着福尔摩斯，眨眨眼睛。

他说：“好了，先生，这里面肯定有什么问题。这封信怎么会回到文件箱里呢？”

福尔摩斯笑着转过脸去，避开了那双犀利好奇的眼睛。

“我们也有自己的‘外交’秘密。”他说着拿起帽子，转身向门口走去。

图书在版编目（CIP）数据

归来记 /（英）柯南 · 道尔（Conan Doyle）著；隗静秋译.
—南京：译林出版社，2016.12
（福尔摩斯探案集）
ISBN 978-7-5447-6575-6

Ⅰ.①归… Ⅱ.①柯… ②隗… Ⅲ.①侦探小说－小说集－英国
－现代 Ⅳ.①I561.45

中国版本图书馆CIP数据核字（2016）第211569号

书　　名 归来记
作　　者 〔英国〕亚瑟 · 柯南 · 道尔
译　　者 隗静秋
责任编辑 陆元昶
特约编辑 苏雪莹
出版发行 凤凰出版传媒股份有限公司
译林出版社
出版社地址 南京市湖南路1号A楼，邮编：210009
电子信箱 yilin@yilin.com
出版社网址 http://www.yilin.com
印　　刷 三河市延风印装有限公司
开　　本 960×640毫米　1/16
印　　张 25
字　　数 200千字
版　　次 2016年12月第1版　2016年12月第1次印刷
书　　号 ISBN 978-7-5447-6575-6
定　　价 50.00元